今も昔も変わらぬ商店街のショッピング風景(平安後期)

『扇面法華経冊子』(下絵模本)

東京国立博物館蔵

カラフルな妖怪変化たちが、闇夜に大路を練り歩く百鬼夜行

『百鬼夜行絵巻』

真珠庵蔵

ビギナーズ・クラシックス

今昔物語集

角川書店＝編

角川文庫 12398

◆はじめに◆

二十一世紀が幕を開けました。新世紀の主役をめざすコンピュータは、居ながらにして、地球の果てどころか宇宙の果てまでも、人間探索の旅を可能にすることでしょう。それは、時間と空間の制約が限りなく消えることを意味します。まさに人類発祥《はっしょう》以来の夢の実現にほかなりません。

人が人との出会いを求めるのは本能です。生前ばかりか、死後の世界にまでも、人の姿を追い求めるのは、人は人なくして生きられないことの証《あかし》です。

この問題は、私たち現代人だけのものではありません。今を去ること九百年、同じ問題と取り組んだ祖先は、解決のために巨大な説話集を編集しました。その説話集の中には、ありとあらゆる世界の人間像が描き込まれ、命を吹き込まれて、出会いを求める人々の心を満たそうとしたのでした。

十二世紀の初めに成立した『今昔物語集』は、話数《わすう》一千数十という超弩級《ちょうどきゅう》の巨大説話集で、しかも天竺《てんじく》（インド）部・震旦《しんたん》（中国）部・本朝《ほんちょう》（日本）部という三階の重層構造に設計されています。

この『今昔物語集』の高楼《こうろう》に登って、私たちは当時の全世界を眺望《ちょうぼう》することができるのです。編者自身は、日本の古都にあって、海の果て、空の果て、この世の果てに、人の姿を追い求めていたに違いありません。そうした究極の人生を志す精神が、一粒一粒の説話の中に込められているのです。

これまで、『今昔物語集』の紹介は、ほとんど本朝（日本）部、それも本朝世俗《せぞく》部に限られる傾向がありました。しかし、『今昔物語集』は、じつはもっと遠大な志を持っています。その片鱗《へんりん》でも伝えたいと念願して、本書ではこれまで棚上げされてきた天竺（インド）・震旦（中国）部の説話も採り上げてみました。

紙数に制限がありますので、説話のハイライトシーンを精選して、それらの「通釈」と「原文（❖）」を並べました。ただし、話の筋が通るように、要所要所に「あらすじ」を挟みこみ、最後に鑑賞の捨て石として「寸評（✲）」を添えてみました。

なお、コラムの中にも説話の要約を収めて、『今昔物語集』の全体像を見渡すのに役立つよう配慮しました。

なにぶんにも試行錯誤《しこうさくご》を重ねた実験版のような小著ですが、読者のみなさんに香りだけでも本物をお届けしたいという熱意に免じて、至らぬ点をお許しいただきたいと思います。

平成十四年一月

古典茶房　武田　友宏
協力・鈴木　重壽

●原文は、本朝部で角川文庫版『今昔物語集』、天竺・震旦部で「日本古典文学大系」（岩波書店）によったが、適宜表記を改めた。また、読みの一部は、「日本古典文学全集」（小学館）も参考にした。
●本書は、先に刊行したミニ文庫（ミニ・クラシックス）を増訂したものである。

◆目次◆

漢数字は原文の巻数と説話番号を示す。

解　説

付　録

コラム　目次

◇編集協力
・本文デザイン……代田　奨
・地図制作…………オゾングラフィックス

◇資料提供協力
口絵・『扇面法華経冊子』(下絵模本)……東京国立博物館
・『百鬼夜行絵巻』……真珠庵・京都国立博物館
本文・『弘法大師像』……東京国立博物館
・『考訂　今昔物語』……国立国会図書館
・『不動利益縁起』……東京国立博物館
・『校註國文叢書　今昔物語』……(株)博文館新社
・羅城門(復元模型)……京都府京都文化博物館
・『鈴鹿本　今昔物語集』……京都大学附属図書館
・写真「伏見稲荷大社」……世界文化フォト
・写真「冠着山」……さらしなの里歴史資料館

(敬称略)

◆インド（天竺《てんじく》）・中国（震旦《しんたん》）部

◆志《こころざし》をたて、王妃《おうひ》マヤ夫人《ぶにん》の腹《はら》に宿《やど》るシャカボサツ

釈迦《しゃか》如来《にょらい》、人界《にんがい》に宿《やど》り給《たま》へる語《こと》（巻第一第一話）

今《いま》は昔《むかし》、シャカ（釈迦）がまだブッダ（仏陀）になる前《まえ》は、ボサツ（菩薩）と呼《よ》ばれてトソツ（兜率）天《てん》の内院《ないいん》に住《す》んでいた。その天上界《てんじょうかい》から人《にん》間界《げんかい》に生《う》まれて、ブッダになろうと志《こころざし》を立《た》てたとき、五衰《ごすい》の相《そう》が現《あらわ》れた。五衰《ごすい》の相《そう》とは、天人《てんにん》が天上界《てんじょうかい》から去《さ》ることを示《しめ》すしるしである。第一《だいいち》に、まばたきすることのない天人《てんにん》がまばたきをする。第二《だいに》に、天人《てんにん》の頭《あたま》に飾《かざ》るしぼまないはずの花飾《はなかざ》りがしぼむ。第三《だいさん》に、天人《てんにん》の衣服《いふく》にはつかないはずの塵《ちり》・垢《あか》がつく。第四《だいし》に、汗《あせ》をかかないはずの天人《てんにん》の脇《わき》の下《した》から汗《あせ》が出《で》てくる。第五《だいご》に、天人《てんにん》は自分《じぶん》の座席《ざせき》から動《うご》かないはずなのに、気《き》ままな場所《ばしょ》に座《すわ》る。

この五《いつ》つのしるしを見《み》た天人《てんにん》たちはびっくりして、シャカにたずねた。

「私《わたし》たちは五衰《ごすい》のしるしを見《み》て、身《み》も心《こころ》もふるえる思《おも》いです。わけを話《はな》してください」

シャカは答《こた》えた。

「宇宙《うちゆう》のすべてのものは変化《へんか》してやまないものなのです。そこで、私《わたし》も、まもなく天上界《てんじようかい》から人間界《にんげんかい》へと移《うつ》り住《す》むことになるのです」

シャカの返事《へんじ》を聞《き》いた天人《てんにん》たちはみな嘆《なげ》き悲《かな》しんだ。

さて、シャカは、誰《だれ》を父母《ふぼ》にしようかと、人間界《にんげんかい》を見《み》わたして、カビラ国《こく》のジョウボン（浄飯）王《おう》とその妃《きさき》マヤ（摩耶）夫人《ぶにん》を選《えら》んだ。

こうして、癸丑《みずのとうし》の年《とし》の七月八日《しちがつようか》、シャカはマヤ夫人《ぶにん》のお腹《なか》に宿《やど》った。夫《ぶ》人《にん》は就寝中《しゆうしんちゆう》にこんな夢《ゆめ》――ボサツが六本《ろつぽん》の牙《きば》のある白象《びやくぞう》に乗《の》り、大空《おおぞら》を飛《と》んできて、夫人《ぶにん》の右脇《みぎわき》の下《した》から体《からだ》の中《なか》に入《はい》った――を見《み》た。それは、青《あお》い瑠璃《るり》の壺《つぼ》に物《もの》を入《い》れたように、はっきりと透《す》き通《とお》って見《み》えた。


❖今《いま》は昔《むかし》、釈迦如来《しやかによらい》、いまだ仏《ほとけ》に成《な》り給《たま》はざりけるときは、釈迦菩薩《しやかぼさつ》と申《まう》して兜《と》率天《そつてん》の内院《ないゐん》といふ所《ところ》にぞ住《す》み給《たま》ひける。しかるに、閻浮提《えんぶだい》に下生《げしやう》しなむと思《おぼ》しけるときに、五衰《ごすい》を現《あらは》し給《たま》ふ。

その五衰《ごすい》といふは、一《ひと》つには、天人《てんにん》は目瞬《めまじろ》くことなきに目瞬《めまじろ》く。二《ふた》つには、天人《てんにん》の頭《かしら》の上《うへ》の花鬘《けまん》は萎《しぼ》むことなきに萎《しぼ》みぬ。三《み》つには、天人《てんにん》の衣《ころも》には塵居《ちりゐ》ることなきに塵《ちり》・垢《あか》を受《う》けつ。四《よ》つには、天人《てんにん》は汗《あせ》あゆることなきに腋《わき》の下《した》より汗《あせ》あえきぬ。五《いつ》つには、天人《てんにん》は我《わ》が本《もと》の座《ざ》を替《か》へざるに本《もと》の座《ざ》を求《もと》めずして当《あ》たる所《ところ》に居《ゐ》ぬ。

そのときに、もろもろの天人《てんにん》、菩薩《ぼさつ》この相《さう》を現《あらは》し給《たま》ふを見《み》て、怪《あや》しびて菩薩《ぼさつ》に申《まう》して言《い》はく、「我《われ》ら、今日《けふ》この相《さう》を現《あらは》し給《たま》ふを見《み》て、身動《みうご》き心迷《こころまど》ふ。願《ねが》はくは我《われ》らがためにこの故《ゆゑ》を宣《の》べ給《たま》へ」と。

菩薩《ぼさつ》、諸天《しよてん》に答《こた》へて宣《のたま》はく、「まさに知《し》るべし、もろもろの行《ぎやう》はみな常《つね》ならずといふことを。我《われ》、今《いま》、久《ひさ》しからずしてこの天《あめ》の宮《みや》を捨《す》て閻浮提《えんぶだい》に生《う》まれなむとす」と。

これを聞《き》きて、もろもろの天人《てんにん》嘆《なげ》くこと愚《おろ》かならず。かくて菩薩《ぼさつ》、閻浮提《えんぶだい》の中《なか》に生《う》まれむに、誰《たれ》をか父《ちち》とし、誰《たれ》をか母《はは》とせむと思《おぼ》して見《み》給《たま》ふに、迦毗羅衛国《かびらゑこく》の浄飯《じやうぼん》王《わう》を父《ちち》とし摩耶夫人《まやぶにん》を母《はは》とせむに足《た》れり、と思《おも》ひ定《さだ》め給《たま》ひつ。

癸丑《みづのとうし》の歳《とし》の七月八日《しちぐわつやうか》、摩耶夫人《まやぶにん》の胎《はら》に宿《やど》り給《たま》ふ。夫人《ぶにん》、夜寝《よるね》給《たま》ひたる夢《ゆめ》に、菩薩《ぼさつ》、六牙《ろくげ》の白象《びやくざう》に乗《の》りて、虚空《こくう》の中《うち》より来《き》たりて、夫人《ぶにん》の右《みぎ》の脇《わき》より身《み》の中《なか》に入《い》り給《たま》ひぬ。顕《あら》はに透《す》き徹《とほ》りて瑠璃《るり》の壺《つぼ》の中《なか》に物《もの》を入《い》れたるがごとくなり。

＊＊＊＊＊＊＊＊

マヤ夫人《ぶにん》は、はっと夢《ゆめ》で目《め》が覚《さ》めた。さっそくジョウボン王《おう》に話《はな》すと、王《おう》もまた同《おな》じ夢《ゆめ》を見《み》たと言《い》って驚《おどろ》く。

しかし、夢《ゆめ》の意味《いみ》がわからない。そこで、高僧《こうそう》を呼《よ》んで夢占《ゆめうらな》いをさせることにした。高僧《こうそう》の占《うらな》いによれば、マヤ夫人《ぶにん》のお腹《なか》の子《こ》は大《おお》いなる光明《こうみよう》とともに誕生《たんじよう》し、将来《しようらい》、ブツダとなるお方《かた》である、という。二人《ふたり》の喜《よろこ》びはたとえようもない。

＊＊＊＊＊＊＊＊

✻これが、一千数十話を収める『今昔物語集』の第一番目の話である。

人間味あふれるお話が売りものの『今昔物語集』にしては、意外な感じを与えそうだ。いきなり、おシャカさまが登場するのだから。

しかし、『今昔物語集』の編集方針からすれば、この説話が最初にくるのは自然である。仏教思想を背景に、その伝来の経路にそって、天竺《てんじく》（インド）・震旦《しんたん》（中国）・

本朝（日本）の三部構成に仕立てた以上、まずは仏教の開祖シャカの誕生から幕を開ける必要があった。

われわれ後世の日本人にとって、天竺・震旦の説話は、なじみが薄く、説教くさいので敬遠してきたということもある。今は、そうした先入観を捨て、ありのままの『今昔物語集』を観劇してみよう。

トソツ天（兜率天）の内院は、将来ブッダとなるボサツのエリートが住む天上界のひとつ。ここから、シャカはブッダとなるための修行を積む目的で、人間界に転生《てんせい》した。

シャカは、生まれ変わり、すなわち転生の意義を説いている。転生することによって、自己の魂は磨かれ、ブッダの智恵を獲得できる、と。ここでは、生も死も、われわれ俗人が考えるほど重大な意味をもってはいない。転生するための出入り口でしかないのだ。

さらに、すべてのものは変化してやまない、すなわち諸行無常《しょぎょうむじょう》の意義を説いた。あたりまえの真理だが、なにかにつけ自分の欲望にしがみつく人間の性癖《せいへき》をいましめるような滋味が感じられる。

こうした転生の予兆として、天人の五衰する光景が描かれている。

ちなみに、作家三島由紀夫《みしまゆきお》は、遺作ともいえる長編四部作『豊饒《ほうじょう》の海』のうち第四部を「天人五衰」と命名した。そこでは、全編をつらぬく転生の思想の究極にある、逃れることのできない老衰という人生の真理がとりあげられている。

シャカ受胎の夢は、瑠璃色の画面の中に、白象に乗って人間界に下りてくるシャカボサツを描き、幻想をかきたてるように美しい。わが国最大の説話集『今昔物語集』は、こうして幕を開ける。

★おシャカさまの誕生

シャカは、紀元前四、五世紀ごろ、インド地方に生まれ、仏教を開き、八十歳で亡くなった実在人物。本名をゴータマ＝シッダールタといい、カピラエ国王の子として高貴で富裕な環境に育った。

シャカとは、出身種族であるシャカ族にちなんだ名前で、出家して悟りを開いてから用いる。尊称ムニを加えて、シャカムニともいう。ふつう、悟った人という意味の「ブツダ（仏陀）」、またそれを略した「仏」（日本語で「ほとけ」と読む）と呼ぶことが多い。

マヤ夫人《ぶにん》の右脇《みぎわき》の下から誕生したといい、生後七日で母に死に別れ、母方の叔母に育てられた。十七歳で高僧の娘ヤシュダラと結婚、男子ラゴラをもうけたが、二十九歳のとき人生の真実に目覚め、出家した。苦行のすえブッダガヤで、三十五歳で悟りを開き、ブッダとなった。

四月八日に行われる「灌仏会《かんぶつえ》」(花祭《はなまつり》)は、シャカの誕生日を祝う儀式である。シャカ誕生のとき、竜王が吐いた聖水に浴したという伝説にならい、甘茶や香湯をシャカ像にかける慣習がある。

〈灌仏会『東都歳事記』〉

◆悟《さと》りを開《ひら》いて、ブッダとなったシッダールタ太子《たいし》

菩《ぼ》薩《さつ》、樹下《じゅげ》に成道《じゃうだう》し給《たま》へる語《こと》（巻第一第七話）

今《いま》は昔《むかし》、天魔《てんま》がさまざまな手段《しゅだん》を用《もち》いて、シッダールタ太子《たいし》（シャカボサツ）の悟《さと》りをさまたげようとしたが、太子《たいし》はケシ粒《つぶ》ほどの不善《ふぜん》もおかさない。慈悲《じひ》の力《ちから》によって美《うつく》しい天女《てんにょ》の誘惑《ゆうわく》をしりぞけ、恐《おそ》ろしい刀剣《とうけん》による脅迫《きょうはく》からものがれた。

二月七日《にがつなのか》の夜《よる》、これらの天魔《てんま》をすべて降参《こうさん》させた太子《たいし》は、大光明《だいこうみょう》を放《はな》って、大真理《だいしんり》を瞑想《めいそう》する境地《きょうち》に入《はい》った。その夜《よる》、すべてを見通《みとお》すことのできる天眼《てんげん》を得《え》、深夜《しんや》になって暗《くら》い迷《まよ》いの根《ね》を断《た》ち切《き》る知恵《ちえ》の光《ひかり》を獲得《かくとく》し、永《えい》久《きゅう》に煩悩《ぼんのう》を断《た》ち切《き》って、ブッダの知恵《ちえ》を完成《かんせい》させた。これ以来《いらい》、シャカ（シャカムニブツ）と呼《よ》ばれることになった。

❖今《いま》は昔《むかし》、天魔《てんま》、種々《くさぐさ》の方便《はうべん》を設《まう》けて、菩薩《ぼさつ》の成道《じやうだう》を妨《さまた》げ奉《たてまつ》らむとすといへども、菩薩《ぼさつ》、芥子《けし》ばかりも犯《をか》され給《たま》ふことなし。慈悲《じひ》の力《ちから》をもつて端正《たんじやう》の天女《てんによ》の形《かたち》をも破《やぶ》り、刀剣《たうけん》の謀《はか》りことをも逃《のが》れて、弐月七日《にぐわつなぬか》の夜《よる》をもつて、かくのごとき魔《ま》を降伏《がうぶく》し畢《をは》りて、大《おほ》きに光明《くわうみやう》を放《はな》ちて定《ぢやう》に入《い》りて、真諦《しんたい》を思惟《しゆい》し給《たま》ふ。また、中夜《ちゆうや》に至《いた》りて天眼《てんげん》を得《え》給《たま》ひつ。また、第三夜《だいさんや》に至《いた》りて、無明《むみやう》を破《は》し、智恵《ちゑ》の光《ひかり》を得《え》給《たま》ひて、永《なが》く煩悩《ぼんなう》を断《だん》じて、一切種智《いつさいしゆち》を成《じやう》じ給《たま》ふ。これより釈迦《しやか》と称《しよう》し奉《たてまつ》る。

✤この太子が悟りを開く（=成道《じようどう》）話の前には、次のような天魔の妨害があった。

　苦しい修行を続ける太子を、天界の大魔王は、さまざまな手段を用いて邪魔をした。当然のことだが、若い男を破滅させる常套《じようとう》手段がここでも使われた。最初は美女による色じかけ、最後は凶器による脅迫である。

　魔王には三人姉妹がいた。ゼンヨク（染

〈釈迦如来〉

欲)・ノウエッツニン(能悦人)・カアイラク(可愛楽)の三人娘で、天女たちの中でも抜群の美女だった。三人は媚態《びたい》を示しながら、太子に近づき、そばで仕えたいと申し出た。太子は、娘たちの本心を見抜き、はなから相手にしなかった。すると、三人は、みるみる白髪の醜い老婆に変わり、腰は曲がり、腹はふくれ、杖《つえ》をついてよたつくばかりになった。

そこで、魔王は懐柔策を考えて、天上界の宮殿に住まわせようと提案した。しかし、太子は冷たく拒絶した。

ついに、魔王は、恐ろしい姿をした魔の大軍に武器を持たせて、太子を脅迫し始めた。だが、太子は眉毛《まゆげ》一本動かすことはなかった。

やがて、天空に神の声が響きわたり、太子の悟りを妨害してはならない、と叱《しか》りつけた。魔王はあきらめて、自分の宮殿に退散した。

★酔っぱらいの出家を認めたシャカ

人を見て教えを説くという方便《ほうべん》を重んじたシャカは、酔ったはずみで出家したことを許した。巻第一第二十八話。

――仏教よりも古いバラモン教の信者がいた。ある日、べろべろに酔ってシャカの前に現れ、出家して仏教の信者になると言い出した。

それでも、シャカは出家させた。酔いが覚めて、彼が自分の姿を見ると、頭は丸坊主で法衣を着ているではないか。びっくり仰天して、その場を逃げるように立ち去った。

シャカは弟子に語った。彼は酔ったいきおいで出家した。けっして本心ではない。それでも出家したことが縁となって、やがて悟りを得ることになろう、と。そのうえ、仏教には飲酒を禁じる不飲酒戒《ふおんじゅかい》があるのに、飲酒が出家の動機になったことを認めて、この男には特別に飲酒を許した。とりわけ出家を重視したためである。――

「偽《いつわ》りても賢《けん》を学《まな》ばむ《ン》を賢《けん》といふ《ウ》べし」(『徒然草《つれづれぐさ》』第八十五段)の実例。

◆死《し》に臨《のぞ》んで、息子《むすこ》ラゴラに父《ちち》の情愛《じょうあい》を示《しめ》すシャカ

仏《ほとけ》、涅槃《ねはん》に入《い》り給《たま》はむとする時《とき》に、羅睺羅《らごら》に遇《あ》ひ給《たま》へる語《こと》（巻第三第三十話）

シャカが弟子《でし》たちに、「ラゴラは来《き》たか」とたずねているところへ、ラゴラがやってきた。

弟子《でし》たちはラゴラに向《む》かい、「シャカは、御臨終《ごりんじゅう》まぎわだというのに、急《きゅう》にあなたが見《み》えなくなったので、待《ま》っておられます。早《はや》くそばへ行《い》ってあげなさい」と、せきたてた。

そこで、ラゴラは泣《な》く泣《な》くそばに寄《よ》って行《い》くと、ブッダはラゴラを見《み》て、「私《わたし》はもうすぐ死《し》ぬ。永遠《えいえん》に人間界《にんげんかい》から離《はな》れようとしている。おまえが私《わたし》の顔《かお》を見《み》るのは今《いま》この時《とき》だけだ。もっとそばに寄《よ》れ」と言《い》う。

ラゴラは涙《なみだ》にむせびながらそばに寄《よ》ると、ブッダはラゴラの手《て》をとって、「このラゴラはたしかに私《わたし》の息子《むすこ》です。もろもろのブッダたちよ、どうか、

私《わたし》のあとに残《のこ》るこの子《こ》を哀《あわ》れんでください」とお願《ねが》いして、息《いき》をひきとった。これがブッダの最期《さいご》の言葉《ことば》だった。

そこで、このシャカの行動《こうどう》を思《おも》うに、煩悩《ぼんのう》のけがれのないシャカでさえ、父《ちち》と子《こ》の愛情《あいじょう》というものは、弟子《でし》たちへの愛情《あいじょう》とは異《こと》なるものなのだ。まして、濁《にご》りきったこの世《よ》の親《おや》たちがわが子《こ》への愛情《あいじょう》に迷《まよ》うのは当然《とうぜん》である。シャカもそのことを示《しめ》したのだ、と語《かた》り伝《つた》えられているという。

❖釈迦仏《しやかほとけ》の、御弟子《みでし》の比丘《びく》らに、「羅睺羅《らごら》は来《き》たりたりや」と問《と》ひ給《たま》ふほどに、羅睺羅《らごら》参《まゐ》り給《たま》へり。

御弟子《みでし》の比丘《びく》ら、羅睺羅《らごら》に言《い》はく、「仏《ほとけ》は既《すで》に涅槃《ねはん》に入《い》り給《たま》ひなむとするに、羅睺羅《らごら》たちまちに見《み》え給《たま》はねば、それを待《ま》ち給《たま》へるなり。速《すみ》やかに御傍《おほんかたは》らにとく参《まゐ》り給《たま》へ」と勧《すす》めければ、羅睺羅《らごら》、泣《な》く泣《な》く参《まゐ》り寄《よ》りたるに、仏《ほとけ》、羅睺羅《らごら》を見給《みたま》ひて宣《のたま》はく、「我《われ》は只今《ただいま》、滅度《めつど》を取《と》るべし。永《なが》くこの界《さかひ》を隔《へだ》ててむとす。なんぢ我《われ》を見《み》むこと只今《ただいま》なり、近《ちか》く来《き》たれ」と宣《のたま》へば、羅睺羅《らごら》、涙《なみだ》におぼほれて参《まゐ》りたるに、仏《ほとけ》、羅睺羅《らごら》の手を捕《と》らへ給《たま》ひて宣《のたま》はく、「この羅睺羅《らごら》はこれ、我が子《わこ》なり。十方《じつぱう》の仏《ほとけ》、これを哀愍《あいみん》し給《たま》へ」と契《ちぎ》り給《たま》ひて、滅度《めつど》し給《たま》ひぬ。これ最後《さいご》の言《こと》なり。

しかれば、これをもつて思《おも》ふに、清浄《しやうじやう》の身《み》にましますら仏《ほとけ》そら、父子《ふし》の間《あひだ》は他《ほか》の御《み》弟子《でし》らには異《こと》なり。いかにいはむや、五濁悪世《ごぢよくあくせ》の衆生《しゆじやう》の、子《こ》の思《おも》ひに迷《まど》はむは理《ことわり》なりかし。仏《ほとけ》もそれを表《あらは》し給《たま》ふにこそは、となむ語《かた》り伝《つた》へたるとや。

✻シャカ臨終の場面である。シャカ最期《さいご》の言葉は驚くほど俗臭が強い。あらゆる煩悩を断ち切ったはずのシャカが、煩悩の最たるもの、恩愛（親子の情愛）に執着しているのだから。

息子ラゴラの手をとって、もろもろのブツダたちに息子の加護を頼んでいる。むしろ、息子に人生の無常を説いて聞かせるべきなのに。これでは、われわれ凡人と、少しも異なるところはないではないか。

事実、正式な経典には、こうした俗人シャカの言葉はないという。とすれば、この最期のシャカは、日本人が独自に発想したシャカ像ということになろう。

その理由をこう説明する。シャカも今まだ人間である以上、息子との親子関係と弟子との師弟関係とでは、どうしても差が出てくる。やはり親子の情愛は抑えきれないものなのだ。まして、凡人ならば親子の情に溺《おぼ》れるのも無理はない。シャカはそうした人生の真理を示したのだ、と。

シャカも人間ならば、われわれ俗人も人間だ。それなら、精進《しょうじん》しだいでシャカに近づくことができるはずだ。この話は、シャカとわれわれとの間を結ぶ見えない糸を、取りだして見せてくれたのではなかろうか。

★息子の出家に猛反対するシャカの妻

シャカは、息子ラゴラを出家させて、仏の道を歩ませようとしたが、妻のヤシユダラは猛反対する。巻第一第十七話。

——妻が反対する理由は、はっきりしていた。シャカと結婚して、たった三年で、シャカは私を捨てて王宮を出てしまった。それなのに、残されたわが子を取り上げるとは、慈悲心のあるブッダとも思えない、と言って泣いた。

また、シャカが出家した以上、王位を継ぐのはラゴラしかいない。だから、出家させるわけにはいかない、と。

しかし、シャカは言う。母親の情愛はどんなに美しくとも、短い人生の間だけだ。死ねば母子は別々の世界に移る。永遠の闇《やみ》に落ちる。それよりは、息子が悟りを開けば、母を救うことができる、と。

さらに、お前と私は過去世において、永遠の夫婦として愛し合おうと誓った仲ではないか。あの時の志を忘れたのか、と。

ヤシュダラの眼前に、二人の誓い合う情景が浮かびあがった。彼女は黙ってラゴラをシャカのもとに送りだした。――

子どもの教育問題から、夫婦間のみぞが明るみに出る。おシャカさまもそうだったのか。私たちに親近感を抱かせるお話である。

★尼さん第一号はシャカの叔母（養母）さん

シャカの叔母キョウドンミはとても熱心な仏教信者だった。なんとかして出家したいと願い、何度もシャカに懇願したが、シャカはなかなか許さなかった。巻第一第十九話。

――シャカが叔母の出家を許可しない理由はこうである。女が出家すると、子どもが生まれなくなる。男子は仏法を維持するために必要なのだ、と。

しかし、叔母はあきらめず、シャカの高弟アナンにとりもってもらう。アナンは、シャカの実母マヤ夫人《ぶにん》が亡きあと、叔母が母代わりにお育てした恩を強調して、叔母の出家を許すよう勧めた。

シャカはしぶしぶ、厳しい戒律を守るならばとの条件付きで、叔母の出家を許した。

――女人成仏《にょにんじょうぶつ》・女人往生《おうじょう》という言葉が生まれるきっかけとなる話である。一見、男女を差別しているようだが、女性が戒律を守りぬくことの難しさを、シャカは懸念していたのだろう。

◈この世《よ》の親子《おやこ》の情愛《じょうあい》も通用《つうよう》しないあの世《よ》の現実《げんじつ》

子《こ》を恋《こ》ひて閻魔《えんま》王宮《わうぐう》に至《いた》りし人《ひと》の語《こと》(巻第四第四十一話)

＊＊＊＊

仏道《ぶつどう》に励《はげ》んだけれども、自分《じぶん》の能力《のうりょく》の限界《げんかい》を知《し》ってあきらめ、六十歳《ろくじっさい》で俗人《ぞくじん》に戻《もど》った男《おとこ》がいた。その後《のち》、結婚《けっこん》して男児《だんじ》を得《え》たが、七歳《ななさい》でその子《こ》は死《し》んだ。男《おとこ》は、もう一度《いちど》わが子《こ》に会《あ》いたい一心《いっしん》で、死後《しご》の世界《せかい》を支配《しはい》する閻魔王《えんまおう》のもとを訪《おとず》れた。

＊＊＊＊

男《おとこ》が閻魔王《えんまおう》に事情《じじょう》を訴《うった》えると、王《おう》は、「すぐに逢《あ》わせてやろう。その子《こ》は後《うし》ろの庭《にわ》にいる。自分《じぶん》で行《い》って逢《あ》うがよい」と言《い》った。父親《ちちおや》である男《おとこ》は大喜《おおよろこ》びで、王《おう》の言《い》うとおりにその庭《にわ》に行《い》ってみると、わが子《こ》がいた。同《おな》じ年《とし》ごろの子《こ》どもたちといっしょに、楽《たの》しそうに遊《あそ》んでいる。

父《ちち》はわが子《こ》を呼《よ》び寄《よ》せると、泣《な》く泣《な》く、「お父《とう》さんは、いつもいつも、お前《まえ》が恋《こい》しくて我慢《がまん》できないので、閻魔王《えんまおう》にお願《ねが》いして、お前《まえ》に逢《あ》うことができたんだよ。お前《まえ》も、お父《とう》さんに逢《あ》いたかったろう」と、涙《なみだ》ながらに語《かた》りかけた。

けれども、その子《こ》は、ちっとも反応《はんのう》するそぶりを見《み》せず、男《おとこ》を父親《ちちおや》と思《おも》うようすも見《み》せず、仲間《なかま》と遊《あそ》び続《つづ》けている。男《おとこ》はなんともやりきれない気《き》分《ぶん》になり、泣《な》き嘆《なげ》くばかりだ。それでも、子《こ》はけろりとした顔《かお》つきで、ひと言《こと》も口《くち》をきかない。

男《おとこ》は、いくら嘆《なげ》き悲《かな》しんでもどうにもならず、すごすごと帰《かえ》って行《い》った。

してみると、現世《げんせ》を離《はな》れて死《し》後《ご》の世《せ》界《かい》に移《うつ》れば、もとの人間《にんげん》の心《こころ》は消《き》えてしまうのだろうか。父親《ちちおや》はまだ現世《げんせ》に生《い》きているので、こうも親子《おやこ》の情《じょう》愛《あい》に苦《くる》しむのだろう、と語《かた》り伝《つた》えているとか。

❖この人《ひと》、王《わう》にこのことを申《まう》すに、王《わう》の宣《のたま》はく、「速《すみ》やかに見《み》しむべし。その子《こ》、後《うし》ろの園《その》にあり。行《ゆ》きて見《み》るべし」と。父《ちち》、喜《よろこ》びの心深《こころふか》くして、教《をし》へに従《したが》ひてその所《ところ》に行《ゆ》きて見《み》るに、我《わ》が子《こ》あり。同《おな》じやうなる童子《どうじ》どもの中《なか》に遊戯《ゆけ》してあり。父《ちち》、これを見《み》て、子《こ》を呼《よ》び取《と》りて泣《な》く泣《な》く言《い》はく、「我《われ》、日《ひ》ごろ、なんぢを恋《こ》ひ悲《かな》しむ心深《こころふか》くして、王《わう》に申《まう》し請《う》けて見《み》ることを得《え》たり。なんぢは同心《どうじん》には思《おも》はざるか」。

涙《なみだ》におぼほれて言《い》ふに、子敢《こあ》へて嘆《なげ》く気色《けしき》なくして、父《ちち》とも思ひたらず、遊《あそ》び歩《ある》く。父《ちち》、これを恨《うら》みて泣《な》くこと限《かぎ》りなし。しかれども、子《こ》、いかにとも思《おも》ひたらずして言《い》ふことなし。父《ちち》、嘆《なげ》き悲《かな》しむといへども、かひなくして帰《かへ》りにけり。

これは、生《しやう》を隔《へだ》てつれば、本《もと》の心《こころ》はなきにやあるらむ、父《ちち》はいまだ生《しやう》を替《か》へずしてかく恋《こ》ひ悲《かな》しびけるにやありけむ、となむ語《かた》り伝《つた》へたるとや。

✻生々流転《せいせいるてん》という言葉がある。万物は永遠に生死をくりかえし、移り変わるという意味だが、ここに転生《てんせい》の思想が凝縮されている。

転生するたびに、新しい世界に移り住む。しかし、そのたびに以前の世界の記憶を保持していたのでは、転生の意味がなくなる。過去の記憶が新しい生を妨害するからだ。したがって、転生したならば、前世の記憶は消去されるのがふつうである。まれに消去しそこなう例があるにしても。

空海《くうかい》も、生と死のはては暗いと述べて、過去世・現在世・未来世の三つの世界の間には、ふつう人間である以上は行き来することのできない絶対の壁があることをさとした。

ここの親子の話は、そうした転生の実態を映しだしている。子は転生したのに、親はもとのままである。当然、親子のきずなは断たれているのに、親のほうは肉親愛をひきずったまま、子に面会した。親は涙にくれ、子は新しい世界の友だちと遊んでいる。

思いだすのは、あの『竹取物語』のかぐや姫のことだ。天《あま》の羽衣《はごろも》を着たとたんに、人間界の記憶を消去されてしまう。彼女もまた、転生するのであろうか。

これは人情のまったく通じない世界を描いた、仏法の冷厳な一面をうかがわせる説話である。

★妃《きさき》の位よりもすばらしい口の芳香

口の匂《にお》いがどれほど性愛の喜びを高めるか、ある夫婦の物語。巻第二第十六話。

――インドの田舎にすばらしい美人妻がいた。うわさを聞いた好色な国王は、強引にこの妻を奪いとった。男は泣く泣く姿を消した。王はすっかり美人妻のとりことなり、ついに王妃にたてた。

ところが、妃はすこしも喜ばない。どんな遊びにも楽しまない。不審に思って、王はたずねた。「どうして、そんなにつまらなそうにしているのか」

妃は答えた。「あなたは国王ですが、身分の低い夫より全然魅力がありません。夫の口は、白檀《びゃくだん》か沈香《じんこう》(どちらも香木)のようにいい香りがしますわ。あなたはそうじゃないから、つまらなくって」

王は赤面した。さっそく夫の捜索を命じた。見つかった夫が宮殿に連行されて来る途中、妃はうれしそうに、「あの人がじき参りますわ。あの人のいい香りがしてきましたもの」と言った。香りは数キロ先からただよってきた。——

前世で夫は焼香する僧を見て、自分も香をたきたいと願った。そう願う気持ちが功徳《くどく》となって、口に芳香を得たのだという。

◆炎《ほのお》に飛《と》び込《こ》み、身《み》を焼《や》いて食事《しょくじ》に差《さ》し出《だ》したウサギ

三《さん》の獣《けもの》、菩薩《ぼさつ》の道《だう》を行《ぎやう》じ、兎《うさぎ》、身《み》を焼《や》ける語《こと》（巻第五第十三話）

ウサギ（兎）とキツネ（狐）とサル（猿）の三匹《さんびき》の獣《けもの》が、仲《なか》よく共同生活《きょうどうせいかつ》をしながら、わが身《み》を捨《す》てて善《よ》い行《おこな》いを積《つ》もうと修行《しゅぎょう》に励《はげ》んでいた。これを見《み》た仏法《ぶっぽう》の守護神《しゅごしん》、タイシャク（帝釈）天《てん》は、三匹《さんびき》の態度《たいど》に感心《かんしん》したものの、やはり本心《ほんしん》を確《たし》かめようと、衰弱《すいじゃく》しきった老人《ろうじん》に変身《へんしん》して、三匹《さんびき》の前《まえ》に現《あらわ》れた。

老人《ろうじん》が三匹《さんびき》に食事《しょくじ》を求《もと》めると、かれらは快《こころよ》く承知《しょうち》した。キツネとサルは、さっそく食《た》べ物《もの》を探《さが》してまわり、老人《ろうじん》を満腹《まんぷく》させた。だが、ウサギはどうしても探《さが》しだせない。それどころか、野山《のやま》を駆《か》け回《まわ》ることさえ、恐《おそ》ろしくてしようがない。

そこで決心《けっしん》した。このままだと、人《ひと》に殺《ころ》されるか、あるいは猛獣《もうじゅう》に食《く》い殺《ころ》されるか、どちらかだ。どうせ、殺《ころ》されるのなら、いっそのこと、老人《ろうじん》に食《く》われて死《し》んでしまおう。そしてこの世《よ》に別《わか》れを告《つ》げよう、と。

こうして、胸《むね》に決意《けつい》を秘《ひ》めたまま、ウサギは、キツネとサルに焚《た》き火《び》の準備《じゅんび》を頼《たの》んで、ふたたび食《た》べ物《もの》を探《さが》しに出《で》かけた。

そこで、サルは枯《か》れ木《き》を集《あつ》め、キツネは火《ひ》をおこした。今度《こんど》は何《なに》か見《み》つけてくるかも、と待《ま》っているところへ、ウサギはまたも手《て》ぶらで帰《かえ》ってきた。

これを見《み》たサルとキツネは、「お前《まえ》は何《なに》を持《も》って来《き》たんだ。思《おも》ったとおりだ。うそをついてだまして、枯《か》れ木《き》を集《あつ》め、火《ひ》をおこさせて、自分《じぶん》は何《なに》もしないで温《あたた》まろうとしたんだな。憎《にく》たらしいやつめ」と責《せ》めたてた。

すると、ウサギは、「ぼくには食《た》べ物《もの》を探《さが》しだす能力《のうりょく》がないんだ。だから、どうかぼくの体《からだ》を焼《や》いて食《た》べてください」と言《い》うや、たちまち炎《ほのお》の中《なか》に躍《おど》りこんで焼《や》け死《し》んだ。

このとき、老人《ろうじん》に変身《へんしん》していたタイシャク天《てん》は、もとの姿《すがた》にもどり、このウサギが火《ひ》に飛《と》び込《こ》んだときの姿《すがた》をそのまま月《つき》の中《なか》に移《うつ》して、命《いのち》あるもののすべてに見《み》せるために、月面《げつめん》に刻《きざ》みこんだ。

月《つき》の表面《ひょうめん》に雲《くも》のようなものが見《み》えるのは、ウサギが焼《や》け死《し》んだときの煙《けむり》である。月《つき》の中《なか》にウサギがいるというのは、このウサギの姿《すがた》なのだ。

人間《にんげん》ならば誰《だれ》しも、月《つき》を見上《みあ》げるたびに、このウサギの行動《こうどう》を思《おも》い起《お》こしてほしい。


❖しからば、猿《さる》は木《き》を拾《ひろ》ひて来《き》たりぬ。狐《きつね》は火《ひ》を取《と》りて来《き》たりて焚《た》きつけて、もしやと待《ま》つほどに、兎《うさぎ》、持《も》つ物《もの》なくして来《き》たれり。

そのときに、猿《さる》・狐《きつね》、これを見《み》て言《い》はく、「なんぢ何物《なにもの》をか持《も》て来《き》たるらむ。これ、思《おも》ひつることなり。虚言《そらごと》をもつて人《ひと》を謀《たばか》りて、木《き》を拾《ひろ》はせ火《ひ》を焚《た》かせて、なんぢ火《ひ》を温《あたた》まむとて、あな憎《にく》」と言《い》へば、兎《うさぎ》、「我《われ》、食物《じきもつ》を求《もと》めて持《も》て来《き》たるに力《ちから》なし。されば、ただ我《わ》が身《み》を焼《や》きて食《く》らひ給《たま》ふべし」と言《い》ひて、火《ひ》の中《なか》に躍《をど》り入《い》りて焼《や》け死《し》にぬ。

そのときに、天帝釈《てんたいしやく》、もとの形《かたち》に復《ぶく》して、この兎《うさぎ》の火《ひ》に入《い》りたる形《かたち》を月《つき》の中《なか》に移《うつ》して、あまねく一切《いつさい》の衆生《しゆじやう》に見《み》しめむがために、月《つき》の中《なか》に籠《こ》め給《たま》ひつ。

しかれば、月《つき》の面《おもて》に雲《くも》のやうなる物《もの》の有《あ》るは、この兎《うさぎ》の火《ひ》に焼《や》けたる煙《けぶり》なり。また、月《つき》の中《なか》に兎《うさぎ》の有《あ》るといふは、この兎《うさぎ》の形《かたち》なり。よろづの人《ひと》、月《つき》を見《み》むごとにこの兎《うさぎ》のこと思《おも》ひ出《い》づべし。

✲月の中にウサギがいて餅《もち》をついているという話は、日本の子どもたちにとってなじみの深いものだった。これは、その由来を物語るドラマである。

ウサギは火中に飛びこみ、わが身を焼いて、老人に食事として差し出した。この捨身の行為は、ボサツがブツダとなるための苦行《くぎょう》の一つである。いわば自己犠牲の意味

〈帝釈天〉

を人間に伝えるために、ウサギの姿を月に刻みこんだという。

もともと知恵のまわる獣として知られるサルとキツネに、ウサギが対抗できるわけがない。徹底した、いじめにあう。はじめから、ウサギは弱者・敗者の役をふられている。そして、哀れなウサギだからこそ、読者の同情をかきたて、話の内容を疑う気力を奪うのである。

ウサギの哀れな最期は、ボサツの行為と認定されることによって、神聖なる価値を得た。ウサギへの同情は愛情に高まっていく。月を見上げる人間の心には、ウサギへの愛情とともに仏の教えがしみこんでいく。月はウサギの墓標である。

★野性の美しさ——芥川龍之介《あくたがわりゅうのすけ》の評価

『今昔物語集』は、江戸時代の終わりごろまで、ごく少数の知識人にしか、存在を知られていなかった。『今昔物語集』の文芸価値を最初に発見したのは、芥川龍之介であるといってよい。『羅生門《らしょうもん》』『鼻』『芋粥《いもがゆ》』など、彼の代表作の取材源は『今昔物語集』にあった。彼は『今昔物語集』をこう評価している。

——この生《な》まなましさは、「今昔物語」の芸術的生命であると言っても差し支へない。
この生まなましさは、本朝の部には、一層野蛮に輝いてゐる。一層野蛮に？——僕はやつと「今昔物語」の本来の面目《めんもく》を発見した。「今昔物語」の芸術的生命は生まなましさだけには終つてゐない。それは紅毛人の言葉を借りれば、brutality（野性）の美しさである。或《あるい》は優美とか華奢《きやしや》とかには最も縁の遠い美しさである。（中略）「今昔物語」の作者は事実を写すのに少しも手加減を加へてゐない。これは僕等人間の心理を写すのにも同じことである。尤《もつと》も「今昔物語」の中の人物は、あらゆる伝説の中の人物のやうに複雑な心理の持ち主ではない。彼等の心理は陰影の乏しい原色ばかり並べてゐる。しかし今日の僕等の心理にも如何《いか》に彼等の心理の中に響き合ふ色を持つてゐるであらう。

（「今昔物語に就《つ》いて」昭和二年四月）

◆盗《ぬす》みに失敗《しっぱい》して親《おや》を殺《ころ》した過去《かこ》をもつ新人《しんじん》の国王《こくおう》

震旦《しんだん》の盗人《ぬすびと》、国王《こくわう》の倉《くら》に入《い》りて財《たから》を盗《ぬす》み、父《ちち》を殺《ころ》せる語《こと》（巻第十第三十二話）

今《いま》は昔《むかし》、古代中国《こだいちゅうごく》のある時代《じだい》、国王《こくおう》の財宝《ざいほう》を納《おさ》めた大《おお》きな蔵《くら》があった。そこに財宝《ざいほう》をねらって二人組《ふたりぐみ》のどろぼうが侵入《しんにゅう》した。親子《おやこ》だった。親《おや》は蔵《くら》の中《なか》に入《はい》り財宝《ざいほう》を取《と》り出《だ》す。子《こ》は外《そと》に立《た》って、それを受《う》け取《と》っていた。そこへ、警備員《けいびいん》が見回《みまわ》りにきた。外《そと》に立《た》っていた子《こ》はその気配《けはい》に気《き》づいて、彼《かれ》らが来《き》ても自分《じぶん》は逃《に》げてつかまらない、しかし、蔵《くら》の中《なか》にいる親《おや》は逃《に》げ切《き》れないで、必《かなら》ずつかまるだろう、と判断《はんだん》した。生《い》き恥《はじ》をさらすよりは、親《おや》を殺《ころ》して誰《だれ》とも知《し》られないようにしたほうがよい、と考《かんが》えた。

そこで、子《こ》は、蔵《くら》に近寄《ちかよ》って親《おや》に、「誰《だれ》かやってきた。どうしよう」と知《し》らせた。これを聞《き》いて、親《おや》が、「どれ。どこにいるんだ」と言《い》いながら、蔵《くら》の中《なか》から顔《かお》を差《さ》し出《だ》した。その瞬間《しゅんかん》、子《こ》は、親《おや》の首《くび》をひと太刀《たち》で打《う》ち落《お》とし、首《くび》を持《も》って逃《に》げ去《さ》った。

❖今《いま》は昔《むかし》、震旦《しんだん》の□代《よ》に、国王《こくわう》の財宝《ざいほう》を納《をさ》め置《お》きたる大《おほ》きなる庫蔵《くら》ありけり。その蔵《くら》に財宝《ざいほう》を盗《ぬす》み取《と》らむがために、盗人二人《ぬすびとふたり》入《い》りにけり、祖子《おやこ》なり。祖《おや》は蔵《くら》の内《うち》に入《い》りて財宝《ざいほう》を取《と》り出《い》だす、子《こ》は外《と》に立《た》ちて、取《と》り出《い》だす物《もの》を受《う》け取《と》りて立《た》てり。しかる間《あひだ》、蔵《くら》を護《まも》る者《もの》ら、来《き》たる。外《と》に立《た》てる子《こ》、その気色《けしき》を見《み》て思《おも》はく、人来《ひとき》たるといふとも、我《われ》は逃《のが》れて捕《と》らふべからず、内《うち》にある我《わ》が祖《おや》は逃《に》げ得《え》むことあたはずして必《かなら》ず捕《と》らはれなむとす。生《い》きて恥《はぢ》を見《み》むよりはしかじ、祖《おや》を殺《ころ》して、誰人《たれひと》といふことを知《し》られでは止《や》みなむと思《おも》ひ得《え》て、子《こ》、近《ちか》く寄《よ》りて祖《おや》に言《い》はく、「既《すで》に人来《ひとき》たりにたり、いかがせむとする」と。

祖《おや》、これを聞《き》きて、「いづら、いづこに有《あ》るぞ」と言《い》ひて、蔵《くら》の内《うち》に立《た》ちながら顔《かほ》をさし出《い》でたるを、子《こ》、その祖《おや》の頸《くび》を大刀《たち》をもつて打《う》ち落《お》として、頸《くび》を取《と》りて逃《に》げて去《さ》りぬ。

＊＊＊＊＊＊＊＊＊＊＊＊＊＊＊＊＊＊＊＊＊＊＊＊＊＊

巡回中《じゅんかいちゅう》の警備員《けいびいん》が蔵《くら》の前《まえ》に来《き》てみると、扉《とびら》が破《やぶ》られ、おびただしい血《ち》が流《なが》れ、首《くび》のない死体《したい》がころがっていた。さっそく、国王《こくおう》に事件《じけん》を報告《ほうこく》すると、王《おう》は盗人《ぬすびと》親子《おやこ》の行動《こうどう》を見抜《みぬ》いて、次《つぎ》のような指示《しじ》を下《くだ》した。

この国《くに》には親《おや》の死後《しご》三日《みっか》の間《あいだ》に埋葬《まいそう》する習慣《しゅうかん》がある。王《おう》は、それを利用《りよう》して盗《ぬす》人《びと》を捕《と》らえようと考《かんが》え、首《くび》のない死体《したい》をわざと人通《ひとどお》りの多《おお》い道《みち》に捨《す》てて、見張《みは》りをつけた。

ところが、子《こ》の盗人《ぬすびと》は王《おう》の計略《けいりゃく》を見抜《みぬ》き、見張《みは》りを酒《さけ》で泥酔《でいすい》させ、親《おや》の死体《したい》を焼《や》いて灰《はい》にしてしまった。王《おう》は盗人《ぬすびと》の知恵《ちえ》に感心《かんしん》した。

また、この国《くに》に親《おや》の葬儀《そうぎ》後三日《ごみっか》の間《あいだ》に水浴《すいよく》する習慣《しゅうかん》がある。王《おう》は、それを利用《りよう》して盗人《ぬすびと》を捕《と》らえようと考《かんが》え、河《かわ》のそばに若《わか》い女《おんな》を置《お》いて見張《みは》らせた。

ところが、盗人《ぬすびと》は、女《おんな》をたぶらかして共寝《ともね》した後《のち》、汗《あせ》を流《なが》すふりをして水浴《すいよく》をすませた。王《おう》は盗人《ぬすびと》の知恵《ちえ》に感心《かんしん》した。

やがて、その若《わか》い女《おんな》が盗人《ぬすびと》の子《こ》を生《う》んだ。王《おう》は、今度《こんど》こそと大《おお》いに喜《よろこ》んだ。この国《くに》に子《こ》の出生後三日《しゅっしょうごみっか》以内《いない》に父親《ちちおや》が子《こ》にキスする習慣《しゅうかん》がある。王《おう》は、それを利用《りよう》して盗人《ぬすびと》を捕《と》らえようと考《かんが》え、女《おんな》に子《こ》を抱《だ》かせて人《ひと》の集《あつ》まる市場《いちば》に立《た》たせた。

ところが、盗人《ぬすびと》は、見知《みし》らぬ男《おとこ》が餅《もち》をかんで子《こ》に飲《の》ませるふりをよそおって、

＊＊＊＊＊＊＊＊＊＊＊＊＊＊＊＊＊＊＊＊＊＊＊＊＊＊

＊＊＊＊＊＊

難関《なんかん》を切《き》り抜《ぬ》けた。ついに王《おう》は逮捕《たいほ》をあきらめた。

その後《のち》、何年《なんねん》かたって、隣《となり》の国《くに》に内乱《ないらん》が起《お》こり、新《あたら》しい王《おう》が誕生《たんじょう》した。隣国《りんごく》の新王《しんおう》はこの国《くに》の王《おう》に、王女《おうじょ》を妃《きさき》に迎《むか》えたいと願《ねが》い出《で》た。王《おう》は快諾《かいだく》し、豪華《ごうか》な結婚《けっこん》の祝宴《しゅくえん》が張《は》られた。

＊＊＊＊＊＊

やがて三日《みっか》過《す》ぎて、隣国《りんごく》の王《おう》が新《あたら》しい妃《きさき》を連《つ》れて、本国《ほんごく》に帰《かえ》ることになった。そのとき、舅《しゅうと》の王《おう》が、婿《むこ》である隣国《りんごく》の王《おう》と世間話《せけんばなし》をするついでに、身《み》を寄《よ》せてそっとささやいた。

「あなたは以前《いぜん》、私《わたし》の蔵《くら》から財宝《ざいほう》を取《と》ったお方《かた》じゃありませんか。あなたの力量《りきりょう》をうかがうと、そうとしか思《おも》えません。隠《かく》す必要《ひつよう》など全然《ぜんぜん》ありませんよ」

これを聞《き》いた婿《むこ》の王《おう》は、「そう、そのとおりですよ。でも、過去《かこ》の話《はなし》を持《も》ち出《だ》すのはお止《や》めなさい」と追及《ついきゅう》をかわして、妃《きさき》を連《つ》れて本国《ほんごく》へ帰《かえ》って行《い》った。

舅《しゅうと》の王《おう》は、したたかな盗賊《とうぞく》にしてやられ、娘《むすめ》まで嫁《よめ》に取《と》られてしまった、と苦《にが》い思《おも》いではあったが、その後《のち》、他国《たこく》の王《おう》たちに軽蔑《けいべつ》されることはなかった。なにもかも、婿《むこ》の王《おう》の人徳《じんとく》のおかげなのだ、と語《かた》り伝《つた》えているとか。

❖三日《みか》を過《す》ぎて、隣《となり》の王《わう》、后《きさき》を具《ぐ》して本《もと》の国《くに》に帰《かへ》りなむとするときに、舅《しうと》の王《わう》、聟《むこ》の王《わう》に会《あ》ひて、物語《ものがたり》のついでに、舅《しうと》の王《わう》、居寄《ゐよ》りて忍《しの》びて聟《むこ》の王《わう》に言《い》はく、「君《きみ》は、先年《せんねん》に自《みづか》らの蔵《くら》に入《い》りて財《たからと》取り給《たま》ひし人《ひと》か。御心《おほんこころ》のほどを聞《き》くに、しかなめりと思《おも》ふなり。ゆめゆめ隠《かく》し給《たま》ふべからず」と。聟《むこ》の王《わう》、これを聞《き》きて、うち微笑《ほほゑ》みて、「しか、さに侍《はべ》り。旧《ふる》き事《こと》な仰《おほ》せられ出《い》でそ」と言《い》ひて、后《きさき》を具《ぐ》して本《もと》の国《くに》に帰《かへ》りて住《す》みければ、舅《しうと》の王《わう》、「いみじき者《もの》の心《こころ》につひに負《ま》けて、娘《むすめ》をさへ会《あ》はせつること」と思《おも》ひ給《たま》ひけれども、後々《のちのち》には他《ほか》の国《くに》の王《わう》にもあなづられでぞありける。その聟《むこ》の王《わう》の徳《とく》なりけり、となむ語《かた》り伝《つた》へたるとや。

✻同じ盗賊の話でも、本朝部の日本版と読み比べると、まるで異質な印象を受ける。逃亡にあたって、捕縛されて生き恥をさらさせないためにと決断して、親の首をはねるなど、日本の盗賊には無理である。肉親愛の表現のしかたがじつにドライだ。

逮捕するために王がしかけた三つの策略を、みごとにクリアするあたり、あまりに緻密《ちみつ》な頭脳プレーに拍手したいくらいだ。凶悪犯といっていい男なのに、その行動には憎めない明るさがある。まさしく怪盗であり、怪傑である。ついには、王の娘まで手に入れてしまうが、王のほうは正体を見破っても手を出せないで終わる。どこか民衆の怨念《おんねん》を晴らす義賊めいた男である。

ちなみに、十六世紀のスペインで出版されたピカレスク小説（悪者小説）では、下層階級出身の狡猾《こうかつ》な主人公が活躍するが、それとの類似が指摘されている。（『鑑賞日本古典文学』第十三巻）

じつは、この震旦《しんたん》部の話は、源流にさかのぼると、中国・インドからさらにエジプトの王家の物語にたどりつくと言われている。こうした国際色を楽しめるのも、『今昔物語集』なればこそである。

★インドの仏像を盗んで中国に伝えた聖人父子
インドのシャカ像を中国に伝来した聖人父子の苦難の道のりを描く。巻第六第五話。

――古代インドに、シャカ本人にあいさつしたという栴檀《せんだん》の香木でつくったシャカ像があった。世の人々はこぞって、これを敬った。

聖人クマラエン（鳩摩羅焰）は、なんとかして中国に仏法を伝えたいと願うあまり、この仏像を盗みだした。追っ手に捕まらないように、昼も夜も、険しい道を急いだ。シャカはあわれに思い、昼はクマラエンが仏像を背負い、夜は仏像（シャカ）がクマラエンを背負った。

途中、キジ（亀兹）国を通った。国王に事情を説明すると、王は深く同情した。王が見るところ、この聖人は年老いている。中国まで仏像を運ぶのは無理だろう。それならば、自分の娘といっしょにして、子どもを生ませ、その子に運んでもらおう、と考え、クマラエンに打ち明けた。だが、クマラエンは、女性に近づいてはならないという邪淫戒《じゃいんかい》を理由に、王の勧めを断った。

王は涙ながらに、こう説得した。邪淫戒を守るのは自分一人のつごうではないか。仏法を中国に伝えることと、どちらがたいせつか、と。クマラエンはようやく王の勧めを受け入れた。

さて、天女のように美しい王女を妻にしたクマラエンだが、いっこうに子どものできるようすがない。王は心配して、王女に夜の生活についてたずねた。すると、王女は、聖人がそのときに何か唱えている、と答えた。王は、そのときは彼の口をふさぐように、とさとした。

やがて、王女は子を宿し、クマラエンは死んだ。それまで子どもができなかった原因は、彼が王の勧めに従ったものの、諸行無常というお経の文句を唱えたためだった。

生まれた子は男の子で、クマラジュウ（鳩摩羅什）と名づけられた。成長すると、父の遺志を継いで、シャカ像を中国に届けた。中国では国をあげて、これを敬った。クマラジュウは聡明《そうめい》で、多くの人々から尊敬された。彼はたくさんのお経を集めて整理し、翻訳した。今こうして仏法を学ぶことができるのは、クマラジュウのおかげである。——

★「今は昔」――説話のチャンネル

「今は昔」というチャンネルをひねってみる。すると、たちまち今と昔とを隔てる壁が消えて、昔が今のなかに流れ込み、一体となって、説話の時間が始まるのだ。この新しい時間の舞台では、昔の人々、死者たちが今によみがえり、古人と今人が一緒になって、ありとあらゆる人生のドラマを演じる。

『今昔物語集』の編者はドラマの監督だ。ドラマの視聴者は、人生の奥深い味わいを楽しみながら、心洗われ、心豊かな自分を取りもどすことができる。やがて編者の志に共鳴していくだろう。

『今昔物語集』の説話は、「今は昔」という冒頭語と「となむ《ン》語り伝へ《エ》たるとや」という末尾語をもつ統一した形式に収められている。だが、肝心《かんじん》の「今は昔」については、解釈に揺れがある。そこで、本書では、あえて現代語訳せず、「今は昔」のままとした。

なぜなら、「今は昔」は『今昔物語集』のチャンネルと言ってよいからだ。それは『今昔物語集』の世界の扉を開く呪文《じゅもん》にほかならない。

◆日本（本朝《ほんちょう》）部

◆法力《ほうりき》を競《きそ》い合《あ》い、ライバルを祈《いの》り殺《ころ》した弘法大師《こうぼうだいし》

弘法大師《こうぼふだいし》、修円僧都《しゆゑんそうづ》に挑《いど》みたる語《こと》（巻第十四第四十話）

＊＊＊＊＊＊＊＊＊

今《いま》は昔《むかし》、嵯峨天皇《さがてんのう》の時代《じだい》に弘法大師《こうぼうだいし》という高僧《こうそう》がいた。天皇《てんのう》を守護《しゅご》する護持僧《ごじそう》をつとめていたが、同《おな》じ護持僧《ごじそう》に修円僧都《しゅえんそうず》がいた。

どちらも優劣《ゆうれつ》つけがたいすぐれた法力《ほうりき》の持《も》ち主《ぬし》で、天皇《てんのう》は差別《さべつ》することなく、二人《ふたり》を待遇《たいぐう》していた。

あるとき、天皇《てんのう》の御前《ごぜん》で修円僧都《しゅえんそうず》が、法力《ほうりき》によって生栗《なまぐり》をゆでて見《み》せた。しかも、ゆであがった栗《くり》は無上《むじょう》の美味《びみ》だった。

＊＊＊＊＊＊＊＊＊

その後《のち》、弘法大師《こうぼうだいし》が宮中《きゅうちゅう》にあがったとき、天皇《てんのう》は、修円僧都《しゅえんそうず》が法力《ほうりき》によって栗《くり》をゆでたことを大師《だいし》に語《かた》り、心底《しんそこ》から敬服《けいふく》しておられた。大師《だいし》はこの話《はなし》を聞《き》いて、「それはまことに敬服《けいふく》に値《あたい》します。しかし、私《わたし》がこちらにいるときに、彼《かれ》を呼《よ》んで栗《くり》をゆでさせてみてください。私《わたし》が隠《かく》れて、彼《かれ》の

法力《ほうりき》の程度《ていど》を試《ため》してみましょう」と言《い》って、物陰《ものかげ》に隠《かく》れた。

さて、修円僧都《しゅえんそうず》を呼《よ》んで、この前《まえ》のように栗《くり》をゆでさせた。が、僧都《そうず》は目《め》の前《まえ》に栗《くり》を置《お》いて祈《いの》ったが、今回《こんかい》はゆであがらない。僧都《そうず》は全身全霊《ぜんしんぜんれい》をささげて、くりかえし祈《いの》ったが、以前《いぜん》のようにゆでることはできなかった。

そこで、修円僧都《しゅえんそうず》は、どうしたことだろう、とふしぎに思《おも》っていると、近《ちか》くの物陰《ものかげ》から大師《だいし》が姿《すがた》を現《あらわ》した。これを見《み》た僧都《そうず》は、さては彼《かれ》が自分《じぶん》の法力《ほうりき》を抑《おさ》えたからだと直感《ちょっかん》して、憎悪《ぞうお》の念《ねん》がむらむらと燃《も》えあがった。それからというもの、二人《ふたり》の仲《なか》は非常《ひじょう》に険悪《けんあく》となり、互《たが》いに相手《あいて》を、死《し》ね、死《し》ね、と呪《のろ》い祈《いの》った。その祈《いの》りは、お互《たが》いに相手《あいて》の息《いき》の根《ね》を止《と》めようとして、何度《なんど》も期間《きかん》を延長《えんちょう》しておこなわれた。

このとき、弘法大師《こうぼうだいし》はある計略《けいりゃく》を思《おも》いついて、弟子《でし》たちを人《ひと》の大勢集《おおぜいあつ》まる市場《いちば》に行《ゆ》かせた。大師《だいし》のところで葬式《そうしき》があり、必要《ひつよう》な道具《どうぐ》を買《か》っているというわさを流《なが》すために、弟子《でし》たちに葬儀用品《そうぎようひん》を買《か》わせた。空海僧都《くうかいそうず》(弘法大師《こうぼうだいし》)が亡《な》くなって、その葬儀《そうぎ》に必要《ひつよう》な品々《しなじな》を買《か》いにきた、と弟子《でし》たちに言《い》わせた。

さっそく修円僧都《しゅえんそうず》の弟子《でし》たちがこのうわさを聞《き》きつけて、大喜《おおよろこ》びで走《はし》り帰《かえ》り、師《し》の修円僧都《しゅえんそうず》に告《つ》げた。僧都《そうず》もこれを聞《き》いて喜《よろこ》び、「たしかにそう言《い》っていたのか」と念《ねん》を押《お》すと、弟子《でし》は、「はっきりと耳《みみ》にしましたので、申《もう》し上《あ》げるのです」と胸《むね》をはる。それを見《み》て、僧都《そうず》は、「空海僧都《くうかいそうず》の死《し》は、まちがいなく、自分《じぶん》の呪《のろ》いの祈《いの》りが効《き》いたのだ」と確信《かくしん》して、祈禱《きとう》を終《お》わらせた。

このとき、弘法大師《こうぼうだいし》はひそかに修円僧都《しゅえんそうず》のもとに人《ひと》を送《おく》り、そちらでの祈禱《きとう》は終《お》わったかどうか、確認《かくにん》させた。使者《ししゃ》が、「修円僧都《しゅえんそうず》は、自分《じぶん》の祈《いの》りの効《き》きめは十分《じゅうぶん》あった、と大喜《おおよろこ》びして、今朝《けさ》ほど祈禱《きとう》を終了《しゅうりょう》しました」と報告《ほうこく》した。それを聞《き》いた大師《だいし》は、精魂《せいこん》をこめて呪《のろ》いの祈《いの》りをおこなったので、たちまち修円僧都《しゅえんそうず》は死《し》んでしまった。


❖その後《のち》、大師《だいし》参《まゐ》り給《たま》へるに、天皇《てんわう》のこのことを語《かた》らせ給《たま》ひて、尊《たふと》ばせ給《たま》ふこと限《かぎ》りなし。大師《だいし》これを聞《き》きて申《まう》し給《たま》ふやう、「このこと実《まこと》に尊《たふと》し。しかるにおのれ候《さうら》はむときに、彼《かれ》を召《め》して煮《に》しめ給《たま》ふべし。おのれは隠《かく》れて試《こころ》み候《さうら》はむ」と、隠《かく》れゐぬ。

その後《のち》、僧都《そうづ》を召《め》して、例《れい》のごとく栗《くり》を召《め》して煮《に》しめ給《たま》へば、僧都《そうづ》前《まへ》に置《お》きて加《か》持《ぢ》するに、このたびは煮《に》られず。僧都《そうづ》、力《りき》を出《い》だして返《かへ》す返《がへ》す加持《かぢ》すといへども、前《さき》のごとく煮《に》らるることなし。そのときに、僧都《そうづ》、奇異《きい》の思《おも》ひをなして、これはいかなることぞと思《おも》ふほどに、大師《だいし》そばより出《い》で給《たま》へり。僧都《そうづ》これを見《み》て、さはこの人《ひと》の抑《おさ》へける故《ゆゑ》なりと知《し》りて、嫉妬《しつと》の心《こころ》たちまちに発《おこ》りて立《た》ちぬ。

その後《のち》、二人《ふたり》の僧都《そうづ》、極《きは》めて仲悪《なかあ》しくなりて、互《たが》ひ

〈弘法大師像〉

に死《し》ね死《し》ねと呪咀《じゆそ》しけり。この祈《いの》りは互《たが》ひに止《とど》めてむとてなむ、延《の》べつつ行《おこな》ひける。

そのときに、弘法大師《こうぼふだいし》謀《はか》りことをなして、弟子《でし》どもを市《いち》に遣《つか》はして、「葬送《さうそう》の物《もの》の具《ぐ》どもを買《か》ふなり」と言《い》はせむとて買《か》はしむ。「空海僧都《くうかいそうづ》は早《はや》く失《う》せ給《たま》へる。葬《さう》送《そう》の物《もの》の具《ぐ》ども買《か》ふなり」と教《をし》へて言《い》はしむ。

修円僧都《しゆゑんそうづ》の弟子《でし》これを聞《き》きて、喜《よろこ》びて走《はし》り行《ゆ》きて、師《し》の僧都《そうづ》にこの由《よし》を告《つ》ぐ。僧《そう》都《づ》これを聞《き》きて喜《よろこ》びて、「確《たし》かに聞《き》きつや」と問《と》ふに、弟子《でし》、「確《たし》かに承《うけたま》はりて告《つ》げ申《まう》すなり」と答《こた》ふ。僧都《そうづ》、これ他《ほか》にあらず、我《わ》が呪咀《じゆそ》しつる祈《いの》りのかなひぬるなりと思《おも》ひて、その祈《いの》りの法《ほふ》を結願《けちぐわん》しつ。

そのときに、弘法大師《こうぼふだいし》、人《ひと》をもちてひそかに修円僧都《しゆゑんそうづ》のもとに、「その祈《いの》りの法《ほふ》の結願《けちぐわん》しつや」と問《と》はす。使《つかひ》、帰《かへ》り来《き》たりて言《い》はく、「僧都《そうづ》、我《わ》が呪咀《じゆそ》しつる験《しるし》のかなひぬるなりとて、修円《しゆゑん》は喜《よろこ》びて今朝《けさ》結願《けちぐわん》し候《さうら》ひにけり」と。

そのときに、大師《だいし》しきりにしきりて、その祈《いの》りの法《ほふ》を行《おこな》ひ給《たま》ひければ、修円僧都《しゆゑんそうづ》にはかに失《う》せにけり。

＊＊＊＊＊＊＊＊＊＊

大師《だいし》は、宿敵修円僧都《しゅくてきしゅえんそうず》を倒《たお》して安心《あんしん》はした。しかし、優劣《ゆうれつ》つけがたいライバルだったから、ただ者《もの》ではあるまい、ぜひその正体《しょうたい》を知《し》りたいと思《おも》って、死《し》んだ修《しゅ》円僧都《えんそうず》の霊《れい》を呼《よ》び降《お》ろした。すると、グンダリ（軍荼利）明王《みょうおう》が仁王立《におうだ》ちになって現《あらわ》れた。大師《だいし》はようやく納得《なっとく》した。

ボサツと讃《たた》えられる弘法大師《こうぼうだいし》が、法力《ほうりき》によって人《ひと》を祈《いの》り殺《ころ》すようなことをするのは、後世《こうせい》の人々《ひとびと》の悪行《あくぎょう》を止《と》めるためだ、と語《かた》り伝《つた》えているという。

＊＊＊＊＊＊＊＊＊＊

✻弘法大師こと空海は、日本仏教界の巨人であり、彼にまつわる伝説は数千といわれるほど多い。そのほとんどは、彼の能筆や学識・業績を讃《たた》えるもので、完《かん》璧《ぺき》無比《むひ》の宗教人という風貌《ふうぼう》をうかがわせる。

ところが、この話は、そ

〈軍荼利明王〉
五大明王の一つ。五大明王は、悟りの邪魔を除くため怒りの形相をした仏法守護者で、中央および東西南北の五つの方角をにらむ。軍荼利は南を受け持つ。

んな空海のイメージにそぐわない人間臭を放っている。ライバルを祈り殺して、「心安し」と言う空海は、相手をゆだんさせてすきをつく策略家である。世俗の欲望を超越した宗教人のおもかげは、どこにも見られない。

もっとも、空海の仏教は、後世の浄土宗や禅宗と違って、現世の欲望を肯定し、難行・苦行によって超能力を体得しようとする密教（真言宗《しんごんしゅう》）だった。今ふうに言えば、オカルト的な要素を帯びていた。敵を打倒し、利益の実現をめざすことは、仏法に反しない限り、正当であった。

祈り殺された相手は、悪魔を退治する軍荼利明王《ぐんだりみょうおう》の化身《けしん》だったという。それほどの人物を、なぜ祈り殺したか。話の最後で、後世の人々の悪行を止めるためだ、と弁解している。具体的に言い直すと、相手が仏法にそむいて空海を呪《のろ》ったので、その報いは必ず本人に返ってくるという仏説を、後世の人々に教えるためだ、という意味である。

★中国から日本に渡ってきた天狗《てんぐ》の失敗話

自信満々の中国の天狗が小国日本を甘く見て、逆にさんざん痛めつけられて逃げ帰る。巻第二十第二話。

——中国から自信満々の大天狗が日本に渡ってきた。比叡山《ひえいざん》で、日本の天狗に向かってこう語った。中国には悪徳の高僧が多いけれど、わしらの自由にならない者はいなかった。今回は日本の修験僧《しゅげんそう》と力比べをしてみようと思う、と。

日本の天狗は調子を合わせ、わしらも同じだが、最近こらしめる予定の者がいるので教えよう、とおだてた。二人の天狗は比叡山の頂《いただき》へ飛んで行った。

日本天狗は中国天狗に、自分は顔を知られている、まずいから隠れている、おぬしがやっつけてくれ、と言った。そこで、中国天狗が老法師に化けて待っていると、弟子を連れた高僧が輿《こし》に乗って、山から下りてきた。評判の高い名僧だった。

わくわくしながら日本天狗が見守っていると、老法師の姿が消えて、高僧一行は何事もなく下りて行った。不思議に思ってさがしたところ、谷間に尻《しり》をさかさまにして隠れている。

わけを聞けば、やっつけようとしたら、輿の上に炎が高く燃えあがったので、焼かれるのはたまらない、と思って逃げたという。日本天狗はばかにして、あの程度の者もやれないのでは情けない、次はぜひ頼む、とけしかけた。中国天狗は、今度こそと意気込んだ。

ふたたび高僧の一行が下りてきたが、今度もまた、先払いしていた縮れ髪の童子に杖《つえ》でうちのめされてしまった。日本天狗はまた、このまま中国に帰ったら面《めん》目《ぼく》丸つぶれだろう、と責めたてた。

みたび高僧の一行が下りてきた。今度は比叡山で最高位の僧である。二、三十人の小童子を従えている。このあたりには不埒《ふらち》なやからが出るそうだと、小童子たちが木の鞭《むち》を振るいながら、藪《やぶ》をかき分けている。とうとう隠れていた老法師を見つけだし、殴る蹴るの暴行を加えた。老法師は悲鳴をあげて、これまでのいきさつを白状した。許してもらえたものの、最後に全員からひと踏みずつ踏まれて、腰の骨を折ってしまった。

一行が去った後、日本天狗が顔を出すと、中国天狗は、うらめしそうに愚痴《ぐち》った。あんな生き仏のような方たちに立ち向かわせるなんて、あんまりだ、と言って泣いた。日本天狗は、大国中国の天狗だから小国日本の修験者なんぞ、簡単にやっつけるだろうと甘く考えていたことを詫《わ》びて、温泉に連れて行き、腰を治して中国に送り帰した。

ところで、二人の天狗は、湯治《とうじ》中に京の木こりと温泉で鉢合わせした。木こりはあまりに風呂場の中が臭いので、頭痛がして帰ってしまった。のちに日本天狗が人にのり移って語ったことを、この木こりが聞いて、温泉の一件を思いだして人に語った。——

大国に対する小国の勝利という国家意識が反映されていて興味深い。

〈天狗〉

◆美女《びじょ》の色《いろ》じかけのおかげで、学者《がくしゃ》となった青年僧《せいねんそう》

比叡《ひえ》の山《やま》の僧《そう》、虚空蔵《こくうぞう》の助《たす》けによりて智《さとり》を得《う》る語《こと》（巻第十七第三十三話）

＊＊＊＊＊＊＊＊＊＊＊＊＊＊＊＊＊＊＊

今《いま》は昔《むかし》、比叡山《ひえいざん》に、ある青年僧《せいねんそう》がいた。学問《がくもん》に関心《かんしん》はあるが、根《ね》が遊《あそ》び好《ず》きだから、法華経《ほけきょう》しか知《し》らなかった。ただ、法輪寺《ほうりんじ》の虚空蔵菩薩《こくうぞうぼさつ》にだけはお祈《いの》りを欠《か》かさなかった。

晩秋《ばんしゅう》のある日《ひ》、いつものように法輪寺《ほうりんじ》にお参《まい》りした後《のち》、寺《てら》の知人《ちじん》たちと話《はな》し込《こ》んでいるうちに、日《ひ》が暮《く》れはじめた。急《いそ》いで帰路《きろ》についたが、夜《よる》になってしまった。

真《ま》っ暗《くら》な夜道《よみち》を、宿《やど》を探《さが》し求《もと》めて歩《ある》いていると、りっぱな門構《もんがま》えの屋敷《やしき》の前《まえ》に出《で》た。門前《もんぜん》に立《た》っていた娘《むすめ》に事情《じじょう》を説明《せつめい》して、主人《しゅじん》に一夜《いちや》の宿《やど》を願《ねが》い出《で》た。

すると、思《おも》いの外《ほか》、快諾《かいだく》を得《え》た。さっそく、離《はな》れのりっぱな応接間《おうせつま》に案内《あんない》され、酒食《しゅしょく》が運《はこ》ばれてきた。食事《しょくじ》が終《お》わったところで、引《ひ》き戸《ど》が開《ひら》き、几帳《きちょう》を隔《へだ》てて、女主人《おんなしゅじん》と対面《たいめん》した。型《かた》どおりのあいさつがすむと、引《ひ》き戸《ど》が閉《し》められたが、几帳《きちょう》の横木《よこぎ》につかえて、きちんと閉《し》まらなかった。

＊＊＊＊＊＊＊＊＊＊＊＊＊＊＊＊＊＊＊

＊＊＊＊＊＊＊＊＊＊＊＊＊

深夜《しんや》、僧《そう》は、眠《ねむ》れぬままに屋敷《やしき》の中《なか》を散歩《さんぽ》した。そのうちに、ふと雨戸《あまど》に穴《あな》のあいているのに気《き》づいた。中《なか》をのぞくと、女主人《おんなしゅじん》らしい姿《すがた》が見《み》えた。

二十歳《はたち》ほどの女性《じょせい》で、横《よこ》になって本《ほん》を読《よ》んでいる。顔《かお》も体《からだ》つきも、ふるいつきたいほどの美女《びじょ》である。三人《さんにん》ほど侍女《じじょ》もいる。なまめかしい女部屋《おんなべや》のようすはたまらない。なにやら香《こう》のいい匂《にお》いもただよってくる。女好《おんなず》きの僧《そう》は、もうすっかり理性《りせい》を失《うしな》ってしまった。そのあげく、こんな美女《びじょ》の屋敷《やしき》に泊《と》まれた幸運《こううん》にしびれてしまい、女主人《おんなしゅじん》のもとに夜這《よば》いを敢行《かんこう》した。

＊＊＊＊＊＊＊＊＊＊＊＊＊

屋敷中《やしきじゅう》がしいんと寝静《ねしず》まり、彼女《かのじょ》も寝入《ねい》ったと思《おも》われるころ、あのきちんと閉《し》まっていない引《ひ》き戸《ど》を開《あ》けて、そっと忍《しの》び足《あし》で近《ちか》づくと、彼女《かのじょ》のかたわらに寄《よ》り添《そ》った。熟睡《じゅくすい》しているので、まるで気《き》がつかない。なんとも言《い》えない芳香《ほうこう》が僧《そう》の顔《かお》をなでる。目《め》を覚《さ》ましたら声《こえ》をあげるだろうと思《おも》うと、気《き》が気《き》ではない。思《おも》いがかなうようにと仏《ほとけ》さまを念《ねん》じて、彼女《かのじょ》の胸元《むなもと》を開《あ》けて体《からだ》を重《かさ》ねようとした。

その瞬間《しゅんかん》、彼女《かのじょ》がはっと目《め》を覚《さ》まして、「どなた」とたずねた。「一夜《いちや》の宿《やど》を借《か》りた僧《そう》です」と答《こた》えると、彼女《かのじょ》は、「りっぱなお坊《ぼう》さまと思《おも》いましたからこそ、宿《やど》をお貸《か》ししたのですよ。こんなことをなさるとは、とても残念《ざんねん》ですわ」とたしなめた。僧《そう》は強引《ごういん》にせまろうとしたが、女《おんな》は着物《きもの》をきっちりと身《み》にまとい、肌《はだ》を許《ゆる》そうとはしない。

僧《そう》の欲情《よくじょう》はいよいよ燃《も》えさかり、頭《あたま》に血《ち》がのぼった。しかし、人《ひと》に知《し》れては恥《は》ずかしいから、力《ちから》ずくで犯《おか》すことはできない。

女《おんな》は、「わたくし、あなたの言《い》うとおりにならないというのではありませんわ。わたくしの夫《おっと》は、去年《きょねん》の春《はる》に亡《な》くなりましたので、その後《のち》、求婚《きゅうこん》してくる方《かた》がたくさんいました。でも、たいしたことのない男《おとこ》とは結婚《けっこん》しない、と決心《けっしん》して、まだこのように独身《どくしん》でいるんです。なのに、むしろ、あなたのようなお坊《ぼう》さまの場合《ばあい》は、たいせつにお世話《せわ》するようにしているのです。ですから、あなたを拒《こば》むつもりはないのですけれど、あなたは法《ほ》華経《けきょう》を暗唱《あんしょう》していますか。声《こえ》はきたえてありますか。もしそうなのでしたら、お経《きょう》をたいせつにしていると、他人《たにん》には思《おも》わせて、秘密《ひみつ》の関係《かんけい》をもってもよいのですが、いかが?」と、誘《さそ》いをかけてきた。

「法華経《ほけきよう》は習《なら》いましたが、まだ暗唱《あんしよう》はできていません」

「それは暗唱《あんしよう》がむずかしいからかしら」

「暗唱《あんしよう》できないことはないんです。でも、自分《じぶん》のことながら、遊《あそ》びに夢中《むちゆう》だったせいで、暗唱《あんしよう》できないんです」

「それじゃあ、すぐにお寺《てら》にもどって、お経《きよう》を暗唱《あんしよう》してからおいでなさい。その時《とき》は、こっそりあなたのお望《のぞ》みどおりの仲《なか》になりますわ」

僧《そう》は女《おんな》の言葉《ことば》を聞《き》いて、情炎《じようえん》もおさまり、しだいに夜《よ》も明《あ》けてきたので、「それでは」と言《い》って、そっと部屋《へや》を出《で》た。女《おんな》は僧《そう》に朝食《ちようしよく》をとらせて送《おく》り出《だ》した。


❖人《ひと》みな静《しづ》まりて、この人《ひと》も寝《ね》ぬるなめりと思《おも》ふほどに、この立《た》てはてざりつる遣戸《やりど》を開《あ》けて、やはら抜《ぬ》き足《あし》に寄《よ》りて傍《かたは》らにそひ臥《ふ》すに、女《をんな》よく寝入《ねい》りにければつゆ知《し》らず。

近《ちか》く寄《よ》りたる香《かう》ばしさ、え言《い》はず。驚《おどろ》かして言《い》はむと思《おも》ふに極《きは》めてわびし。ただ仏《ほとけ》を念《ねん》じ奉《たてまつ》りて、衣《きぬ》を引《ひ》き開《あ》けて懐《ふところ》に入《い》るに、この人《ひと》驚《おどろ》きて、「これは誰《た》そ」と言《い》へば、「しかしかなり」と言《い》ふに、女《をんな》の言《い》はく、「尊《たふと》き人《ひと》と思《おも》ひてこそ宿《やど》し奉《たてまつ》れ。かくおはしければ悔《くや》しくこそ」と。僧《そう》、近《ちか》づかむとするといへども、女《をんな》、衣《きぬ》を身《み》にまとひて馴《な》れ睦《むつ》ぶることなし。

しかる間《あひだ》、僧《そう》、辛苦悩乱《しんぐなうらん》すること限《かぎ》りなし。しかれども、人《ひと》の聞《き》かむことを恥《は》づるによりて、あながちにふるまはず。

女《をんな》の言《い》はく、「我《われ》、なんぢが言《い》はむことに従《したが》はじとにはあらず。我《わ》が夫《をつと》なりし人《ひと》、いにし年《とし》の春《はる》失《う》せにしかば、その後《のち》は言《い》はする人《ひと》あまたあれども、させることなからむ人《ひと》をば見《み》じと思《おも》ひて、かく寡《やもめ》にて居《ゐ》たるなり。それに、なかなかかやうなる僧《そう》なむどのあるを、尊《たふと》ぶやうにてはありなむ。されば辞《いな》び申《まう》すべきにはあらねども、法華経《ほけきやう》を空《そら》には読《よ》み給《たま》ふや。音《こゑ》は尊《たふと》しや。さらば経《きやう》を尊《たふと》ぶぞと、人《ひと》には見《み》しめで睦《むつ》び聞《き》こえむと、いかに」と。

僧《そう》の言《い》はく、「法華経《ほけきやう》は習《なら》ひ奉《たてまつ》りたりといへども、空《そら》にはいまだ浮《う》かべず」と。

女《をんな》の言《い》はく、「それは浮《う》かべ得《え》むことの難《かた》きか」と。僧《そう》の言《い》はく、「いかでか浮《う》かべ得奉《えたてまつ》らざらむ。しかるに、我《わ》が身《み》ながらも遊《あそ》び戯《たはぶ》れに心《こころ》を入《い》れて浮《う》かべざるなり」と。女《をんな》の言《い》はく、「速《すみ》やかに山《やま》に帰《かへ》りて、経《きやう》を浮《う》かべて来給《きたま》へ。そのときに忍《しの》びて、本意《ほい》のごとく睦《むつ》び聞《き》こえむ」と。僧《そう》これを聞《き》きて、せちにおぼえつることも止《や》みて、夜《よ》もやうやく曙方《あけがた》になりぬれば、「さは」とてひそかに出《い》でぬ。朝《あした》に物《もの》など食《く》はしめて出《い》だし遣《つか》はしつ。

＊＊＊＊＊＊＊＊＊＊＊＊

彼《かれ》は比叡山《ひえいざん》にもどったが、あの女主人《おんなしゆじん》の姿《すがた》が目《め》に焼《や》きついて離《はな》れない。なんとかして逢《あ》いたい一心《いっしん》から、猛勉強《もうべんきょう》を開始《かいし》した。おかげで、二十日《はつか》ほどすると、約束《やくそく》どおりお経《きょう》を暗唱《あんしょう》できるようになった。

さっそく、彼《かれ》は彼女《かのじょ》のもとに飛《と》んで行《い》った。待《ま》ちに待《ま》った夜《よる》がきた。彼女《かのじょ》の部屋《へや》にそっと忍《しの》び込《こ》んで、こんどこそ思《おも》いきり愛《あい》してやろうと意気込《いきご》んだ。ところが、彼女《かのじょ》は、またも着物《きもの》をかきあわせて、肌《はだ》を許《ゆる》そうとはしない。その理由《りゆう》を、彼女《かのじょ》はこう説明《せつめい》した。

＊＊＊＊＊＊＊＊＊＊＊＊

たかだかお経《きょう》を暗唱《あんしょう》できる程度《ていど》では、二人《ふたり》の仲《なか》は長続《ながつづ》きしない。こそこそ隠《かく》れた交際《こうさい》はしたくない。もっと公然《こうぜん》とお世話《せわ》をしたい。そのためには、正式《せいしき》の学僧《がくそう》になってほしい。三年《さんねん》ほど比叡山《ひえいざん》にこもって勉強《べんきょう》しなさい。その間《あいだ》、文《ぶん》通《つう》は欠《か》かしませんし、経済面《けいざいめん》での援助《えんじょ》は十二分《じゅうにぶん》にいたします、と。

『考訂 今昔物語』

彼女《かのじょ》の言《い》うことは理《り》にかなっていた。彼《かれ》は彼女《かのじょ》の言葉《ことば》を信《しん》じて、ふたたび猛勉《もうべん》強《きょう》を開始《かいし》した。そのかいあって三年後《さんねんご》には、りっぱな学僧《がくそう》になった。しかも、山《さん》門中《もんじゅう》で随一《ずいいち》と賞賛《しょうさん》されるほどだった。

ふたたび、彼《かれ》は彼女《かのじょ》のもとに飛《と》んで行《い》った。彼女《かのじょ》は、このたびは几帳越《きちょうご》しに対《たい》面《めん》した。そして、期待《きたい》のあまり体《からだ》がふるえている彼《かれ》に向《む》かって、次々《つぎつぎ》と経典《きょうてん》の疑《ぎ》

＊＊＊＊＊＊＊＊＊＊＊＊＊＊＊

問点《もんてん》を質問《しつもん》しはじめた。しかも、難度《なんど》はだんだん高《たか》くなった。

彼《かれ》は、それらの質問《しつもん》に完璧《かんぺき》な解答《かいとう》をした。その一方《いっぽう》で、彼女《かのじょ》が仏法《ぶっぽう》に精通《せいつう》していることに驚《おどろ》きながらも、感謝《かんしゃ》した。やがて夜《よ》もふけたので、彼女《かのじょ》に近《ちか》づくと、もう拒《こば》むことはない。しばらくは、彼女《かのじょ》の言葉《ことば》に従《したが》って、互《たが》いに腕《うで》を回《まわ》しあったまま、話《はな》しながら横《よこ》になっていた。そのうち疲《つか》れが出《で》て、彼《かれ》は眠《ねむ》ってしまった。

ふと目《め》がさめると、そこはススキの生《お》い茂《しげ》った野原《のはら》だった。何《なに》がなんだかわからない。まだ肌寒《はださむ》い季節《きせつ》で、寒《さむ》さに体《からだ》がふるえた。ようやく思《おも》いついたのは、いつもお参《まい》りする法輪寺《ほうりんじ》だった。そこのお堂《どう》に入《はい》り、仏前《ぶつぜん》にひれ伏《ふ》して祈《いの》っているうちに、またも寝入《ねい》ってしまった。そして夢《ゆめ》を見《み》た。

＊＊＊＊＊＊＊＊＊＊＊＊＊＊＊

夢《ゆめ》の中《なか》で、御帳《みちょう》からりっぱな顔《かお》だちの、頭《かしら》の青々《あおあお》とした小僧《こぞう》が現《あらわ》れ、彼《かれ》のそばに寄《よ》って、こう告《つ》げた。

「そなたが今夜《こんや》だまされたことは、狐《きつね》や狸《たぬき》などの獣《けもの》にだまされたのではない。わたしがだましたことなのだ。そなたは、すぐれた素質《そしつ》をもっているのだが、遊《あそ》びに夢中《むちゅう》になって、学問《がくもん》を積《つ》まないので学僧《がくそう》になれなかった。

そのくせ、それが当然《とうぜん》の報《むく》いと自覚《じかく》せず、いつもわたしの所《ところ》に来《き》ては、学問《がくもん》を身《み》につけさせてくれだの、悟《さと》りを得《え》させてくれだのと、うるさくせがんだ。そこで、どうしたらよいものかと思案《しあん》を重《かさ》ねたあげく、そなたは根《ね》っからの女好《おんなず》きだ、だから、その性癖《せいへき》を利用《りよう》して悟《さと》りを開《ひら》く方向《ほうこう》に導《みちび》こう、と考《かんが》えてだましたことなのだ。そんなわけだから、恐《おそ》れることなく、すぐに比叡山《ひえいざん》にもどり、いっそう学問《がくもん》に励《はげ》み、けっして怠《なま》けるのではないぞ」

こんなふうな言葉《ことば》を聞《き》いて、夢《ゆめ》から覚《さ》めた。

❖夢《ゆめ》に、御帳《みちやう》のうちより、頭青《かしらあを》き小僧《こぞう》の、形端正《かたちたんじやう》なる出《い》で来《き》たりて、僧《そう》の傍《かたは》らに居《ゐ》て告《つ》げて宣《のたま》はく、「なんぢが今夜謀《こよひはか》られたることは、狐狸《きつねたぬき》などの獣《けもの》のために謀《はか》らるるにはあらず。我《わ》が謀《はか》りたることなり。なんぢ心聡敏《こころそうびん》なりといへども、遊《あそ》び戯《たはぶ》れに心《こころ》を入《い》れて学問《がくもん》をせずして学生《がくしやう》にならず。しかるに、それを穏《おだ》やかに思《おも》はずして、常《つね》に我《わ》がもとに来《き》たりて、才《ざい》をつけ智《さとり》をあらしめよと責《せ》むれば、我《われ》このことをいかがすべきと思《おも》ひめぐらすに、なんぢすこぶる女《をんな》の方《かた》に進《すす》みたる心《こころ》あり。さればそれにつけて智《さとり》を得《う》ることを勧《すす》めむと思《おも》ひて謀《はか》りたることなり。されば、なんぢ恐《おそ》れをなすことなくして、速《すみ》やかに本《もと》の山《やま》に帰《かへ》りて、いよいよ法《のり》の道《みち》を学《まな》びて、ゆめゆめ怠《おこた》ることなかれ」と宣《のたま》ふと見《み》るほどに、夢覚《ゆめさ》めぬ。

＊＊＊＊＊＊

彼《かれ》は、虚空蔵菩薩《こくうぞうぼさつ》が美女《びじょ》に変身《へんしん》して、自分《じぶん》を導《みちび》いたことを知《し》った。そして、自《じ》分《ぶん》の非《ひ》を深《ふか》く悔《く》い改《あらた》め、夜明《よあ》けとともに比叡山《ひえいざん》に帰《かえ》り、いっそう勉学《べんがく》に励《はげ》み、学《がく》僧《そう》としての評価《ひょうか》はいよいよ高《たか》くなった。この話《はなし》は彼自身《かれじしん》が語《かた》り伝《つた》えたものだといわれている。

＊＊＊＊＊＊

✿試験でいい点がほしいくせに、勉強しない。しなくてはいい点がとれないことぐらい十分わかっているのに、ついつい好きなことを優先してしまう。あげくに、赤点をもらって後悔する。この悪循環に悩まされた経験があるなら、本話を読んで、さぞかし苦笑したことだろう。かつて、外国語や古典を短期習得するにはポルノから入れ、という話を聞いたことがある。本話と重ね合わせて、またまた苦笑する。

仏教には「対機説法」という言葉がある。相手の素質に合わせて教えを説くことである。いわゆる方便《ほうべん》を用いた教育方法をいう。本話のボサツはこの方法を採用した。女好きの青年を、美女に変身して巧みに操縦し、ついには一流の学者に育てあげた。

青年の性癖をうまく利用したのである。

教育の極意は本来こうあるべきだろう。教室で全員に同じことを繰り返す教育では、最近話題の学級崩壊も、来るべくして来たと言えるかもしれない。

ただし、このボサツのような人間との出会いが問題だ。どこにでもいる人物とは限らないからである。じゃあ、まずボサツ探しから始めるか。おっと、また順序が逆になってしまった。さあ、勉強、勉強。

〈虚空蔵菩薩〉
虚空（天空）のように無限の福と智をそなえ、人々の願いをかなえるボサツ（ブツダ候補）。ここに出てくる法輪寺（京都市）の嵯峨《さが》虚空蔵菩薩は十三参りで有名。四月十三日、子どもに知恵が授かるようにとお参りする。

〈法輪寺『拾遺都名所図会』〉

〈嵐山・法輪寺・渡月橋『都名所図会』〉

◆洪水《こうずい》に流《なが》され、愛児《あいじ》を捨《す》てて老《お》いた母《はは》を助《たす》けた男《おとこ》

河辺《かはべ》に住《す》む僧《そう》、洪水《こうずい》にあひて子《こ》を捨《す》てて母《はは》を助《たす》けたる語《こと》（巻第十九第二十七話）

＊＊＊＊＊＊＊＊＊＊＊＊＊＊＊＊＊＊＊

今《いま》は昔《むかし》、洪水《こうずい》で淀川《よどがわ》が氾濫《はんらん》し、多《おお》くの人家《じんか》が流失《りゅうしつ》した。被害者《ひがいしゃ》の中《なか》に法師《ほうし》がいて、彼《かれ》は、五《ご》、六歳《ろくさい》ほどの、色白《いろじろ》で気《き》だてもよくかわいい一人息子《ひとりむすこ》を溺愛《できあい》していた。

この洪水《こうずい》で法師《ほうし》の家《いえ》も押《お》し流《なが》された。すっかり気《き》が動転《どうてん》して、家《いえ》の中《なか》にいた老《ろう》母《ぼ》のことも、愛児《あいじ》のことも頭《あたま》になかった。ふと気《き》がつくと、愛児《あいじ》がはるかかなたに流《なが》され、その百《ひゃく》メートルほど後《うし》ろを、母《はは》が浮《う》き沈《しず》みしながら流《なが》れて行《い》くのが見《み》えた。

無我夢中《むがむちゅう》で息子《むすこ》のもとに泳《およ》ぎ着《つ》き、なんとか岸《きし》にたどりつこうとしたとき、溺《でき》死寸前《しすんぜん》の母《はは》の姿《すがた》が目《め》に映《うつ》った。しかし、二人同時《ふたりどうじ》に助《たす》けることは不可能《ふかのう》だ。法師《ほうし》は考《かんが》えた。生《い》きてさえいれば、子《こ》はまた授《さず》かる機会《きかい》がある、けれども、母《はは》は今《いま》失《うしな》えば二度《にど》と会《あ》えない、と。そう決断《けつだん》すると、愛児《あいじ》を捨《す》てて、母《はは》のもとに泳《およ》ぎ着《つ》き、岸《きし》に引《ひ》き上《あ》げた。

＊＊＊＊＊＊＊＊＊＊＊＊＊＊＊＊＊＊＊

老母《ろうぼ》は水《みず》を飲《の》んで、腹《はら》がふくれあがっていたので、手当《てあ》てをしていた。そこへ、妻《つま》がやってきて、

「あんたって、あきれてあいた口《くち》がふさがらないことをするのね。だいじな目玉《めだま》だって二《ふた》つもあるのに、たったひとりしかいなくて、真珠《しんじゅ》の玉《たま》と思《おも》っていたわが子《こ》を殺《ころ》して、枯《か》れ木《き》のような、今日明日《きょうあす》にも死《し》にそうなばばあを、どんなつもりで助《たす》けたのよ」と泣《な》きわめいた。

僧《そう》である男《おとこ》は、

「ほんとうに、お前《まえ》の言《い》うことはもっともだが、明日《あす》死《し》にそうな母親《ははおや》であっても、子《こ》どもの身代《みが》わりにできるものではない。生《い》きていれば、子《こ》どもはまたつくれる。お前《まえ》、そう嘆《なげ》くことはないよ」と、なだめすかしたが、妻《つま》の気持《きも》ちはおさまらず、大声《おおごえ》で泣《な》き叫《さけ》ぶばかりだった。

そのうち、子《こ》どもの代《か》わりに母親《ははおや》を助《たす》けたことに仏《ほとけ》さまが感心《かんしん》したのだろうか、子《こ》どものほうも川《かわ》の下流《かりゅう》で救《すく》いあげられた。知《し》らせを聞《き》いた夫婦《ふうふ》

は、その子《こ》を連《つ》れ帰《かえ》り、一家《いっか》で無事《ぶじ》を喜《よろこ》びあうことができた。

❖母《はは》、水飲《みづの》みて腹《はら》ふくれたりければ、つくろひ助《たす》けつるに、妻《め》寄《よ》り来《き》たりて言《い》はく、「なんぢはあさましきわざしつるものかな。目《まなこ》は二《ふた》つあり。ただ独《ひと》りありて白《しら》玉《たま》と思《おも》ひつる我《わ》が子《こ》を殺《ころ》して、朽《く》ち木《き》のやうなる嫗《おうな》の、今日明日《けふあす》死《し》ぬべきをば、いかに思《おも》ひて取《と》り上《あ》げつるぞ」と、泣《な》き悲《かな》しんで言《い》ひければ、父《ちち》の法師《ほふし》、「げに言《い》ふこと理《ことわり》なれども、明日《あす》死《し》なむずといふとも、いかでか母《はは》をば子《こ》には替《か》へむ。命《いのち》あらば、子《こ》はまたもまうけてむ。なんぢ嘆《なげ》き悲《かな》しむことなかれ」とこしらふといへども、母《はは》の心《こころ》とどむべきにあらずして、音《こゑ》をあげて泣《な》き叫《さけ》ぶほどに、母《はは》を助《たす》けたることを仏《ほとけ》あはれとやおぼしめしけむ、その子《こ》をも末《すゑ》に人《ひと》取《と》り上《あ》げたりければ、聞《き》きつけて、子《こ》をも呼《よ》び寄《よ》せて、父母《ぶも》相共《あひとも》に限《かぎ》りなく喜《よろこ》びけり。

✲子をとるか、親をとるか、二者択一の崖《がけ》っぷちに立たされたとき、迷わない者はいないだろう。苦悩のあげく、夫は親をとった。理由は、子はまたつくれる、である。腹を痛めた子を見殺しにされた妻の嘆きに比べるならば、なんとも、あっけらかんとした決断に思える。もっとも、妻の嘆きの底には、姑《しゅうとめ》に対する拒絶反応が潜むから、その分を割り引く必要があるけれども。

二重の親子関係を背負った場合、どちらを優先するかは、永遠なる苦悩の選択である。ここでの夫の選択も、絶対に正しいとは言いきれない。最終的には、時と場合によることだろう。それにしても、これだけは言える。苦悩のはての決断でなければ、心の救われる日は訪れないだろう、と。

★愛児を犠牲にして貞操を守った女

山道で、二人の浮浪者に襲われた女は、おぶった子どもを犠牲にして、わが身を守った。巻第二十九第二十九話。

——今は昔、とある国の山道を、子どもをおぶった若い女が歩いていた。その後ろから、二人連れの浮浪者がついてきた。女が二人をやり過ごそうと、道の端に寄ったが、「さっさと行けよ」と言う。

しかたなしに前を進むと、突然、一人が女に襲いかかった。無人の山の中のこと、抵抗もできないまま、女は、「何をなさいます」と叫んだが、この浮浪者は、

「あっち へ行こう。話がある」と、強引に山の中に引きずりこんだ。もう一人は見張りに立っている。

女は、「乱暴しないでください。言うことを聞きますから」と言うと、「よしよし、そんじゃ、さあ」と促した。「こんな所じゃ、そんな気になれないわ。柴《しば》かなんかで周りを囲ってよ」と、女が注文をつけた。彼は、それもそうだと納得して、木の枝を切り集めた。もう一人は、女が逃げないように見張っている。

女は、「もう逃げませんよ。でも、わたし、今朝からお腹のぐあいが悪いので、あちらで用を足してきますから、ちょっと待っててくれない」と言った。彼は、「だめだ」と首を振る。

女は、「それじゃ、この子を人質に置くわ。この子は自分の命よりたいせつな子よ。どんな人間だって、子どものかわいくない人なんかいないわ。この子を捨てて、逃げるわけないじゃない」、さらに「お腹を病んで下痢が止まらないの。さっきは、あすこで用を足そうとして、あなたたちをやり過ごしてからと思ったのよ」と弁解した。彼は、子どもを抱き取り、この子を置いて逃げることはあるまいと思い、「そんなら、早く行ってこいよ」と許した。

女は離れた所へ行って、用を足すふりをして、そのまま子どものことは忘れて、逃げようと決心し、走りに走って逃げた。やがて道に出た。

そこへ、ちょうど弓矢を背負って馬にまたがった武士が四、五人やってきた。女は、女が息を切らしながら走って来るのを見て、「なぜ走っている」と聞いた。女は、これこれのことがあって走っている、と事情を説明すると、「その場所はどこだ」と真顔で聞く。

武士たちが、女の言うとおりに、馬を走らせて山の中に入ると、さきほどの場所に柴が立てたままにしてあった。その中を見ると、子どもは二つ三つに引き裂かれ、浮浪者は逃走したあとだった。何もかも手遅れであった。

子どもはかわいそうなことをしたけれども、女が、浮浪者に肌を汚されまいと、子を捨てて逃げたことに、武士たちは感心し、ほめたたえた。身分の低い者でも、このように恥を知る人間はいるものだ、と語り伝えていたとか。――

わが子への愛情よりも、恥を知ることを優先した女の話である。いかにも動乱の時代の好尚に合っているではないか。強くたくましい女性像が求められた時代である。

◆清少納言《せいしょうなごん》の夫《おっと》、剛刀一閃《ごうとういっせん》、強盗一味《ごうとういちみ》を斬《き》り捨《す》てる

陸奥前司《むつのぜんじ》橘《たちばなの》則光《のりみつ》、人《ひと》を切《き》り殺《ころ》し語《こと》（巻第二十三第十五話）

今《いま》は昔《むかし》、陸奥《むつ》（奥州《おうしゅう》）の前司《ぜんじ》（前長官《ぜんちょうかん》）、橘《たちばなの》則光《のりみつ》という男《おとこ》がいた。橘氏《たちばなし》は学問《がくもん》の家柄《いえがら》であり、つわもの（武人《ぶじん》）の家柄《いえがら》ではなかったが、剛胆無比《ごうたんむひ》、深謀遠慮《しんぼうえんりょ》、強力無双《ごうりきむそう》であった。しかも、なかなかの美男《びなん》で、世間《せけん》の評判《ひょうばん》もよく、誰《だれ》からも一目置《いちもくお》かれていた。

さて、一条天皇《いちじょうてんのう》（九八〇～一〇一一）のころ、まだ若《わか》かった則光《のりみつ》は、衛《え》府《ふ》の蔵人《くろうど》（天皇近侍《てんのうきんじ》の武官《ぶかん》）を務《つと》めていたが、夜《よる》、こっそり宮中《きゅうちゅう》の宿直《しゅくちょく》所《じょ》を抜《ぬ》け出《だ》して、女《おんな》のもとに出《で》かけた。夜《よる》がしだいに更《ふ》けていくころで、護身用《ごしんよう》に太刀《たち》一振《ひとふ》りだけを帯《お》び、少年一人《しょうねんひとり》を従《したが》えて、御門《ごもん》（陽明門《ようめいもん》）を出《で》て大宮大路《おおみやおおじ》を南《みなみ》に下《くだ》っていった。すると、宮城《きゅうじょう》の外壁《がいへき》をなす大垣《おおがき》のあたりに、人《ひと》が何人《なんにん》も立《た》っているのが見《み》えた。則光《のりみつ》は内心恐怖《ないしんきょうふ》にかられながらも、

そこを通《とお》り過《す》ぎようとした。ちょうど八日九日《ようかここのか》ごろの淡《あわ》い月《つき》が西《にし》の山《やま》の端《は》近《ちか》くに沈《しず》みかかっていたので、西《にし》に見《み》える大垣《おおがき》は逆光《ぎゃっこう》を受《う》けて陰《かげ》になっている。だから、そこに立《た》っている人影《ひとかげ》ははっきりと見定《みさだ》めることができなかった。

と、その時《とき》、大垣《おおがき》の暗《くら》がりから声《こえ》が飛《と》んできた。

「おい、そこを通《とお》る者《もの》、止《と》まれ。貴人《きじん》のお通《とお》りだ。このまま通《とお》り過《す》ぎることはできんぞ」

則光《のりみつ》は、やはりそうかと思《おも》ったが、いまさら引《ひ》き返《かえ》すわけにもいかず、足早《あしばや》に通《とお》り過《す》ぎようとした。すると、中《なか》の一人《ひとり》が、

「そうか、このまま通《とお》り過《す》ぎる気《き》だな」と叫《さけ》んで走《はし》りかかってきた。

❖今《いま》は昔《むかし》、陸奥前司《むつのぜんじ》橘則光《たちばなののりみつ》といふ人《ひと》ありけり。兵《つはもの》の家《いへ》にあらねども、心極《こころきは》めて太《ふと》くて思量《おもばかり》賢《かしこ》く、身《み》の力《ちから》なども極《きは》めて強《つよ》かりける。みめなどもよく、世《よ》の思《おぼ》えなどもありければ、人《ひと》に所《ところ》おかれてぞありける。

然《しか》るに、その人未《ひといま》だ若《わか》かりける時《とき》、前一条院天皇《さきのいちでうのゐんのてんわう》の御代《みよ》に衛府《ゑふ》の蔵人《くらうど》にてあ

月齢表

	月の入りの形	月の呼び方	太陰暦 月の出の時刻
夕月		二日月	2日ごろ 7時30分
		三日月	3日ごろ 8時30分
上弦の月		七日月	7日ごろ 11時30分
		八日月	8日ごろ 12時30分
		九日月	9日ごろ 13時30分
		十日余りの月	11日ごろ 14時30分
		十三夜月 小望月	13日ごろ 16時30分
		望月・満月	15日ごろ 18時00分
		十六夜月	16日ごろ 18時30分
		立ち待ち月	17日ごろ 19時00分
有明の月		居待ち月	18日ごろ 20時00分
		臥し待ち月 寝待ち月	19日ごろ 21時00分
下弦の月		更け待ち月 宵闇月	20日ごろ 22時00分
		二十日余りの月	22日ごろ 22時30分
		二十三夜月	23日ごろ 0時30分
		新月 つごもり	30日ごろ 6時00分

〈衣冠（宿直装束《とのいしようぞく》）〉

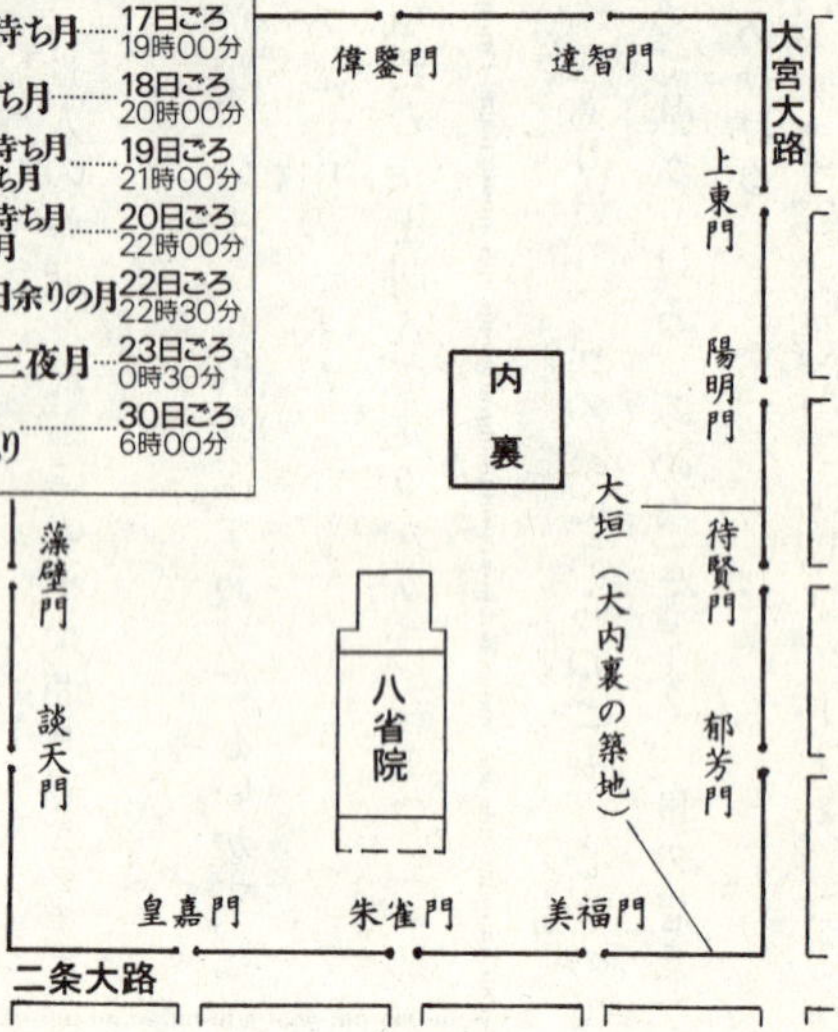

りけるに、内《うち》の宿直所《とのゐどころ》より忍《しの》びて女《をんな》の許《もと》へ行《ゆ》きけるに、夜《よ》漸《やうや》くふくるほどに、太刀《たち》ばかりを提《ひさ》げて、歩《かち》にて小舎人童《こどねりわらは》一人《ひとり》ばかり具《ぐ》して、御門《みかど》より出《い》でて大宮《おほみや》を下《くだ》りに行《ゆ》きければ、大垣《おほがき》の辺《ほと》りに人《ひと》あまた立《た》てる気色《けしき》の見《み》えければ、則光《のりみつ》極《きは》めて恐《おそ》ろしと思《おも》ひながら過《す》ぐるほどに、八日九日《やうかここぬか》ばかりの月《つき》の西《にし》の山《やま》の端《は》近《ちか》くなりたれば、西《にし》の大垣《おほがき》の辺《ほと》りは陰《かげ》にて人立《ひとた》てるも確《たし》かにも見《み》えぬに、大垣《おほがき》の方《かた》より声《こゑ》ばかりして、「あの過《す》ぐる人《ひと》罷《まか》り止《とど》まれ。君達《きんだち》のおはしますぞ。え過《す》ぎじ」と言《い》ひければ、則光《のりみつ》、さればこそと思《おも》へど、□に返《かへ》るべき様《さま》もなければ、疾《と》く歩《あゆ》みて過《す》ぐるを、「さては罷《まか》りなむや」と言《い》ひて、走《はし》りかかりて来《き》たる者《もの》あり。

則光《のりみつ》は、すばやく身《み》をかがめて、敵《てき》のようすをうかがうと、弓《ゆみ》の影《かげ》はなく、太刀《たち》だけがきらりと光《ひか》って見《み》えた。弓《ゆみ》は持《も》っていない、と安心《あんしん》し、前《まえ》屈《かが》みの体勢《たいせい》で逃《に》げたが、背後《はいご》から追《お》いかけてきた。頭《あたま》を打《う》ち割《わ》られると思《おも》った瞬間《しゅんかん》に、体《からだ》をひねって脇《わき》に反《そ》らしたので、追《お》いかけてきた敵《てき》は、勢《いきお》い余《あま》ってつんのめり、体勢《たいせい》を立《た》て直《なお》すことができず、則光《のりみつ》の目《め》の前《まえ》に飛《と》び出《だ》してきた。それをそのままやりすごし、太刀《たち》をふりかぶって、頭《あたま》をまっぷたつに打《う》ち割《わ》った。敵《てき》はあおむけにぶっ倒《たお》れた。

うまくいった、と思《おも》うまもなく、新手《あらて》が、「いったい、どうしたんだ」と叫《さけ》びながら走《はし》りかかってきた。則光《のりみつ》は、抜《ぬ》き身《み》の太刀《たち》を鞘《さや》に収《おさ》めるまもなく、小脇《こわき》に抱《かか》えて逃《に》げた。「こしゃくなやつめ」と、わめきながら走《はし》りかかってきた敵《てき》が、さきほどの者《もの》よりも足《あし》が速《はや》そうなので、さっきと同《おな》じようにはゆくまいと考《かんが》えて、とっさの判断《はんだん》で、立《た》ち止《ど》まりしゃがみこむと、勢《いきお》い込《こ》んだ敵《てき》は、則光《のりみつ》の体《からだ》にけつまずいて倒《たお》れてしまった。則光《のりみつ》はさっと立《た》ち上《あ》がると、敵《てき》に体勢《たいせい》を立《た》て直《なお》す暇《いとま》も与《あた》えず、太刀《たち》を振《ふ》り下《お》ろして頭《あたま》を打《う》ち割《わ》った。

もうこれで終《お》わりだろうと一息《ひといき》ついていると、敵《てき》はもう一人残《ひとりのこ》っていた。「こしゃくなやつめ。このまま逃《に》がしはしないぞ」と喚《わめ》き叫《さけ》んで、執拗《しつよう》に走《はし》りかかってきたので、今度《こんど》は自分《じぶん》がやられてしまうだろう、神《かみ》よ仏《ほとけ》よ、助《たす》けたまえ、と念《ねん》じて、太刀《たち》を鉾《ほこ》のように突《つ》き出《だ》して身構《みがま》え、勢《いきお》いづいて走《はし》り込《こ》んできた敵《てき》に対《たい》して、突然《とつぜん》、正面《しょうめん》を向《む》いた。敵《てき》は体勢《たいせい》を立《た》て直《なお》す暇《ひま》もなく、真《ま》っ向《こう》から腹《はら》をぶつけるようにして突《つ》っ込《こ》んできた。敵《てき》も太刀《たち》で斬《き》りつけようとしたが、近《ちか》すぎて間合《まあ》いをはかれず、着物《きもの》さえ切《き》れない。一方《いっぽう》、則光《のりみつ》は鉾《ほこ》のように太刀《たち》を突《つ》き出《だ》していたから、刃《やいば》は敵《てき》の体《からだ》を背中《せなか》まで突《つ》き抜《ぬ》け、則光《のりみつ》は太刀《たち》の柄《え》を引《ひ》き戻《もど》すと、敵《てき》はあおむけにひっくり返《かえ》った。そこを、引《ひ》き抜《ぬ》いた太刀《たち》で斬《き》り込《こ》んだから、敵《てき》の太刀《たち》を握《にぎ》った腕《うで》は付《つ》け根《ね》から斬《き》り落《お》とされた。

❖則光《のりみつ》突《つ》き伏《ふ》して見《み》るに、弓《ゆみ》の影《かげ》は見《み》えず、太刀《たち》きらきらとして見《み》えければ、弓《ゆみ》にあらざりけりと心安《こころやす》く思《おも》ひて、かき伏《ふ》して逃《に》ぐるを、追《お》ひつづきて走《はし》り来《き》たれば、頭《かしらう》打《う》ち破《わ》られぬと思《おぼ》えて、にはかにかたはらざまに急《いそ》ぎて寄《よ》りたれば、追《お》ふ者《もの》走《はし》り早《はや》まりて、え止《とど》まりあへずして我《わ》が前《まへ》に出《い》で来《き》たるを、過《す》ぐし立《た》てて太刀《たち》を抜《ぬ》きて打《う》ちければ、頭《かしら》を中《なから》より打《う》ち破《わ》りつれば俯《うつふ》しに倒《たふ》れぬ。

よく打《う》ちつと思《おも》ふほどに、また、「あれはいかがしたることぞ」と言《い》ひて走《はし》りかかりて来たる者あり。されば、太刀をもえ差しあへず脇に挟みて逃ぐるを、「けやけき奴《やつ》かな」と言《い》ひて走《はし》りかかりて来《き》たる者《もの》の、初《はじ》めの者《もの》よりは走《はし》り疾《と》くおぼえければ、これをば、よもありつるやうにはせられじと思《おも》ひて、にはかにいかりつゐたれば、走《はし》り早《はや》まりたる者《もの》、我《われ》にけつまづきて倒《たふ》れたるを、違《たが》ひて立《た》ち上《あ》がりて起《お》こし立《た》てず、頭《かしら》を打《う》ち破《わ》りてけり。

今《いま》はかくなめりと思《おも》ふほどに、今一人《いまひとり》ありければ、「けやけき奴《やつ》かな。さてはえ罷《まか》らじ」と言《い》ひて、走《はし》りかかりて疾《と》く来《き》たりければ、「この度《たび》は我《われ》はあやまたれなむとする。仏神助《ぶつじんたす》け給《たま》へ」と、太刀《たち》を鉾《ほこ》のやうに取《と》りなして、走《はし》り早《はや》まりたる者《もの》にはかに立《た》ち向《む》かひければ、腹《はら》を合《あ》はせて走《はし》り当《あ》たりぬ。

彼《かれ》も太刀《たち》を持《も》ちて切《き》らむとしけれども、余《あま》り近《ちか》くて衣《きぬ》だに切《き》られで、鉾《ほこ》のやうに持《も》ちたる太刀《たち》なれば、受《う》けられて中《なから》より通《とほ》りにけるを、太刀《たち》の柄《つか》を返《かへ》しければ仰《の》け様《ざま》に倒《たふ》れにけるを、太刀《たち》を引《ひ》き抜《ぬ》きて切《き》りければ、彼《かれ》が太刀《たち》を抜《ぬ》きたりける方《かた》の肱《かひな》を、肩《かた》より打《う》ち落《お》としてけり。

こうして、血《ち》なまぐさい修羅場《しゅらば》を走《はし》り抜《ぬ》けて、ほかにまだ敵《てき》がいるか、と聞《き》き耳《みみ》を立《た》てたが、しんと静《しず》まりかえっていたので、一目散《いちもくさん》に走《はし》って、中《なか》の御門《みかど》(待賢門《たいけんもん》)に駆《か》け込《こ》んだ。

門柱《もんちゅう》の陰《かげ》に身《み》をひそめ、あの供《とも》の少年《しょうねん》はどうしたろうと心配《しんぱい》していたところ、大宮大路《おおみやおおじ》を泣《な》きながらこちらに歩《ある》いてくるのが見《み》えたので、声《こえ》をかけると、少年《しょうねん》は駆《か》け寄《よ》ってきた。

則光《のりみつ》は、少年《しょうねん》に着替《きが》えを取《と》ってくるよう命《めい》じて宿直所《しゅくちょくじょ》に行《い》かせた。血《ち》がついた上着《うわぎ》や袴《はかま》(指貫《さしぬき》)は、少年《しょうねん》にこっそり隠《かく》させて、事件《じけん》を口外《こうがい》しないよう固《かた》く言《い》い含《ふく》めた。太刀《たち》の柄《え》についた血《ち》はきれいに洗《あら》い落《お》とし、新《あたら》しい上着《うわぎ》・袴《はかま》に着替《きが》えると、何事《なにごと》もなかったように宿直所《しゅくちょくじょ》に戻《もど》り、横《よこ》になった。

❖さて走《はし》り去《の》きて、またや人《ひと》やあると聞《き》きけれども、声《こゑ》もなかりければ、走《はし》り廻《めぐ》りて中《なか》の御門《みかど》に入《い》りて、柱《はしら》にかき副《そ》ひて立《た》ちて、小舎人童《こどねりわらは》はいかにしつらむと待《ま》ちたるに、童《わらは》、大宮《おほみや》を上《のぼ》りに泣《な》く泣く歩《あり》きけるを、呼《よ》びければ走《はし》り来《き》たりけり。それを宿直所《とのゐどころ》に遣《つか》はして、「着替《きか》へを取《と》りて来《こ》」と言《い》ひて遣《や》りつ。もと着《き》たりつる表《うへ》の衣《きぬ》・指貫《さしぬき》には血《ち》の付《つ》きたるを、童《わらは》に深《ふか》く隠《かく》させて、童《わらは》が口《くち》よく固《かた》めて、太刀《たち》の柄《つか》に血《ち》の付《つ》きたりけるなどよく洗《あら》ひしたために、表《うへ》の衣《きぬ》・指貫《さしぬき》など着替《きか》へて、さりげなくて宿直所《とのゐどころ》に入《い》り伏《ふ》しにけり。

＊＊＊＊＊＊＊＊＊＊＊＊＊＊＊＊

則光《のりみつ》は、三人《さんにん》を斬殺《ざんさつ》したのが自分《じぶん》だとばれたらどうしようかと、まんじりともせず一夜《いちや》を明《あ》かした。朝《あさ》になると、はたして事件現場《じけんげんば》は黒山《くろやま》の人《ひと》だかり、宮中《きゆうちゆう》の役所《やくしよ》にも急報《きゆうほう》が入《はい》り、則光《のりみつ》は同僚《どうりよう》たちから誘《さそ》われるままに、いやいやながら現場《げんば》へ向《む》かった。

すると、現場《げんば》では、大勢《おおぜい》の野次馬《やじうま》を前《まえ》にして、三十《さんじゆう》がらみの髭面《ひげづら》の男《おとこ》が、身振《みぶ》り手振《てぶ》りもおもしろく、自分《じぶん》が三人《さんにん》の賊《ぞく》を退治《たいじ》したいきさつを、口《くち》から泡《あわ》を飛《と》ばさんばかりの勢《いきお》いで、演《えん》じて見《み》せているではないか。

則光《のりみつ》は、内心《ないしん》おかしかったが、殺人《さつじん》の罪《つみ》をこの男《おとこ》が引《ひ》き受《う》けてくれたと思《おも》い直《なお》し、大《おお》いに喜《よろこ》んだ。晩年《ばんねん》になり、事件《じけん》のほとぼりもさめたころ、則光《のりみつ》は自分《じぶん》の子《こ》どもたちに真相《しんそう》を語《かた》って聞《き》かせた、と語《かた》り伝《つた》えられている。

＊＊＊＊＊＊＊＊＊＊＊＊＊＊＊＊

✻橘則光は学者の家系に生まれながら、和歌が苦手《にがて》で、『枕草子《まくらのそうし》』には妻の清少納言《せいしょうなごん》にやりこめられる場面が出てくる。およそ家風に合わない則光だが、武芸に達者で、主家に忍び込んだ盗賊を捕らえる武勇談も残る。明朗闊達《めいろうかったつ》、人に愛される快男児だったようだ。

性格や教養のレベル差が災いしたか、才女清少納言との夫婦仲も、喧嘩《けんか》別《わか》れではないものの、自然離婚という終末を迎えている。二人の間に息子則長《のりなが》がいる。

さて、ここでは、本話を剣法説話として考えてみたい。古来、我が国では太刀打ちの技法が重んじられてきたが、剣法として流派が誕生するのは十五世紀になってからとされる。

しかし、ここに登場する則光の太刀さばきは、剣法以外の何ものでもない。三人の敵を斬る技《わざ》は、実に理にかなったもので、偶然の身のこなしではない。死闘の描写は正確で、実戦に役立つツボをきちんと押さえてある。

この説話は剣法を伝えるものであり、則光は、世が世なれば、橘一刀流《たちばないっとうりゅう》の開祖となるべき剣豪だった、と空想してみるのも愉快ではないか。

◆力士《りきし》を杖《つえ》のように振《ふ》りまわした怪力《かいりき》のチビ学生《がくしょう》

大学《だいがく》の衆《しゅう》、相撲人《すまひびと》成村《なりむら》を試《こころ》みし語《こと》（巻第二十三第二十一話）

今《いま》は昔《むかし》、東北出身《とうほくしゅっしん》の真髪成村《まがみのなりむら》というベテラン力士《りきし》がいた。息子《むすこ》も孫《まご》も力士《りきし》という相撲一家《すもういっか》である。

それは、宮中《きゅうちゅう》で天覧相撲《てんらんずもう》の行《おこな》われた年《とし》のことだった。諸国《しょこく》から代表力士《だいひょうりきし》たちが上京《じょうきょう》してきて、取組《とりくみ》の日《ひ》にそなえていた。

そんなある日《ひ》、成村《なりむら》は、夏場《なつば》の京《きょう》は暑苦《あつくる》しいので、仲間《なかま》の力士《りきし》とつれだって、朱雀門《すざくもん》のあたりに涼《すず》みに出《で》かけた。そして帰《かえ》り道《みち》、大学寮《だいがくりょう》（官僚《かんりょう》の養成機関《ようせいきかん》）の前《まえ》を通《とお》り過《す》ぎようとした。

寮《りょう》の門《もん》の前《まえ》には、大勢《おおぜい》の学生《がくしょう》が立《た》って涼《すず》んでいた。彼《かれ》らの面前《めんぜん》を通《とお》り過《す》ぎようとしたが、力士《りきし》たちの身《み》なりはひどくだらしなかった。暑苦《あつくる》しいものだから、襟《えり》元《もと》を開《あ》け放《はな》し、烏帽子《えぼし》も斜《なな》めにかぶったかっこうのまま、ぞろぞろがやがや通《とお》り過《す》ぎようとした。

それを見《み》たとたん、学生《がくしょう》たちは一気《いっき》にぶちきれてしまった。こいつらを通《とお》すも

＊＊＊＊＊＊＊＊＊＊＊＊＊＊＊＊＊＊＊＊＊＊＊＊＊＊＊

のかと。うるさいぞ、静《しず》かにしろと叫《さけ》ぶや、通《とお》りの真《ま》ん中《なか》に立《た》ちふさがった。力《り》士《き》たちは、身分《みぶん》のある貴族《きぞく》の学生《がくしょう》のすることだから、強引《ごういん》に突破《とっぱ》するわけにはいかず、ぐずぐずためらっていた。

よく見《み》ると、学生《がくしょう》の中《なか》に、背《せ》が低《ひく》く小柄《こがら》で、仲間《なかま》よりも身《み》なりのいいのがいた。しかも、先頭《せんとう》きって立《た》ちふさがっている。彼《かれ》をじっと見《み》ていた成村《なりむら》は、さあみんな帰《かえ》るぞ、と言《い》って朱雀門《すざくもん》に引《ひ》き返《かえ》した。

それから、成村《なりむら》は、仲間《なかま》を集《あつ》めて作戦《さくせん》をたてた。あの学生《がくしょう》どもにはむかつく、今日《きょう》のところはがまんしてやったが、明日《あす》は必《かなら》ず突破《とっぱ》しようと思《おも》う、特《とく》にあの中《なか》のチビ学生《がくしょう》は頭《あたま》にくる、真《ま》っ先《さき》に立《た》ってみんなをあおっているのだからな、明日《あす》も同《おな》じように攻《せ》めてくるにちがいない、と怒《いか》りをぶちまけた。

そして、ある力士《りきし》を指名《しめい》すると、あの学生《がくしょう》のケツを血《ち》が出《で》るほど蹴飛《けと》ばしてやれ、と命《めい》じた。その力士《りきし》は、胸《むね》をどんとたたいて、本気《ほんき》に蹴飛《けと》ばしたら死《し》んでしまうから、足腰《あしこし》は立《た》たなくなるかわり、命《いのち》だけはとりとめるようにしよう、と確《かく》約《やく》した。

さて、その翌日《よくじつ》、うわさを聞《き》いて、力士《りきし》たちは全員集合《ぜんいんしゅうごう》した。だが、作戦《さくせん》はばれたらしく、学生側《がくしょうがわ》も増員《ぞういん》して、昨日《きのう》と同《おな》じ態勢《たいせい》で、大声《おおごえ》をあげている。例《れい》のチ

＊＊＊＊＊＊＊＊＊＊＊＊＊＊＊＊＊＊＊＊＊＊＊＊＊＊＊

ビ学生《がくしょう》は、絶対通《ぜったいとお》すものかという不敵《ふてき》なつらがまえで、立《た》ちふさがっていた。

それを確《たし》かめると、成村《なりむら》は、尻《しり》を蹴飛《けと》ばせと命《めい》じておいた力士《りきし》に、急《いそ》いで目《め》くばせした。すると、この力士《りきし》は、並《な》みはずれて背《せ》の高《たか》い大男《おおおとこ》で、若《わか》く血気盛《けっきさか》んだったから、袴《はかま》のすそを高々《たかだか》とくりあげ、のっしのっしと学生《がくしょう》に歩《あゆ》み寄《よ》った。それに続《つづ》いて、ほかの力士《りきし》たちも、がむしゃらに道《みち》を通《とお》り抜《ぬ》けようとした。当然《とうぜん》、学生《がくしょう》たちは通《とお》すものかと立《た》ちふさがった。

そのうち、尻蹴《しりけ》り役《やく》の力士《りきし》が、お目当《めあ》ての学生《がくしょう》に走《はし》りかかり、蹴《け》り倒《たお》そうと足《あし》を高《たか》く持《も》ち上《あ》げた。小柄《こがら》な学生《がくしょう》は、相手《あいて》の動《うご》きを見《み》はからって、さっと背《せ》をかがめ、体《たい》をかわしたので、力士《りきし》のほうは蹴《け》りはずして、足《あし》だけが高《たか》く上《あ》がり、あおのけざまにひっくり返《かえ》りそうになった。すかさず、学生《がくしょう》はその足《あし》をつかむや、この力士《りきし》を、ちょうど細杖《ほそづえ》でも持《も》つように引《ひ》っさげて、ほかの力士《りきし》たちめがけて走《はし》りかかった。

この光景《こうけい》を見《み》て、ほかの力士《りきし》たちはみな逃《に》げ走《はし》った。こうして、学生《がくしょう》がひっさげた力士《りきし》を投《な》げつけると、振《ふ》りはなされた力士《りきし》は、二《に》、三丈《さんじょう》(約六《やくろく》〜九《きゅう》メートル)ほど飛《と》んでいって、地面《じめん》に落下《らっか》し、体《からだ》の骨《ほね》が砕《くだ》けて起《お》きあがることもできない。

やがて、その学生《がくしょう》は、倒《たお》れた力士《りきし》に目《め》もくれず、成村《なりむら》のいる方角《ほうがく》に走《はし》りかかってきた。これを見《み》た成村《なりむら》は、とてつもなく力《ちから》の強《つよ》いやつだなあと驚《おどろ》き、あきれかえって、後《うし》ろを振《ふ》り返《かえ》りながら、逃《に》げ出《だ》した。だが、学生《がくしょう》はどんどん追《お》いつめてくる。

成村《なりむら》は、朱雀門《すざくもん》の方《ほう》へ走《はし》り、脇戸《わきど》から中《なか》に逃《に》げ込《こ》んだ。と同時《どうじ》に、追《お》いつめた学生《がくしょう》が成村《なりむら》に飛《と》びかかった。成村《なりむら》は、つかまると思《おも》った瞬間《しゅんかん》、目《め》の前《まえ》の土塀《どべい》を飛《と》び越《こ》えた。それを引《ひ》き止《と》めようと、手《て》をのばした瞬間《しゅんかん》に飛《と》び越《こ》えたので、体《からだ》には手《て》がかからず、ほんの一瞬《いっしゅん》遅《おく》れた片足《かたあし》のかかとを沓《くつ》をはいたまままつかまれた。そのため、沓《くつ》のかかとに足《あし》の皮《かわ》をつけたまま、沓《くつ》もかかとも刀《かたな》で切《き》ったように切《き》り取《と》られた。成村《なりむら》は土塀《どべい》の内側《うちがわ》に飛《と》び越《こ》えてから、足《あし》を見《み》ると、血《ち》が噴《ふ》きだして止《と》まらない。沓《くつ》のかかとも切《き》れてなくなっている。

成村《なりむら》は、おれを追《お》いかけてきた学生《がくしよう》は、異常《いじよう》な怪力《かいりき》だった、尻《しり》を蹴飛《けと》ばそうとした力士《りきし》をつかんで、杖《つえ》を振《ふ》り回《まわ》すように投《な》げ捨《す》てた、広《ひろ》い世《よ》の中《なか》にはこんなやつもいるのだ、いやはや恐《おそ》ろしい、と驚嘆《きようたん》し、見《み》つからぬように、こっそりと宿直所《しゆくちよくじよ》に帰《かえ》って行《い》った。

あの投《な》げられた力士《りきし》は気絶《きぜつ》してしまったので、付《つ》き人《びと》たちがやって来《き》て、何《なに》かに入《い》れてかついで宿直所《しゆくちよくじよ》に運《はこ》んでいった。とうとう、その年《とし》の相撲《すもう》の取組《とりくみ》には出場《しゆつじよう》できなかった。


❖そのときに、成村《なりむら》、かの尻蹴《しりけ》よと言《い》ひたる相撲《すまひ》に、急《いそ》ぎ目《め》をつかひたりければ、この相撲《すまひ》、人《ひと》よりは丈高《たけたか》く大《おほ》きく、若《わか》く勇《いさ》みたりける者《もの》なれば、袴《はかま》のくくり高《たか》やかに上《あ》げて、さし進《すす》みて歩《あゆ》み寄《よ》るに、それにつづきて異相撲《ことすまひ》どもただ通《とほ》りに通《とほ》らむとするを、衆《しゆう》どもは通《とほ》さじと立《た》ち塞《ふさ》がるほどに、この尻蹴《しりけ》むとする相撲《すまひ》、かの衆《しゆう》に走《はし》りかかりて、蹴倒《けたふ》さむと足《あし》を高《たか》くもたげたるを、この衆《しゆう》、目《め》をかけて、背《せ》をたわめて違《たが》へければ、蹴《け》はづして足《あし》の高《たか》く上《あ》がりて、のけざまになるやうにするを、この衆《しゆう》、その足《あし》を取《と》りて、その相撲《すまひ》を細《ほそ》き杖《つゑ》などを人《ひと》の持《も》ちたるやうに提《ひさ》げて、異相撲《ことすまひ》どもに走《はし》りかかりければ、異相撲《ことすまひ》どもはこれを見《み》て走《はし》り逃《に》ぐ。

さて、その提《ひさ》げたる相撲《すまひ》をば投《な》げければ、振《ふ》りめきて、二《に》、三丈《さんぢやう》ばかり投《な》げられて、倒《たふ》れ臥《ふ》しにけり。身砕《みくだ》けて起《お》き上《あ》がるべくもあらずなりぬ。

それをば知《し》らずして、成村《なりむら》がある方《かた》に走《はし》りかかりて来《き》たりければ、成村《なりむら》これを見《み》るに、ことの外《ほか》に力《ちから》ある者《もの》にこそありけれと思《おも》ひて、あさましくて目《め》をかけて逃《に》げけるに、所《ところ》も置《お》かず追《お》ひければ、成村《なりむら》、朱雀門《すざくもん》の方《かた》ざまに走《はし》りて、脇戸《わきど》より逃《に》げ入《い》りけるを、やがてつめて走《はし》りかかりければ、成村《なりむら》、捕《と》らはれぬと思《おも》ひて、築垣《ついがき》のありけるを越《こ》えけるを、ひかへむと手《て》をさしやりたりけるを、とく越《こ》えにければ、異《こと》所《どころ》をばえ捕《と》らへで、片足《かたあし》の少《すこ》し遅《おそ》く越《こ》えければ、踵《きびす》を沓履《くつは》きながら捕《と》らへたりければ、沓《くつ》の踵《きびす》に足《あし》の皮《かは》を取《と》り加《くは》へて、沓《くつ》をも踵《きびす》をも刀《かたな》をもつて切《き》りたるやうに引《ひ》き切《き》りて取《と》りてけり。成村《なりむら》、築垣《ついがき》の内《うち》に越《こ》え立《た》ちて足《あし》を見《み》ければ、血走《ちはし》りて止《や》まずに、沓《くつ》の踵《きびす》も切《き》れて失《う》せにけり。

成村《なりむら》、我《われ》を追《お》ひつる大学《だいがく》の衆《しゆう》は、あさましく力《ちから》ある者《もの》かな、尻蹴《しりけ》むとしつる相撲《すまひ》をも取《と》りて、人杖《ひとづゑ》につかひて投《な》げ棄《す》てつ、世《よ》の中広《なかひろ》ければ、かかる者《もの》もあるこそ恐《おそ》ろしけれと思《おも》ひて、そこより宿直所《とのゐどころ》へはひそかに帰《かへ》りにける。

その投《な》げられたりける相撲《すまひ》は、死《し》に入《い》りたりければ、従者《ずさ》ども来《き》たりて物《もの》にかき入《い》れて荷《にな》ひてぞ、宿直所《とのゐどころ》にゐて行《ゆ》きにける。その年《とし》は相撲《すまひ》の取《と》り手《て》にも立《た》たざりけり。

＊＊＊＊＊＊＊＊＊＊＊

その後《のち》、成村《なりむら》は、自分《じぶん》の所属《しよぞく》する官庁《かんちよう》の高官《こうかん》に事件《じけん》のてんまつを述《の》べた。成村《なりむら》が、自分《じぶん》はあの怪力《かいりき》の学生《がくしよう》には歯《は》が立《た》たない、彼《かれ》は大力士《だいりきし》だ、と語《かた》ったので、高官《こうかん》たちも驚《おどろ》いた。

さっそく、天皇《てんのう》に報告《ほうこく》すると、すぐに捜索《そうさく》の命《めい》が下《くだ》った。なんとしても学生《がくしよう》を力士《りきし》に取《と》り立《た》てて、その怪力《かいりき》を実見《じつけん》したかったのだ。しかし、厳重《げんじゆう》な捜査《そうさ》にもかかわらず、ついに彼《かれ》は発見《はつけん》されなかった。

なんとも不思議《ふしぎ》千万《せんばん》な事件《じけん》だった、と語《かた》り伝《つた》えているとか。

＊＊＊＊＊＊＊＊＊＊＊

✻ことあろうに、力士たるものが、素人の学生ふぜいに手玉にとられるのは、現代感覚では理解しがたいだろう。けれども、この時代の力士は、都で年一回行われる天覧相撲のとき以外は、自分の国で生計を立てていた。練習にあけくれる余裕などはなかった。つまり、プロの職業ではなかった。

それだけに、力士の力士たるゆえんである強力《ごうりき》は、天性のものと考えられていた。力士は一種の天才なのである。だから、どこかに埋もれているかもしれなかった。

このチビ学生も、まさしくそのたぐいである。当時、力士をスカウトするのは政府だったから、お膝下《ひざもと》に天才が隠れていたのに気づかなかったわけだ。成村の報告を受けた政府は必死に捜索したが、ついに見つけだせなかったという落ちが笑わせる。

〈相撲人〉

◆矢竹《やだけ》を指《ゆび》で押《お》し砕《くだ》き、強盗《ごうとう》もふるえた怪力《かいりき》の美女《びじょ》

相撲人大井光遠《すまひびとおほゐのみつとほ》が妹《いもうと》の強力《がうりき》の語《こと》（巻第二十三第二十四話）

＊＊＊＊＊＊＊＊＊＊＊＊＊＊＊

今《いま》は昔《むかし》、甲斐《かい》の国《くに》（山梨県《やまなしけん》）に大井光遠《おおいみつとお》という力士《りきし》がいた。背《せ》が低《ひく》く、太《ふと》ってがっしりしたアンコ型《がた》で、力《ちから》が強《つよ》く、足技《あしわざ》のするどい人気力士《にんきりきし》だった。

その妹《いもうと》に、年《とし》は二十七《にじゅうしち》、八《はち》ほどの、顔《かお》も姿《すがた》もすばらしい美女《びじょ》がいた。彼女《かのじょ》は離《はな》れた別棟《べつむね》に住《す》んでいた。

ある日《ひ》、逃走中《とうそうちゅう》の強盗《ごうとう》が、抜《ぬ》き身《み》の刀《かたな》をひっさげて、彼女《かのじょ》の部屋《へや》に駆《か》け込《こ》んできた。強盗《ごうとう》は、彼女《かのじょ》を人質《ひとじち》に取《と》って抱《だ》きかかえ、彼女《かのじょ》に刀《かたな》を突《つ》きつけた。

それを目《め》にした従者《じゅうしゃ》は、大《おお》あわてで、兄《あに》の光遠《みつとお》に急《きゅう》を告《つ》げた。ところが、光遠《みつとお》はまるで動《どう》じない。姫君《ひめぎみ》の一大事《いちだいじ》、と御注進《ごちゅうしん》におよんだ従者《じゅうしゃ》は、ふしぎに思《おも》い、現場《げんば》に走《はし》り戻《もど》って、戸《と》の隙間《すきま》から中《なか》をのぞいてみた。

＊＊＊＊＊＊＊＊＊＊＊＊＊＊＊

ちょうど陰暦九月《いんれきくがつ》（晩秋《ばんしゅう》）のころなので、姫君《ひめぎみ》は薄《うす》い綿入《わたい》れの着物《きもの》を一《いち》枚着《まいき》て、片方《かたほう》の手《て》で口《くち》をおおい、もう一方《いっぽう》の手《て》で男《おとこ》が刀《かたな》を抜《ぬ》いて突《つ》きつけ

ている腕《うで》を、やんわりとつかんでいるようすだった。

男《おとこ》は、ぞっとするような大《おお》きな刀《かたな》を逆手《さかて》に取《と》って、姫君《ひめぎみ》のお腹《なか》に突《つ》きつけて、両足《りようあし》を組《く》んで後《うし》ろから抱《だ》きすくめていた。

姫君《ひめぎみ》は、右手《みぎて》で男《おとこ》が刀《かたな》を突《つ》きつけている手《て》をやんわりと握《にぎ》るようにして、左手《ひだりて》の手《て》で顔《かお》を隠《かく》していた。しおらしく泣《な》いているようだったが、その左手《ひだりて》をはずして、目《め》の前《まえ》に荒削《あらけず》りの矢竹《やだけ》が二《に》、三十本《さんじつぽん》散らばっているのを取《と》って、手《て》なぐさみに、節《ふし》のあたりを指《ゆび》で板《いた》の間《ま》に押《お》し当《あ》ててすりつぶすようにした。すると、あの硬《かた》い矢竹《やだけ》が、まるで柔《やわ》らかな枯《か》れ木《き》を押《お》し砕《くだ》くように、バリバリと砕《くだ》けてしまった。

のぞき見《み》していた家来《けらい》の目《め》は点《てん》になったが、姫君《ひめぎみ》を人質《ひとじち》にした強盗《ごうとう》も目《め》をむいて見《み》つめていた。

家来《けらい》はこの光景《こうけい》を目《め》にして、「兄君《あにぎみ》が騒《さわ》ぎたてないのも当然《とうぜん》のことだ。すばらしい大力《だいりき》の兄君《あにぎみ》でも、金槌《かなづち》を使《つか》って打《う》ち砕《くだ》かなくては、矢竹《やだけ》はあんなふうにはなるまい。あんなことができるなんて、この姫君《ひめぎみ》はどれほどの力《ちから》があるのだろう。姫君《ひめぎみ》を人質《ひとじち》にとったやつは、今《いま》にひねりつぶされてしまうぞ」と、わくわくしていた。

人質《ひとじち》にした強盗《ごうとう》のほうも、姫君《ひめぎみ》の怪力《かいりき》を見《み》せつけられて、体《からだ》から力《ちから》が抜《ぬ》けてしまい、「たとえ刀《かたな》で突《つ》いたって、突《つ》かれる相手《あいて》じゃない。この女《おんな》の力《ちから》じゃあ、突《つ》いた腕《うで》をひねり折《お》ってしまうだろう。これほどの怪力《かいりき》じゃあ、手足《てあし》がバラバラにされてしまうぞ。お手上《てあ》げだ。逃《に》げるが勝《か》ちだ」と観念《かんねん》した。そして、監視《かんし》のすきをうかがって、姫君《ひめぎみ》をほうり出《だ》すと、部屋《へや》から宙《ちゅう》を飛《と》ぶように走《はし》って逃《に》げた。だが、すぐに大勢《おおぜい》の家来《けらい》が追《お》いかけて、捕《つか》まえ、縛《しば》りあげて、光遠《みつとお》のもとへ連行《れんこう》した。(下略)

❖九月《ながつき》ばかりのことなれば、女房《にょうぼう》は薄《うす》き綿《わた》の衣《きぬ》ひとつばかりを着《き》、片手《かたて》しては口《くち》覆《おほ》ひをして、いま片手《かたて》しては男《をのこ》の刀《かたな》を抜《ぬ》きてさし当《あ》つる肱《かひな》を、やはら捕《と》らへたるやうにて居《ゐ》たり。

男《をのこ》、大《おほ》きなる刀《かたな》の恐《おそ》ろしげなるを逆手《さかて》に取《と》りて、腹《はら》の方《かた》にさし当《あ》てて、足《あし》をもつて後《うし》ろよりあぐまへて抱《いだ》きて居《ゐ》たり。

この姫君《ひめぎみ》、右《みぎ》の手《て》して、男《をのこ》の刀《かたな》抜《ぬ》きてさし当《あ》てたる手《て》を、やはら捕《と》らへたるやうにして、左《ひだり》の手《て》にて顔《かほ》の塞《ふさ》ぎたるを、泣《な》く泣《な》くその手《て》をもつて、前《まへ》に矢篠《やの》の荒造《あらづく》りしたるが二《に》、三十《さんじふ》ばかりうち散《ち》らされたるを、手《て》まさぐりに節《ふし》のほどを指《および》をもつて板敷《いたじ》きに押《お》しにじりければ、朽《く》ち木《き》などの柔《やは》らかならむを押《お》し砕《くだ》かむやうにみしみしとなるを、あさましと見《み》るほどに、これを質《しち》に取《と》りたる男《をのこ》も目《め》をつけて見《み》る。

このぞく男《をとこ》も、これを見《み》て思《おも》はく、兄《あに》の主《ぬし》、うべ騒《さわ》ぎ給《たま》はざるは理《ことわり》なりけり、いみじからむ兄《あに》の主《ぬし》、鉄槌《かなづち》をもつて打《う》ち砕《くだ》かばこそ、この竹《たけ》はかくはならめ、この姫君《ひめぎみ》はいかばかりなる力《ちから》にてかくはおはするにかあらむ、この質《しち》に取《と》りたる男《をのこ》はひしがれなむずと見《み》るほどに、この質《しち》に取《と》りたる男《をのこ》もこれを見《み》て、益《やく》なく思《おぼ》えて、たとひ刀《かたな》をもつて突《つ》くともよも突《つ》かれじ、肱《かひな》取《と》りひしがれぬべき女房《にようばう》の力《ちから》にこそありけれ、かばかりにてこそ支体《したい》も砕《くだ》かれぬべかめり、由《よし》なし、逃《に》げなむと思《おも》ひて、人《ひと》目《め》をはかりて棄《す》てて走《はし》り出《い》でて、飛《と》ぶがごとくに逃《に》げけるを、人《ひと》、末《すゑ》に多《おほ》く走《はし》り合《あ》ひて、捕《と》らへてうち伏《ふ》せて縛《しば》りて、光遠《みつとほ》がもとにゐて行《ゆ》きたれば、（下略）

＊＊＊＊＊＊＊＊＊＊＊＊＊＊＊＊＊＊＊＊＊＊＊＊＊＊＊

光遠《みつとお》は強盗《ごうとう》に、どうして人質《ひとじち》を放《ほう》り出《だ》して逃《に》げたのか、と聞《き》いた。強盗《ごうとう》が答《こた》えるには、ふつうの女《おんな》と思《おも》って人質《ひとじち》にしたが、矢竹《やだけ》の節《ふし》を指《ゆび》で押《お》し砕《くだ》くのを見《み》て、このままだと殺《ころ》されると思《おも》って逃《に》げ出《だ》した、と言《い》う。

光遠《みつとお》は大笑《おおわら》いして、妹《いもうと》はお前《まえ》に刀《かたな》で突《つ》き殺《ころ》されやしない、突《つ》いたお前《まえ》の腕《うで》をねじあげ、突《つ》きあげたなら、腕《うで》が肩《かた》を突《つ》き破《やぶ》るだろう、そうならなかったのは前世《ぜんせ》の因縁《いんねん》のおかげと感謝《かんしゃ》しろ、あんなほっそりした体型《たいけい》でも力士《りきし》のおれの二倍《にばい》も力《ちから》が強《つよ》いのだ、握《にぎ》りしめた腕《うで》を上《うえ》からつかまれると、しびれて指《ゆび》が広《ひろ》がるほどなのだ、惜《お》しいことに女《おんな》に生《う》まれたばっかりに、力士《りきし》になれないのが残念《ざんねん》だよ、と語《かた》った。

光遠《みつとお》の話《はなし》を聞《き》いて、強盗《ごうとう》は真《ま》っ青《さお》になり、死《し》んだ気分《きぶん》を味《あじ》わった。そして恐怖《きょうふ》のあまり、さめざめと泣《な》いた。

光遠《みつとお》は、本来《ほんらい》ならお前《まえ》を殺《ころ》してしまうところだが、妹《いもうと》にけがはなかったし、お前《まえ》も運《うん》が強《つよ》く、こうして現《げん》に生《い》きているのだから、むりやり殺《ころ》すこともあるまい、妹《いもうと》がその気《き》になったら、あの細腕《ほそうで》で鹿《しか》の角《つの》をまるで枯《か》れ木《き》をへし折《お》るように砕《くだ》いてしまうのだ、ましてお前《まえ》なんぞ問題外《もんだいがい》だ、とおどしたり、からかったりしたあげく、強盗《ごうとう》を生《い》きたまま追放《ついほう》した。

＊＊＊＊＊＊＊＊＊＊＊＊＊＊＊＊＊＊＊＊＊＊＊＊＊＊＊

＊　ほんとうにとてつもない怪力《かいりき》の女《おんな》だ、と語《かた》り伝《つた》えているとか。　＊

✽笑劇であるが、とてもキャラクターがいい。光遠・その妹・強盗・のぞき男の四人が、それぞれに役どころを心得た好演を見せる。

妹思いの兄光遠はアンコ型の力士で、かなりの口達者である。逆に、その妹は寡黙《かもく》で細身の美人とくる。しかも、腕力は兄の二倍もある。それとも知らずに押し込んだ強盗は、抜き身をひっさげた乱暴者。なりゆきをのぞき見る狂言回しは、光遠の家来である。

大井光遠は、名力士として平安時代の書物に記録されている。ただし、その妹についての記事はないので、この話の真偽はわからない。しかし、兄が力士ならば、同じ血をひく妹も強力なはずだという考え方がうかがえる。

★力士《りきし》と力女《りきにょ》のこと——聖なる血のパワー

男の力士（当時は濁音で「りきじ」）に対して、女の「力女（りきにょ）」が古代の日本には存在した。現代感覚では、力女と聞けば、女子プロを思い浮かべるのがせいぜいだろう。

ところが、なんと、時の政府が、全国に力女の推薦を呼びかけているのだ。しかも、この力女、年金にあたる無税の田まで支給されている。それほど力女が貴重視されていた。

そこには、生まれながらの強力は血筋によるものであり、聖なるパワーの発動だという信仰がある。だから、強力の持ち主を集めて、相撲を取らせたり、力くらべをさせたりして、国家安泰《こっかあんたい》・五穀豊穣《ごこくほうじょう》を祈願したのである。

たんなる見せ物になったり、職業化したりするのは、後世も江戸時代になってからのことだ。

◆画伯《がはく》と名工《めいこう》の大勝負《おおしょうぶ》——死体《したい》画像《がぞう》とからくり仏堂《ぶつどう》

百済《くだら》の川成《かはなり》と飛驒《ひだ》の工《たくみ》と挑《いど》みし語《こと》（巻第二十四第五話）

今《いま》は昔《むかし》、百済川成《くだらのかわなり》という絵画《かいが》の名人《めいじん》がいた。ある日《ひ》、川成《かわなり》の使《つか》っていた少年《しょうねん》が逃亡《とうぼう》した。あちこち探《さが》したが見《み》つからない。そこで、ある男《おとこ》に探索《たんさく》を依頼《いらい》した。男《おとこ》は、顔《かお》を知《し》らないのでは無理《むり》だという。それならば、と川成《かわなり》は少年《しょうねん》の似顔絵《にがおえ》を描《えが》いた。この絵《え》をもって、人《ひと》がたくさん集《あつ》まる市場《いちば》に出《で》かけて、男《おとこ》は、絵《え》に描《えが》かれた少年《しょうねん》を、あっさり見《み》つけ出《だ》すことができた。少年《しょうねん》はこの絵《え》そっくりだったからだ。この一件《いっけん》は、当時《とうじ》、京中《きょうじゅう》の大評判《だいひょうばん》となった。

同《おな》じころ、飛驒《ひだ》の工《たくみ》という工芸《こうげい》の名人《めいじん》がいた。両雄並《りょうゆうなら》びたたず、あの川成《かわなり》とこの工《たくみ》とは、互《たが》いにライバル意識《いしき》を燃《も》やし合《あ》っていた。

そんなある日《ひ》、川成《かわなり》のもとに飛驒《ひだ》の工《たくみ》から招待状《しょうたいじょう》が届《とど》いた。自分《じぶん》の建《た》てた堂《どう》を見《み》てほしい、その壁《かべ》に絵《え》を描《えが》いてほしい、というものだった。ライバルながらも同《おな》じ芸術家《げいじゅつか》だ。川成《かわなり》は、特《とく》に疑《うたが》いを抱《いだ》くこともなく、招待《しょうたい》に応《おう》じた。行《い》ってみると、なんともしゃれた小《ちい》さな堂《どう》が建《た》っている。

堂《どう》の四面《しめん》の戸《と》はみんな開《あ》いていた。飛騨《ひだ》の工《たくみ》が、「あのお堂《どう》に入《はい》って中《なか》をごらんください」と誘《さそ》うので、川成《かわなり》は、縁側《えんがわ》に上《あ》がって南《みなみ》の戸《と》から中《なか》に入《はい》ろうとした。そのとたん、戸《と》がばたんと閉《し》まった。

びっくりして、縁側《えんがわ》をまわって西《にし》の戸《と》から入《はい》ろうとすると、また戸《と》がばたんと閉《し》まってしまい、同時《どうじ》に、さっきの南《みなみ》の戸《と》が開《あ》いた。こんどは、北《きた》の戸《と》から入《はい》ろうとすると、その戸《と》が閉《し》まって、前《まえ》の西《にし》の戸《と》が開《あ》く。それではと、東《ひがし》の戸《と》から入《はい》ろうとすると、その戸《と》は閉《し》まって、こんどは北《きた》の戸《と》が開《あ》くのだった。

こんなふうにして、ぐるぐる縁側《えんがわ》をまわって、何度《なんど》も中《なか》に入《はい》ろうと試《こころ》みたが、戸《と》が閉《と》じたり開《あ》いたりして、入《はい》ることができず、疲《つか》れ切《き》って縁側《えんがわ》からおりてしまった。それを見《み》た飛騨《ひだ》の工《たくみ》は、腹《はら》をかかえて大笑《おおわら》いした。川成《かわなり》は悔《くや》しがりながら家《いえ》に帰《かえ》っていった。

❖四面《しめん》に戸《と》みな開《ひら》きたり。飛騨《ひだ》の工《たくみ》、「かの堂《だう》に入《い》りてその内見《うちみ》給《たま》へ」と言《い》へば、川成《かはなり》、縁《えん》に上《あ》がりて南《みなみ》の戸《と》より入《い》らむとするに、その戸《と》はたと閉《と》づ。驚《おどろ》きて廻《めぐ》りて西《にし》の戸《と》より入《い》る。またその戸《と》はたと閉《と》ぢぬ。また南《みなみ》の戸《と》は開《ひら》きぬ。されば、北《きた》の戸《と》より入《い》るには、その戸《と》は閉《と》ぢて、西《にし》の戸《と》は開《ひら》きぬ。また、東《ひんがし》の戸《と》より入《い》るに、その戸《と》は閉《と》ぢて、北《きた》の戸《と》は開《ひら》きぬ。

かくのごとく、廻《めぐ》る廻《めぐ》るあまたたび入《い》らむとするに、閉《と》ぢつ開《ひら》きつ、入《い》ることを得《え》ず。わびて縁《えん》より下《お》りぬ。そのときに、飛騨《ひだ》の工《たくみ》、笑《わら》ふこと限《かぎ》りなし。川成《かはなり》、ねたしと思《おも》ひて帰《かへ》りぬ。

＊＊＊＊＊＊

それから数日後《すうじつご》、今度《こんど》は川成《かわなり》から工《たくみ》あてに招待状《しょうたいじょう》が届《とど》いた。お見《み》せしたいものがあるのでおいで願《ねが》いたい、という。この前《まえ》のしかえしをするつもりだな、と工《たくみ》は察《さっ》して、その誘《さそ》いを断《ことわ》った。けれども、たび重《かさ》なる招待《しょうたい》を断《ことわ》りきれず、胸《むね》に警戒心《けいかいしん》を抱《いだ》きながら、工《たくみ》は川成《かわなり》の家《いえ》に出向《でむ》いた。

＊＊＊＊＊＊

飛騨《ひだ》の工《たくみ》は言《い》われるままに、廊下《ろうか》に立《た》って引《ひ》き戸《ど》を開《あ》けた。次《つぎ》の瞬間《しゅんかん》、部屋《へや》の中《なか》に、黒《くろ》ずみ、ふくれあがり、腐《くさ》りきって横《よこ》たわる大《おお》きな体《からだ》をした人《ひと》の姿《すがた》が、工《たくみ》の目《め》に飛《と》び込《こ》んできた。

そのひどい腐敗臭《ふはいしゅう》は鼻《はな》を刺《さ》すほどだ。突然《とつぜん》こんなものにでくわした工《たくみ》は、悲鳴《ひめい》をあげて驚《おどろ》き、その場《ば》から飛《と》びのいた。

すると、部屋《へや》の中《なか》に座《すわ》っていた川成《かわなり》は、工《たくみ》の悲鳴《ひめい》を聞《き》いて、腹《はら》をかかえて大笑《おおわら》いした。工《たくみ》が、恐怖《きょうふ》のために地面《じめん》に立《た》ちすくんでいると、川成《かわなり》は引《ひ》き戸《ど》からひょっこり顔《かお》を出《だ》して、「やあ、おたくはそんな所《ところ》にいたんですか。もっと、こっちへおいでなさい」と誘《さそ》う。

工《たくみ》がこわごわ近《ちか》づいて見《み》ると、なんと、部屋《へや》の中《なか》の襖《ふすま》に死体《したい》を描《えが》いていたのだった。先《せん》だって、お堂《どう》のからくりにしてやられたのが悔《くや》しくて、こうやって、しかえしをしたのだった。

❖言《い》ふに従《したが》ひて廊《らう》のある遣戸《やりど》を引《ひ》き開《あ》けたれば、内《うち》に大《おほ》きなる人《ひと》の、黒《くろ》みふくれ、腐《くさ》りたる臥《ふ》せり。臭《くさ》きこと鼻《はな》に入《い》るやうなり。思《おも》ひかけぬにかかる物《もの》を見《み》たれば、声《こゑ》を放《はな》ちて驚《おどろ》きて、のきかへる。

川成《かはなり》、内《うち》に居《ゐ》てこの声《こゑ》を聞《き》きて、笑《わら》ふこと限《かぎ》りなし。飛騨《ひだ》の工《たくみ》、恐《おそ》ろしと思《おも》ひて土《つち》に立《た》てるに、川成《かはなり》、その遣戸《やりど》より顔《かほ》をさし出《い》でて、「や、おのれ、かくありけるは。ただ来《き》たれ」と言《い》ひければ、おづおづ寄《よ》りて見《み》れば、障子《さうじ》のあるに、早《はや》うその死人《しにん》の形《かた》を書《か》きたるなりけり。堂《だう》に謀《はか》られたるがねたきによりて、かくしたるなりけり。

＊＊＊＊＊＊＊

二人《ふたり》の技量《ぎりよう》の高《たか》さは、これほどにみごとだった。そのころは、どこでもこの話《はなし》でもちきりで、二人《ふたり》を賞賛《しようさん》しないものはなかった、と語《かた》り伝《つた》えているとか。

＊＊＊＊＊＊＊

✻画技の達人、百済の川成と、工芸の名人、飛騨の工との大勝負である。

川成は、宮中に仕えて地方官を勤めた経歴があり、一介《いつかい》の絵師ではない。彼の

『考訂 今昔物語』

死亡記事は、れっきとした国史書に載《の》っている。いわば、絵画の名人として公認された人間国宝級の画家である。

飛驒の工は、飛驒国出身の工匠という意味だが、ここでは個人名に使われている。飛驒国は、古くから優秀な木工を宮中に送っていた。宮殿の造営・修理のために、常時三十七名の木工が配属されていた、と史書は語る。そうした実績が認められて、飛驒の工は名工の代名詞となっていく。

察するところ、川成の絵は抽象画ではなく、写実画であったようだ。似顔絵が当人そっくりだったとか、死体の描写が生々しかったとか、非常に迫真性があった。これに、地方官の経歴を考え合わせると、彼は、赴任した地方の風物などを正確に写しとって宮中に献上する、今でいう記録写真家に近い仕事もしていたように思われる。

飛驒の工の伝統は、一千年以上たった今もなお、高山祭《たかやままつり》（岐阜《ぎふ》県高山市）に受け継がれている。からくり人形をいただいた豪華な三段重ねの屋台は、飛驒の工の妙技をあますところなく伝える。現在、国の重要無形民俗文化財の指定を受けている。

川成の画技も飛驒の工の妙技も、どちらも民間の芸術ではなく、宮廷のお墨付きの芸術であった。そこに日本の芸術精神の源をうかがうことができよう。

★原文の読みかた――歴史的仮名遣いの発音

○語中・語尾の「はひふへほ」は、「ワイウエオ」と発音する。
　例　にほひ（匂ひ）↓ニオイ　　おほん（御）↓オオン
　　　ただし、語頭はそのまま…はひ（灰）↓ハイ
また、ワ行の「ゐ・ゑ」は「イ・エ」と発音する。
　ゐなか（田舎）↓イナカ　　こゑ（声）↓コエ
○母音「アイエオ」＋ウ＝長音「ー」
・アウ↓オー…さぶらふ（候ふ）↓サブラウ↓サブロウ↓サブロー
　　　　　　　さうらふ（候ふ）↓サウラウ↓ソウロウ↓ソーロー
　　　　　　　あふぎ（扇）↓アウギ↓オーギ
・イウ↓ユー…いう（優）↓ユー　　いふ（言ふ）↓ユー
・エウ↓ヨー…えう（要）↓ヨー　　けふ（今日）↓ケウ↓キョー
・オウ↓オー…きのふ（昨日）↓キノウ↓キノー
　　　　　　しろう（白う）↓シロー

◆美人《びじん》患者《かんじゃ》の色香《いろか》にふりまわされた好色《こうしょく》の老医師《ろういし》

女《をんな》、医師《くすし》の家《いへ》に行《ゆ》き、瘡《はれもの》を治《なほ》して逃《に》げし語《こと》（巻第二十四第八話）

＊＊＊＊＊＊＊＊＊＊＊

今《いま》は昔《むかし》、名医《めいい》の評判高《ひょうばんだか》い典薬寮《てんやくのりょう》（宮中《きゅうちゅう》の医療施設《いりょうしせつ》）の頭《かみ》（院長《いんちょう》）がいた。老《お》いてますますお盛《さか》んな、好色多情《こうしょくたじょう》の院長《いんちょう》だった。

ある日《ひ》、彼《かれ》の家《いえ》におそろしく美麗《びれい》な女車《おんなぐるま》が、おしのびで乗《の》りつけた。応対《おうたい》に出《で》ると、車《くるま》の中《なか》から、とっても甘《あま》い女《おんな》の声《こえ》で、個室《こしつ》の用意《ようい》をお願《ねが》いしたい、と言《い》う。すっかり目尻《めじり》をさげた老院長《ろういんちょう》は、大急《おおいそ》ぎで個室《こしつ》の支度《したく》をして、女《おんな》を迎《むか》え入《い》れた。どんな用向《ようむ》きか、と聞《き》くと、女《おんな》は御簾《みす》の中《なか》に院長《いんちょう》を招《まね》き入《い》れた。

＊＊＊＊＊＊＊＊＊＊＊

向《む》かい合《あ》って女《おんな》を見《み》ると、年《とし》のころは三十《さんじゅう》ばかり、髪《かみ》の美《うつく》しさをはじめ、目《め》・鼻《はな》・口元《くちもと》など、すべての面《めん》で満点美女《まんてんびじょ》である。髪《かみ》はすばらしく長《なが》く、魅惑的《みわくてき》な香《こう》のかおりのただよう衣装《いしょう》に身《み》をつつんでいる。

彼女《かのじょ》は院長《いんちょう》に顔《かお》を見《み》られても、恥《は》ずかしがるそぶりはない。まるで長年《ながねん》つれそった妻《つま》のように、うちとけた態度《たいど》で向《む》かい合《あ》っていた。

そんな彼女《かのじょ》を見《み》て、院長《いんちょう》は、なんとも不可解《ふかかい》に感《かん》じた。が、どっちみちこの女《おんな》は自分《じぶん》の思《おも》うままにできそうだ、と直感《ちょっかん》したものだから、歯抜《はぬ》けのしわくちゃ顔《がお》に満面《まんめん》の笑《え》みを浮《う》かべて、彼女《かのじょ》を問診《もんしん》するのだった。なにしろ、院長《いんちょう》ときたら、長年《ながねん》つれそった老妻《ろうさい》が亡《な》くなって三《さん》、四年《よねん》になり、ずっとやもめ暮《ぐ》らしをしてきたので、うれしくってたまらない。

彼女《かのじょ》は、「人間《にんげん》の心《こころ》というものは、ほんとうにあさましいものですわ。命《いのち》が惜《お》しいばっかりに、どんな恥《は》ずかしいことでもいたしますもの。たとえどんなことをしてでも、命《いのち》さえ助《たす》かりますのなら、と思《おも》って、こちらへうかがいましたの。もう今《いま》となっては、わたくしを生《い》かすも殺《ころ》すも、先生《せんせい》のお気持《きも》ちしだいですわ。わたくしのすべてを、おまかせしましたから」

と言《い》って泣《な》きくずれた。

院長《いんちょう》はすっかり同情《どうじょう》して、「どうしなさった」とたずねると、女《おんな》は袴《はかま》のわきをあけて見《み》せた。雪《ゆき》のように白《しろ》い太《ふと》ももの表面《ひょうめん》が少《すこ》しはれあがっている。そのはれぐあいが普通《ふつう》ではないと思《おも》われたので、袴《はかま》を脱《ぬ》がせて前《まえ》から見《み》たが、陰毛《いんもう》のためによく見《み》えない。そこで手《て》で探《さぐ》ると、陰部《いんぶ》の近《ちか》くにはれものがある。左右《さゆう》の手《て》で毛《け》をかきわけると、命《いのち》にかかわる悪性《あくせい》の腫瘍《しゅよう》があった。

何《なん》とかいう病気《びょうき》だったので、かわいそうでたまらなくなった院長《いんちょう》は、医《い》師《し》の長老《ちょうろう》としてのめんつにかけても、秘術《ひじゅつ》を尽《つ》くして治《なお》さなければならない、と決心《けっしん》した。さっそくその日《ひ》から、誰《だれ》もそばに寄《よ》せつけず、たった一人《ひとり》で、昼《ひる》も夜《よる》も夢中《むちゅう》になって治療《ちりょう》した。

❖女房《にょうばう》さし向《む》かひたるを見《み》れば、年三十《としみそぢ》ばかりなる女《をんな》の、頭《かしら》つきより始《はじ》めて目《め》・鼻《はな》・口《くち》、ここは悪《わろ》しと見《み》ゆるところなく端正《たんじやう》なるが、髪《かみ》いみじく長《なが》し。香《か》うばしくてえならぬ衣《きぬ》どもを着《き》たり。恥《は》づかしく思《おも》ひたる気色《けしき》もなくて、年《とし》ごろの妹《いも》などのやうに安《やす》らかに向《む》かひたり。

頭《かみ》これを見《み》るに、希有《けう》に怪《あや》しと思《おも》ふ。いかさまにても、これは我《わ》が進退《しんだい》にかからむずる者《もの》なめりと思《おも》ふに、歯《は》もなく極《きは》めて萎《しぼ》める顔《かほ》を、いみじく笑《ゑ》みて近《ちか》く寄《よ》りて問《と》ふ。

いはむや、頭《かみ》、年《とし》ごろの嫗《おうな》ども失《う》せて、三《さん》、四年《しねん》になりにければ、妻《め》もなくてありけるほどにて、うれしと思《おも》ふに、女《をんな》の言《い》はく、「人《ひと》の心《こころ》のうかりけることは。命《いのち》の惜《を》しさには万《よろづ》の身《み》の恥《はぢ》も思《おも》はざりければ、ただいかならむわざをしても、命《いのち》をだに生《い》きなば、と思《おぼ》えて参《まゐ》り来《き》つるなり。今《いま》は生《い》けむも殺《ころ》さむもそこの御心《みこころ》なり。身《み》を任《まか》せ聞《き》こえつれば」とて泣《な》くこと限《かぎ》りなし。

頭《かみ》、いみじくこれをあはれと思《おも》ひて、「いかなることの候《さうら》ふぞ」と問《と》へば、女《をんな》、袴《はかま》の股立《ももだち》を引《ひ》き開《あ》けて見《み》すれば、股《もも》の雪《ゆき》のやうに白《しろ》きに少《すこ》し面腫《おもは》れたり。その腫《は》れ、すこぶる心得《こころえ》ず見《み》ゆれば、袴《はかま》の腰《こし》を解《と》かしめて前《まへ》の方《かた》を見《み》れば、毛《け》の中《なか》にて見《み》えず。

しかれば、頭《かみ》、手《て》をもつてそこを探《さぐ》れば、辺《ほと》りにいと近《ちか》く腫《は》れたる物《もの》あり。左右《さう》の手《て》をもつて毛《け》をかきわけて見《み》れば、もはらに慎《つつし》むべきものなり。□にこそありければ、いみじくいとほしく思《おも》ひて、年《とし》ごろの医師《くすし》、ただこの功《くう》なき手《て》を取《と》り出《い》だすべきなりと思《おも》ひて、その日《ひ》より始《はじ》めて、ただ人《ひと》も寄《よ》せず、自《みづか》ら襷上《たすきあ》げをして夜《よる》昼《ひる》つくろふ。

＊＊＊＊＊＊＊＊＊＊＊

院長《いんちょう》の奮闘《ふんとう》ぶりは異常《いじょう》なくらいだったが、そのかいがあって、七日《なのか》ほどすると、あのひどいはれものもきれいに治《なお》ってしまった。女《おんな》は、恥《は》ずかしい姿《すがた》を見《み》せた以上《いじょう》、帰《かえ》るときには自分《じぶん》のすべてを打《う》ち明《あ》け、これからはあなたのもとに通《かよ》いますと、好色心《こうしょくしん》をくすぐった。すっかりその気《き》になった院長《いんちょう》は、自分《じぶん》で食事《しょくじ》まで作《つく》って運《はこ》んだ。

ところが、女《おんな》は、夜着《よぎ》一枚《いちまい》で、ひそかに彼《かれ》の家《いえ》からずらかってしまった。からっぽの部屋《へや》を見《み》た彼《かれ》の頭《あたま》も、からっぽになってしまった。

＊＊＊＊＊＊＊＊＊＊＊

門《もん》を閉《と》ざして、大勢《おおぜい》で松明《たいまつ》をともして邸中《やしきじゅう》を探《さが》しまわったが、見《み》つかるはずもない。

いないとなると、よけいに美《うつく》しかった女《おんな》の顔《かお》や体《からだ》が目先《めさき》にちらついて、恋《こい》しくて悲《かな》しくてたまらない。病人《びょうにん》だからといって遠慮《えんりょ》せずに、思《おも》いをとげてしまえばよかった、どうして治療《ちりょう》だけしてものにしなかったんだろうと、悔《くや》しくて腹《はら》だたしくてしかたがない。

院長《いんちょう》は、「妻《つま》をなくして誰《だれ》にも気《き》がねする必要《ひつよう》がないのだから、あの女《おんな》が人妻《ひとづま》だったなら結婚《けっこん》はできないにしても、時々忍《ときどきしの》び逢《あ》える最高《さいこう》の不倫相《ふりんあい》手《て》を手《て》に入《い》れたと思《おも》っていたのに」と、心底《しんそこ》からその気《き》になっていた。

それだけに、まんまとだしぬかれて逃《に》がしてしまったものだから、手《て》を打《う》って悔《くや》しがり、地《じ》だんだを踏《ふ》み、しわくちゃ顔《がお》にべそをかいて、大泣《おおな》きに泣《な》いた。

それを見《み》た弟子《でし》の医師《いし》たちは、かげで大笑《おおわら》いした。世間《せけん》の人々《ひとびと》もうわさを聞《き》きつけて、あれこれ茶化《ちゃか》したので、彼《かれ》は怒《いか》り狂《くる》い大喧嘩《おおげんか》となった。

考《かんが》えてみると、じつに頭《あたま》のきれる女《おんな》である。ついに、どこの誰《だれ》ともわからずじまいだった、と語《かた》り伝《つた》えているとか。


❖門《かど》をさして、人々《ひとびと》あまた手《て》ごとに火《ひ》をともして家《いへ》の内《うち》を□に、なにしかはあらむ。なければ、頭《かみ》、女《をんな》のありつる顔《かほ》・ありさま、面影《おもかげ》に思《おぼ》えて、恋《こひ》しく悲《かな》しきこと限《かぎ》りなし。忌《い》まずして、本意《ほい》をこそ遂《と》ぐべかりけれ。なにしにつくろひて忌《い》みつらむとくやしくねたくて、さればなくて、はばかるべき人《ひと》もなきに、人《ひと》の妻《め》などにてあらば、妻《つま》にせずといふとも、時々《ときどき》も物言《ものい》はむにいみじき者《もの》まうけつと思《おも》ひつるものをと、つくづくと思《おも》ひゐたるに、かくたばかられて逃《に》がしつれば、手《て》を打《う》ちてねたがり、足《あし》ずりをして、いみじげなる顔《かほ》に貝《かひ》を作《つく》りて泣《な》きければ、弟子《でし》の医師《くすし》どもはひそかにいみじくなむ笑《わら》ひける。

世《よ》の人々《ひとびと》もこれを聞《き》きて笑《わら》ひて問《と》ひければ、いみじく怒《いか》りあらそひける。思《おも》ふに、いみじくかしこかりける女《をんな》かな。つひに誰《たれ》とも知《し》られで止《や》みにけり、となむ語《かた》り伝《つた》へたるとや。

✻典薬寮は宮中の医療機関であるが、この当時、医道に関するあらゆる業務を管理していた。たったひとつの機関に、現在の厚生労働省・大学医学部・総合病院・製薬会社などの機能が集中していたことになる。だから、隠然たる権威があったことは、確かめるまでもない。

その長官を典薬の頭《かみ》といい、本話に主演している好色老人がそうである。今ふうに病院長としたが、彼のここでの仕事ぶりから、仮に役職名を選んでみたにすぎない。女性患者の診察と治療をしているためだ。

ところで、宮中には、天皇の妃《きさき》たちとそれに仕える女官たちと、合わせて千人前後の女性が生活する後宮がある。彼女たちの病気の診察・治療も、むろん典薬寮の役目だった。

してみると、典薬寮の医師と患者である女官とのスキャンダルが、起こらないのがふしぎなくらいであろう。婦人科の病気を同僚に隠して、秘密に治療してもらう女官がいたとしても当然である。また、担当の医師が患者の弱みにつけこんでセクハラしても、王朝時代にあっては、訴えられる心配はほとんどなかったろう。

そこで、このような笑話の中で嘲笑《ちょうしょう》を投げつけて、鬱憤《うっぷん》を晴らすことになったと想像してみる。『落窪物語《おちくぼ》』にも好色老人が出てくるが、官名は典薬の助（次官）である。『枕草子《まくらのそうし》』には、地方選抜の美人女官である采女《うねめ》を愛人にした典薬の頭が、からかわれている場面がある。やはり、相当に発展家の医師がいたことは間違いないようだ。

◆陰陽道《おんみようどう》の大《だい》スター安倍晴明《あべのせいめい》が操《あやつ》った恐《おそ》るべき呪術《じゆじゆつ》

安倍晴明《あべのせいめい》、忠行《ただゆき》に随《したが》ひて道《みち》を習《なら》ひし語《こと》（巻第二十四第十六話）

今《いま》は昔《むかし》、天文博士《てんもんはかせ》安倍晴明《あべのせいめい》（九二一〜一〇〇五）という陰陽師《おんみようじ》がいた。昔《むかし》の巨匠《きよしよう》に少《すこ》しもひけをとらない超一流《ちよういちりゆう》の陰陽師《おんみようじ》である。幼《おさな》いころから賀《か》茂忠行《ものただゆき》という大家《たいか》のもとで、昼《ひる》も夜《よる》も熱心《ねつしん》に学《まな》んだので、その腕前《うでまえ》は完璧《かんぺき》であった。

ところで、この晴明《せいめい》がまだ若《わか》かったころ、師《し》の忠行《ただゆき》が下京《しもぎよう》あたりに夜間《やかん》外出《がいしゆつ》するお供《とも》をした時《とき》のことだ。晴明《せいめい》は徒歩《とほ》で師《し》の牛車《ぎつしや》の後《あと》に従《したが》っていたが、忠行《ただゆき》のほうは車内《しやない》で熟睡《じゆくすい》していた。

ふと、晴明《せいめい》が車《くるま》の前方《ぜんぽう》を見《み》ると、何《なん》とも恐《おそ》ろしい形相《ぎようそう》をした鬼《おに》どもが、こちらに向《む》かってやってくるではないか。驚《おどろ》いた晴明《せいめい》は、すばやく車《くるま》に走《はし》り寄《よ》って、忠行《ただゆき》を起《お》こして事態《じたい》を告《つ》げた。

はっと目《め》を覚《さ》ました忠行《ただゆき》は、鬼《おに》の来《く》るのを見《み》るや、隠形《おんぎょう》の術《じゅつ》を用《もち》いて、たちまち我《わ》が身《み》も従者《じゅうしゃ》たちの姿《すがた》も、鬼《おに》たちの目《め》から隠《かく》してしまい、無事《ぶじ》にその場《ば》を切《き》り抜《ぬ》けることができた。

それからというもの、忠行《ただゆき》は晴明《せいめい》をいつもそばから離《はな》さず、まるで瓶《かめ》の水《みず》を別《べつ》の容器《ようき》に移《うつ》し入《い》れるように、道《みち》の奥義《おうぎ》を余《あま》すところなく伝授《でんじゅ》した。こうして、ついに晴明《せいめい》は、陰陽道《おんみょうどう》の世界《せかい》では、公私《こうし》にわたり重用《ちょうよう》されるようになった。

❖今《いま》は昔《むかし》、天文博士《てんもんはかせ》安倍晴明《あべのせいめい》といふ陰陽師《おんやうじ》ありけり。古《いにしへ》にも恥《は》ぢず、やむごとなかりける者《もの》なり。幼《えう》の時《とき》、賀茂忠行《かものただゆき》といひける陰陽師《おんやうじ》に随《したが》ひて、昼夜《ちうや》にこの道《みち》を習《なら》ひけるに、いささかも心《こころ》もとなきことなかりける。

然《しか》るに、晴明若《せいめいわか》かりける時《とき》、師《し》の忠行《ただゆき》が下渡《しもわた》りに夜歩《よあり》きに行《ゆ》きける供《とも》に、歩《かち》にして車《くるま》の後《うし》ろに行《ゆ》きける。忠行《ただゆき》、車《くるま》の内《うち》にしてよく寝入《ねい》りにけるに、晴明見《せいめいみ》けるに、えもいはず恐《おそ》ろしき鬼《おに》ども、車《くるま》の前《まへ》に向《む》かひて来《き》けり。

晴明《せいめい》これを見《み》て驚《おどろ》きて、車《くるま》の後《うし》ろに走《はし》り寄《よ》りて、忠行《ただゆき》を起《お》こして告《つ》げければ、その時《とき》にぞ忠行驚《ただゆきおどろ》き覚《さ》めて鬼《おに》の来《き》たるを見《み》て、術法《ずつぱふ》をもつて忽《たちま》ちに我《わ》が身《み》をも恐《おそ》れなく、供《とも》の者《もの》どもをも隠《かく》し、平《たひ》らかに過《す》ぎにける。

その後《のち》、忠行《ただゆき》、晴明《せいめい》を去《さ》り難《がた》く思《おも》ひて、この道《みち》を教《をし》ふること瓶《かめ》の水《みづ》を移《うつ》すがごとし。されば終《つひ》に晴明《せいめい》、この道《みち》につきて公《おほやけ》私《わたくし》に使《つか》はれて、いとやむごとなかりけり。

さて、忠行亡《ただゆきな》き後《あと》のこと、晴明《せいめい》の家《いえ》は、土御門大路《つちみかどおおじ》から北《きた》、西洞院大路《にしとういんおおじ》からは東《ひがし》にあったが、ある日《ひ》、一人《ひとり》の年老《としお》いた僧形《そうぎょう》の陰陽師《おんみょうじ》が訪《おとず》れた。お供《とも》に十歳《じっさい》ほどの子《こ》どもを二人連《ふたりつ》れている。晴明《せいめい》が、

「御坊《ごぼう》はどなたかな。どちらからおいでかな」と尋《たず》ねると、老僧《ろうそう》は、

「それがしは播磨《はりま》の国《くに》（兵庫県《ひょうごけん》）の者《もの》です。じつは、陰陽道《おんみょうどう》を志《こころざ》しておりますが、今《いま》やこの道《みち》では先生《せんせい》が最高《さいこう》の権威者《けんいしゃ》であると伺《うかが》いましたので、少々《しょうしょう》御指導《ごしどう》いただきたいと存《ぞん》じまして参《まい》りました」と答《こた》えた。

その時《とき》、晴明《せいめい》は心《こころ》の中《なか》で、「この法師《ほうし》は、陰陽道《おんみょうどう》では相当《そうとう》な腕前《うでまえ》のよう

だ。きっと私《わたし》の力《ちから》を試《ため》してみようとやってきたに違《ちが》いない。こいつに、へたに試《ため》されて恥《はじ》をかいたら、まずい。その前《まえ》に、こっちからちょっといたぶって、試《ため》してみようか」と、つぶやいた。

そして、「この法師《ほうし》のお供《とも》をしている二人《ふたり》の子《こ》どもの正体《しょうたい》は識神《しきがみ》(陰陽《おんみょう》師《じ》に仕《つか》える精霊《しょうりょう》)であろう。もし識神《しきがみ》ならば、すぐに隠《かく》してしまえ」と念《ねん》じて、袖《そで》の中《なか》に両手《りょうて》を入《い》れ、指《ゆび》を組《く》んで呪力《じゅりょく》を生《う》む印《いん》を結《むす》び、ひそかに呪《じゅ》文《もん》を唱《とな》えた。

その後《あと》で、そしらぬふりして、晴明《せいめい》は法師《ほうし》に対《たい》して、

「御用《ごよう》の向《む》きは承知《しょうち》しました。ただ、今日《きょう》は用事《ようじ》があって、時間《じかん》がとれませんので、このままお引《ひ》き取《と》り願《ねが》って、後日《ごじつ》、改《あらた》めて日《ひ》を選《えら》んでおいでなさい。習《なら》いたいことは全《すべ》て教《おし》えてさしあげましょう」と返事《へんじ》をした。法師《ほうし》は、

「ああ、ありがたや、ありがたや」と、手《て》をすり合《あ》わせ額《ひたい》に当《あ》てて拝《おが》み、感謝感激《かんしゃかんげき》のていで、立《た》ち上《あ》がり走《はし》り去《さ》っていった。

もう百《ひゃく》、二百《にひゃく》メートルほど行《い》ったかと思《おも》われるころ、この法師《ほうし》が再《ふたた》び舞《ま》い戻《もど》って来《き》た。晴明《せいめい》が見《み》ていると、人《ひと》の隠《かく》れていそうな所《ところ》、車庫《しゃこ》なんかをのぞきながら、晴明《せいめい》のいる所《ところ》まで戻《もど》ると、

「それがしの供《とも》をしていた子《こ》どもが、二人《ふたり》とも急《きゅう》に姿《すがた》を消《け》してしまいました。二人《ふたり》を返《かえ》していただきたい」と迫《せま》った。

「ふしぎなことを言《い》う御坊《ごぼう》よなあ。この晴明《せいめい》が、なんで人《ひと》の供《とも》をする子《こ》どもを取《と》る必要《ひつよう》があるのかい」と、とぼけた。法師《ほうし》は、

「大先生《だいせんせい》、おっしゃることはごもっともです。どうか、お許《ゆる》しくだされ」

と哀願《あいがん》したので、晴明《せいめい》は、

「よしよし、あいわかった。御坊《ごぼう》が、この私《わたし》を試《ため》そうと、識神《しきがみ》を従《したが》えてやってきたのが気《き》に入《い》らなかったのだ。ほかの者《もの》には通《つう》じようが、この晴明《せいめい》にその手《て》は通《つう》じないよ」と戒《いまし》めて、袖《そで》の中《なか》に手《て》を入《い》れて、何《なに》か唱《とな》えるようにしていたが、暫《しばら》くすると、外《そと》から子《こ》どもが二人走《ふたりはし》ってきて、法師《ほうし》の前《まえ》に立《た》った。それを見《み》た法師《ほうし》は、

「じつは、先生《せんせい》がたいへんな権威者《けんいしゃ》であるとお聞《き》きしまして、ひとつお試《ため》ししてみようと思《おも》いまして、参《まい》ったわけなのです。それにしても、識神《しきがみ》を使《つか》うのは昔《むかし》からたやすいことですが、人《ひと》の使《つか》う識神《しきがみ》を隠《かく》すのはまったく不《ふ》可能《かのう》です。それがおできになるとは、なんとおみごとな。ただ今《いま》からぜひとも弟子《でし》にしていただきとう存《ぞん》じます」と告白《こくはく》するや、その場《ば》で弟子《でし》が師《し》に送《おく》る名符《みょうぶ》を書《か》いて、晴明《せいめい》に差《さ》し出《だ》した。

❖然《しか》る間《あひだ》、忠行《ただゆき》失せて後《のち》、この晴明《せいめい》が家《いへ》は土御門《つちみかど》よりは北《きた》、西《にし》の洞院《とうゐん》よりは東《ひんがし》なり。その家《いへ》に晴明《せいめい》が居《ゐ》たりける時《とき》、老《お》いたる僧来《そうき》たりぬ。供《とも》に十余《じふよ》歳《さい》ばかりなる童《わらは》二人《ふたり》を具《ぐ》したり。

晴明《せいめい》これを見《み》て、「なぞの僧《そう》の、いづこより来《き》たれるぞ」と問《と》へば、僧《そう》、「己《おのれ》は播《はり》磨国《まのくに》の人《ひと》に侍《はべ》り。それに陰陽《おんやう》の方《かた》をなむ習《なら》はむ志《こころざし》侍《はべ》る。然《しか》るにただ今《いま》この道《みち》にとりてやむごとなくおはします由《よし》を承《うけたまは》りて、少々《せうせう》のこと習《なら》ひ奉《たてまつ》らむと思《おも》ひ給《たま》ひて参《まゐ》り候《さうら》ひつるなり」と言《い》へば、晴明《せいめい》が思《おも》はく、この法師《ほふし》はこの道《みち》にかしこき奴《やつ》にこそありぬれ、それが我《われ》を試《こころ》みむと来《き》たるなり、此奴《こやつ》にわろく試《こころ》みられては口惜《くちを》しかりなむかし、試《こころ》みにこの法師《ほふし》、少《すこ》し引《ひ》き陵《りよう》ぜむ、と思《おも》ひて、この法師《ほふし》の供《とも》なる二人《ふたり》の童《わらは》は、識神《しきじん》の仕《つか》へて来《き》たるなり、もし識神《しきじん》ならば忽《たちま》ちに召《め》し隠《かく》せ、と心《こころ》の内《うち》に念《ねん》じて、袖《そで》の内《うち》に二《ふた》つの手《て》を引《ひ》き入《い》れて、印《いん》を結《むす》び、ひそかに呪《じゆ》を読《よ》む。

その後《のち》、晴明《せいめい》、法師《ほふし》に答《こた》へていはく、「しか承《うけたまは》りぬ。但《ただ》し今日《けふ》は自《おのづか》ら暇《いとま》なきことあり。速《すみ》やかに帰《かへ》り給《たま》ひて後《のち》に吉日《よきひ》をもつておはせ。習《なら》はむとあらむことどもは教《をし》へ奉《たてまつ》らむ」と。法師《ほふし》、「あなかしこ」と言《い》ひて、手《て》を押《お》しすりて額《ひたひ》に当《あ》てて、立《た》ち走《はし》りて去《い》ぬ。

今《いま》は一二町《いちにちやう》は行《ゆ》きぬらむと思《おも》ふほどに、この法師《ほふし》また来《き》たり。晴明見《せいめいみ》れば、然《しか》るべき所々《ところどころ》車宿《くるまやど》りなどを覗《のぞ》き歩《あり》くめれ。覗《のぞ》き歩《あり》きて後《のち》に、前《まへ》に寄《よ》り来《き》たりていはく、

「この供《とも》に侍《はべ》りつる童部《わらはべ》、二人《ふたり》ながら忽《たちま》ちに失《う》せて候《さうら》ふ。それ給《たま》はり候《さうら》はむ」と。

晴明《せいめい》がいはく、「御坊《ごばう》は希有《けう》のこと言《い》ふ者《もの》かな。晴明《せいめい》は何《なに》の故《ゆゑ》にか人《ひと》の御供《おほんとも》ならむ童部《わらはべ》をば取《と》らむずるぞ」と。法師《ほふし》いはく、「我《あ》が君大《きみおほ》いなる理《ことわり》に候《さうら》ふ。なほ免《ゆる》し給《たま》はらむ」と、わびければ、その時《とき》に晴明《せいめい》がいはく、「よしよし。御坊《ごばう》の人試《ひとこころ》みむ

とて、識神《しきじん》を使《つか》ひて来《き》たるが安《やす》からず思《おも》ひつるなり。さやうには異人《ことひと》をこそ試《こころ》みめ。晴明《せいめい》をばかくせでこそあらめ」と言《い》ひて、袖《そで》に手《て》を引《ひ》き入《い》れて物《もの》を読《よ》むやうにして暫《しばら》くありければ、外《と》の方《かた》よりこの童部二人《わらはべふたり》ながら走《はし》り入《い》りて、法師《ほふし》の前《まへ》に出《い》で来《き》たりけり。

その時《とき》に法師《ほふし》のいはく、「誠《まこと》にやむごとなくおはします由《よし》を承《うけたまは》りて、試《こころ》み奉《たてまつ》らむと思《おも》ひ給《たま》へて参《まゐ》り候《さうら》ひつるなり。それに識神《しきじん》は古《いにしへ》より使《つか》ふことは安《やす》く候《さうら》ふなり。人《ひと》の使《つか》ひたるを隠《かく》すことは更《さら》にあるべくも候《さうら》はず。あなかたじけな。今《いま》よりひとへに御弟子《みでし》にて候《さうら》はむ」と言《い》ひて、忽《たちま》ちに名符《みやうぶ》を書《か》きてなむ取《と》らせたりける。

また、ある時《とき》、晴明《せいめい》が広沢《ひろさわ》の寛朝僧正《かんちようそうじよう》（九一六〜九九八）のお住《す》まいにうかがって、あれこれ相談《そうだん》していたところ、そばにいた若《わか》い貴族《きぞく》や僧《そう》たちが晴明《せいめい》に話《はな》しかけてきた。

「あなたは識神《しきがみ》をお使《つか》いになるそうですが、即座《そくざ》に人《ひと》を殺《ころ》すことがおできになりますか」と尋《たず》ねた。晴明《せいめい》は、

「陰陽道《おんみようどう》の秘事《ひじ》をずいぶんあけすけにお尋《たず》ねになりますなあ」と苦笑《くしよう》しながら、

「そう簡単《かんたん》には殺《ころ》せませんが、少《すこ》し念力《ねんりき》を込《こ》めさえすれば、必《かなら》ず殺《ころ》せます。虫《むし》などでしたら、ほんの一捻《ひとひね》りで必《かなら》ず殺《ころ》せますが、生《い》き返《かえ》らせる方法《ほうほう》を知《し》らないため、殺生《せつしよう》の罪《つみ》を犯《おか》すことになりますから、無益《むえき》なことです」など

と答《こた》えた。

ちょうどその時《とき》、庭先《にわさき》を蛙《かえる》が五《ご》、六匹《ろつぴき》、池《いけ》の方《ほう》へ飛《と》び跳《は》ねて行《い》った。それを見《み》た貴族《きぞく》の若者《わかもの》が、

「では、あれを一匹殺《いつぴきころ》してみせてください。あなたの力《ちから》を試《ため》してみたい」

と頼《たの》み込《こ》んだところ、晴明《せいめい》は、

「罪作《つみつく》りなお方《かた》だなあ。ですが、お試《ため》しになりたいのであれば」と言《い》って、草《くさ》の葉《は》を摘《つ》み取《と》り、呪文《じゆもん》を唱《とな》えて蛙《かえる》の方《ほう》へ投《な》げやった。すると、投《な》げた葉《は》が蛙《かえる》の上《うえ》に乗《の》ったとたん、蛙《かえる》はぺしゃんこにつぶれて死《し》んでしまった。これを見《み》た僧《そう》たちは、真《ま》っ青《さお》になって震《ふる》えあがった。

この晴明《せいめい》は、家人《かじん》がいない時《とき》は識神《しきがみ》を使《つか》ったのだろうか、人《ひと》の気配《けはい》もないのに、雨戸《あまど》の開閉《かいへい》がひとりでに行《おこな》われた。また、門《もん》を閉《し》める人《ひと》がいないのに、閉《し》まっていることがあった。何《なに》かにつけ、常識《じょうしき》では説明《せつめい》のつかないふしぎな現象《げんしょう》が多《おお》く見《み》られた、と伝《つた》えられている。

晴明《せいめい》の子孫《しそん》は、今《いま》も朝廷《ちょうてい》に仕《つか》え重《おも》く用《もち》いられている。土御門《つちみかど》の屋敷《やしき》も代々受《だいだいう》け継《つ》がれて伝《つた》えられている。彼《かれ》の子孫《しそん》のもとでは、ごく最近《さいきん》まで識《しき》神《がみ》を使《つか》う声《こえ》が聞《き》こえていたという。

そんなわけで、晴明《せいめい》はやはり並《なみ》の陰陽師《おんみようじ》ではなかった、と語《かた》り伝《つた》えられてきたのだ。

❖また、この晴明《せいめい》、広沢《ひろさは》の寛朝僧正《くわんてうそうじやう》と申《まう》しける人《ひと》の御坊《ごばう》に参《まゐ》りて、もの申《まう》し承《うけたまは》りける間《あひだ》、若《わか》き君達《きんだち》・僧《そう》どもありて、晴明《せいめい》に物語《ものがたり》などしていはく、「その識神《しきじん》を使《つか》ひ給《たま》ふなるは、忽《たちま》ちに人《ひと》をば殺《ころ》し給《たま》ふらむや」と。

晴明《せいめい》、「道《みち》の大事《だいじ》をかくあらはにも問《と》ひ給《たま》ふかな」と言《い》ひて、「安《やす》くはえ殺《ころ》さじ。

少《すこ》し力《ちから》だに入《い》れて候《さうら》へば必《かなら》ず殺《ころ》してむ。虫《むし》などをば塵《ちり》ばかりのことせむに必《かなら》ず殺《ころ》しつべきに、生《い》くやうを知《し》らねば、罪《つみ》を得《え》ぬべければ由《よし》なきなり」など言《い》ふほどに、庭《には》より蝦蟇《かへる》の五《いつ》つ六《む》つばかり躍《をど》りつつ池《いけ》の辺《ほと》りざまに行《ゆ》きけるを、君達《きんだち》、「さは、あれ一《ひと》つ殺《ころ》し給《たま》へ。試《こころ》みむ」と言《い》ひければ、晴明《せいめい》、「罪造《つみつく》り給《たま》ふ君《きみ》かな。さるにても試《こころ》み給《たま》はむとあれば」とて、草《くさ》の葉《は》を摘《つ》み切《き》りて物《もの》を読《よ》むやうにして蝦蟇《かへる》の方《かた》へ投《な》げ遣《や》りたりければ、その草《くさ》の葉《は》、蝦蟇《かへる》の上《うへ》にかかると見《み》けるほどに、蝦蟇《かへる》は真平《まひら》に□て死《し》にたりける。僧《そう》どもこれを見《み》て、色《いろ》を失《うしな》ひてなむおぢ怖《おそ》れける。

この晴明《せいめい》は家《いへ》の内《うち》に人《ひと》なき時《とき》は、識神《しきじん》を使《つか》ひけるにやありけむ、人《ひと》もなきに蔀上《しとみあ》げ下《お》ろすことなむありける。また、門《かど》もさす人《ひと》もなかりけるに、さされなむどなむありける。かやうに希有《けう》のことども多《おほ》かりとなむ語《かた》り伝《つた》ふる。

その孫《そん》、今《いま》に公《おほやけ》に仕《つか》へてやむごとなくてあり。その土御門《つちみかど》の家《いへ》も伝《つた》はりの所《ところ》にてあり。その孫《そん》、近《ちか》くなるまで識神《しきじん》の声《こゑ》などは聞《き》きけり。

されば晴明《せいめい》なほ只者《ただもの》にはあらざりけりとなむ語《かた》り伝《つた》へたるとや。

✻陰陽道（おんみょうどう・おんようどう）は、宇宙の万物は陰《いん》（マイナス）と陽《よう》（プラス）の二つの要素の組み合わせから成り立つとする自然科学的な思想である。現代科学とは異なるが、学術的な信頼を受け、生活の指針となった。七世紀に中国から伝来し、中務省《なかつかさしょう》の陰陽寮（——りょう・——のつかさ）が管理した。その長官を陰陽頭《かみ》と言い、陰陽博士《はかせ》、陰陽師《じ》、天文《てんもん》博士、暦《れき》博士などが配属された。

　宇宙の根源を説明する陰陽道は、未来を予知したり、禍福や吉凶を判断したりするのに大いに活用され、朝廷から民間に浸透してゆき、呪術《じゅじゅつ》信仰《しんこう》の中核を占めるようになった。

〈祈禱《きとう》する安倍晴明『不動利益縁起』〉

今なお大安吉日（たいあんきちにち・たいあんきちじつ）などと縁起を担ぐのも、この名残である。

安倍晴明は、平安時代を通じて陰陽道の第一人者であり、その生涯は多くの伝説に彩られている。本話以外でも、藤原道長《ふじわらのみちなが》を呪詛《じゅそ》から救ったり、花山《かざん》天皇の前世《ぜんせ》を占ったり、と彼の超能力は縦横無尽《じゅうおうむじん》に発揮される。江戸時代に入るや、狐《きつね》の母から生まれたという神秘な伝説に装われ、浄瑠璃《じょうるり》・歌舞伎《かぶき》など芸能界でも大活躍するスーパースターとなった。

なお、広沢（京都市右京区《うきょうく》嵯《さ》峨《が》）に遍照寺《へんじょうじ》を創建した寛朝僧正は、宇多《うだ》天皇の孫で真言密教《しんごんみっきょう》の高僧として名高い。巻第二十三には、強盗を工事の足場の上階まで蹴《け》り飛ばしたという怪力を伝える話がある。さらに、音曲《おんぎょく》の達人でもあり、これまた宗教界のスーパースターといってよい。

◆紫式部《むらさきしきぶ》の父《ちち》、絶妙《ぜつみよう》の詩《し》によって念願《ねんがん》の国守《こくしゆ》となる

藤原為時《ふぢはらのためとき》、詩《し》を作《つく》りて越前守《ゑちぜんのかみ》に任《にん》ぜられし語《こと》（巻第二十四第三十話）

今《いま》は昔《むかし》、藤原為時《ふじわらのためとき》（九四七ごろ〜一〇二九ごろ）という人物《じんぶつ》がいた。一《いち》条天皇《じようてんのう》（九八〇〜一〇一一）の時代《じだい》、式部丞《しきぶのじよう》（文部《もんぶ》科《か》学省高官《がくしようこうかん》）を務《つと》め、その功績《こうせき》によって受領《ずりよう》（地方長官《ちほうちようかん》）のポストを望《のぞ》んだが、除目《じもく》（人事《じんじ》閣《かく》議《ぎ》）は欠員《けついん》がないという理《り》由《ゆう》で申請《しんせい》を却下《きやつか》した。

為時《ためとき》は失望《しつぼう》したが、翌年《よくねん》、官僚人事《かんりようじんじ》の修正《しゆうせい》が行《おこな》われた日《ひ》、内侍《ないし》（女性《じよせい》秘《ひ》書官《しよかん》）を通《つう》じて、任官《にんかん》を申請《しんせい》する文書《ぶんしよ》を天皇《てんのう》に差《さ》しあげた。彼《かれ》は文章博士《もんじようはかせ》（人文系学長格《じんぶんけいがくちようかく》）ではなかったけれども、文才《ぶんさい》に優《すぐ》れた漢学者《かんがくしや》であり、文《ぶん》書《しよ》に次《つぎ》のような漢詩《かんし》を詠《よ》み込《こ》んだ。

苦学《くがく》の寒夜《かんや》。紅涙襟《こうるいえり》を霑《うるお》す。除目《じもく》の後朝《こうちよう》。蒼天眼《そうてんまなこ》に在《あ》り。

(夜《よる》の寒《さむ》さに耐《た》えながら勉学《べんがく》に励《はげ》んだにもかかわらず、人事《じんじ》で望《のぞ》みの官職《かんしょく》に就《つ》けなかった。疲労《ひろう》と失望《しつぼう》のために眼《め》から血《ち》の涙《なみだ》がにじみ出《で》て、着物《きもの》の襟《えり》を赤《あか》く濡《ぬ》らした。しかし、その翌朝《よくちょう》、眼《め》にしみるような空《そら》の青《あお》さ〈＝天皇《てんのう》の恩恵《おんけい》〉を振《ふ》り仰《あお》ぐように、今回《こんかい》の人《じん》事《じ》の修正《しゅうせい》で望《のぞ》みがかない、晴《は》れ晴《ば》れした心《こころ》になりたいものだ。)

内侍《ないし》はこの詩《し》を天皇《てんのう》にお見《み》せしようとしたが、お休《やす》みになっていたので、御覧《ごらん》になれなかった。

さて、御堂《みどう》(藤原道長《ふじわらのみちなが》)は当時《とうじ》、関白《かんぱく》(史実《しじつ》では摂政《せっしょう》。天皇《てんのう》を補佐《ほさ》する職《しょく》)だったから、人事《じんじ》の修正《しゅうせい》を行《おこな》うために宮中《きゅうちゅう》に上《あ》がり、天皇《てんのう》に為時《ためとき》の一《いっ》件《けん》をお伝《つた》えしたが、天皇《てんのう》は文書《ぶんしょ》を御覧《ごらん》になっていなかったので、何《なん》の反応《はんのう》もなかった。

不審《ふしん》に思《おも》った道長公《みちながこう》が内侍《ないし》に尋《たず》ねると、「為時《ためとき》の文書《ぶんしょ》をお目《め》にかけようとしましたが、帝《みかど》はおやすみなっていましたので、御覧《ごらん》になっていません」という返事《へんじ》である。

ただちに文書《ぶんしょ》を取《と》り寄《よ》せて、天皇《てんのう》にお目《め》にかけたところ、例《れい》の詩句《しく》があり、天皇《てんのう》は深《ふか》く心動《こころうご》かされた。

そんなわけで、この詩句《しく》に感動《かんどう》した道長公《みちながこう》は、自分《じぶん》の乳母子《めのとご》の藤原国盛《ふじわらのくにもり》が任命《にんめい》されるはずだった越前《えちぜん》（福井県《ふくいけん》）の守《かみ》（長官《ちょうかん》）のポストを為時《ためとき》に変《へん》更《こう》してしまった。これはまさしく、詩句《しく》によって人事《じんじ》が修正《しゅうせい》されたことになり、世間《せけん》ではたいへんな評判《ひょうばん》だったと伝《つた》えられている。


❖今《いま》は昔《むかし》、藤原為時《ふぢはらのためとき》といふ人《ひと》ありき。一条院《いちでうゐん》の御時《おほんとき》に、式部丞《しきぶのじょう》の労《らう》によりて受領《ずりやう》にならむと申《まう》しけるに、除目《ぢもく》の時《とき》、闕国《けつこく》なきによりてなされざりけり。その後《のち》このことを嘆《なげ》きて、年《とし》を隔《へだ》てて直物《なほしもの》行《おこな》はれける日《ひ》、為時《ためとき》、博士《はかせ》にはあらねども極《きは》めて文花《ぶんくわ》ある者《もの》にて、申文《まうしぶみ》を内侍《ないし》に付《つ》けて奉《たてまつ》り上《あ》げてけり。その申文《まうしぶみ》にこの句《く》あり。

苦学寒夜。紅涙霑襟。除目後朝。蒼天在眼。
(苦学《くがく》ノ寒夜《かんや》。紅涙襟《こうるいえり》ヲ霑《うるほ》ス。除目《ぢもく》ノ後朝《こうてう》。蒼天眼《さうてんまなこ》ニ在《あ》リ。)

と。内侍《ないし》これを奉《たてまつ》り上《あ》げむとするに、天皇《てんわう》のその時《とき》に御寝《ぎよしん》なりて、御覧《ごらん》ぜずなりにけり。然《しか》る間《あひだ》、御堂《みだう》、関白《くわんぱく》にておはしければ、直物《なほしもの》行《おこな》はせ給《たま》はむとて内裏《うち》に参《まゐ》らせ給《たま》ひたりけるに、この為時《ためとき》がことを奏《そう》せさせ給《たま》ひけるに、天皇《てんわう》、中文《まうしぶみ》を御覧《ごらん》ぜざるによりて、その御返答《ごへんたふ》なかりけり。

然《しか》れば関白殿《くわんぱくどの》、女房《にようばう》に問《と》はしめ給《たま》ひけるに、女房申《にようばうまう》すやう、「為時《ためとき》が中文《まうしぶみ》を御覧《ごらん》ぜしめむとせし時《とき》に、御前《おほんまへ》御寝《ぎよしん》なりて御覧《ごらん》ぜずなりにき」

然《しか》ればその中文《まうしぶみ》を尋《たづ》ね出《い》だして、関白殿《くわんぱくどの》、天皇《てんわう》に御覧《ごらん》ぜしめ給《たま》ひけるに、この句《く》あり。然《しか》れば関白殿《くわんぱくどの》、この句《く》微妙《みめう》に感《かん》ぜさせ給《たま》ひて、殿《との》の御乳母子《おほんめのとご》にてありける藤《ふぢ》原国盛《はらのくにもり》といふ人《ひと》のなるべかりける越前守《ゑちぜんのかみ》をやめて、にはかにこの為時《ためとき》をなむなされにける。

これひとへに中文《まうしぶみ》の句《く》を感《かん》ぜらるる故《ゆゑ》なりとなむ、世《よ》に為時《ためとき》を讃《ほ》めけるとなむ語《かた》り伝《つた》へたるとや。

✻この当時、文学・歴史は官僚として出世するための必須《ひっす》科目だった。法学・経済学以上に重んじられた。詩文に巧みであることが、出世の必要条件となりえたのだ。

それというのも、詩文を通して、芸術的な感性を磨くこと以上に、民の心を理解する能力を高めるという実際的な効果が期待されたからだ。文は人なりの精神は、ほんらい文芸よりも政治の世界で発揮されるべきものだった。

政治にたずさわる人間の実務能力とともに、彼の人格・教養を重んじる伝統は今次の敗戦まで続き、一流政治家や高級官僚はたいてい漢詩・和歌・俳句をたしなんだ。

ともあれ、為時は、式部省の第三等官（じょう）、大丞《だいじょう》であったが、花山《かざん》天皇の退位とともに失職、十年後、漢詩の才によって、一条《いちじょう》天皇に登用され、従《じゅ》五位上、越前の守《かみ》（長官）となって、めでたく殿上人の栄誉を獲得したわけである。

ちなみに、為時は当代きっての漢詩人・歌人であったが、今ではむしろ『源氏物語《げんじものがたり》』の作者、紫式部《むらさきしきぶ》の父親として知られる。幼くして母と死別し、男親の手で育てられた紫式部は、為時の深い感化を受けており、『源氏物語』の随所にその跡をうかがうことができる。

◆以心伝心《いしんでんしん》の妙技《みょうぎ》で馬盗人《うまぬすびと》を射殺《しゃさつ》した武人《ぶじん》の父子《ふし》

源頼信朝臣《みなもとのよりのぶのあそん》の男《をのこ》頼義《よりよし》、馬盗人《うまぬすびと》を射殺《いころ》せる語《こと》（巻第二十五第十二話）

今《いま》は昔《むかし》、源《みなもとの》頼信《よりのぶ》・頼義《よりよし》という武将《ぶしょう》の父子《ふし》がいた。あるとき、父頼信《ちちよりのぶ》のもとに、東国産《とうごくさん》の名馬《めいば》の情報《じょうほう》が入《はい》り、さっそく頼信《よりのぶ》は馬主《うまぬし》に譲渡《じょうと》を申《もう》し入《い》れた。馬主《うまぬし》は、天下《てんか》の猛将頼信《もうしょうよりのぶ》の要望《ようぼう》を断《ことわ》りきれない。馬《うま》は、東国《とうごく》から京《きょう》の頼信邸《よりのぶてい》まで、頼信《よりのぶ》の部下《ぶか》たちによって護送《ごそう》されることになった。

当時《とうじ》のこと、名馬《めいば》を護送《ごそう》するうわさは、たちまちプロの馬《うま》どろぼうの耳《みみ》に達《たっ》した。彼《かれ》は、護送《ごそう》の途中《とちゅう》、横取《よこど》りの機会《きかい》をねらったが、厳重《げんじゅう》な警備《けいび》にはばまれて手《て》も足《あし》も出《で》ない。とうとう京《きょう》の頼信邸《よりのぶてい》までついて来《き》てしまった。

一方《いっぽう》、息子《むすこ》頼義《よりよし》のほうも、父頼信《ちちよりのぶ》が名馬《めいば》を入手《にゅうしゅ》したという情報《じょうほう》を早々《はやばや》とつかんだ。彼《かれ》は、父《ちち》がその馬《うま》を、自分以外《じぶんいがい》の誰《だれ》かに与《あた》えるような事態《じたい》になったら、武人《ぶじん》として不名誉《ふめいよ》だと考《かんが》え、ただちに行動《こうどう》を開始《かいし》した。

その日《ひ》の夕方《ゆうがた》、土砂降《どしゃぶ》りの雨《あめ》をものともせず、頼義《よりよし》は父《ちち》のもとを訪《おとず》れた。父《ちち》は、日《ひ》ごろ寄《よ》りつかない息子《むすこ》の突然《とつぜん》の訪問《ほうもん》に驚《おどろ》いたが、すぐにその意図《いと》を見抜《みぬ》いた。

そして、息子《むすこ》が何《なに》も言《い》わない先《さき》に、こう言《い》い渡《わた》した。

東国《とうごく》からいい馬《うま》が届《とど》いたが、まだ見《み》ていない。今日《きょう》はもう夜《よる》だから、明日《あす》の朝見《あさみ》て、気《き》に入《い》ったらすぐに持《も》って行《ゆ》け、と。

息子《むすこ》は、自分《じぶん》の胸中《きょうちゅう》を一目《ひとめ》で見抜《みぬ》いた父《ちち》に深《ふか》く感謝《かんしゃ》した。その夜《よ》、親子《おやこ》の会話《かいわ》を楽《たの》しんだ後《のち》、息子《むすこ》は父《ちち》の夜《よる》の警護《けいご》を引《ひ》き受《う》け、着衣《ちゃくい》のまま仮眠《かみん》した。

〈馬屋『絵本和比事《やまとひじ》』(絵：西川祐信)〉

真夜中《まよなか》、大雨《おおあめ》にまぎれて馬《うま》どろぼうが忍《しの》び込《こ》み、あの馬《うま》を盗《ぬす》みだし逃走《とうそう》した。異変《いへん》に気《き》づき、馬屋《うまや》のほうで、家来《けらい》が大声《おおごえ》で「昨夜《さくや》つれてきた馬《うま》が、どろぼうに盗《ぬす》まれてしまったぞう」と叫《さけ》びたてた。

頼信《よりのぶ》は、この叫《さけ》び声《ごえ》に目《め》を覚《さ》ますと、寝《ね》ている頼義《よりよし》に、こういう叫《さけ》び声《ごえ》が聞《き》こえたか、とも声《こえ》をかけなかった。起《お》きるやいなや、着物《きもの》の裾《すそ》をからげて帯《おび》にはさみ、やなぐい（矢《や》を入《い》れる武具《ぶぐ》）を背負《せお》い、馬屋《うまや》に駆《か》けつけた。しかも、自分《じぶん》で馬《うま》を引《ひ》き出《だ》し、そこにあったそまつな鞍《くら》を置《お》いて、さっとまたがると、ただ一人《ひとり》、関所《せきしょ》のある逢坂山《おうさかやま》へと馬《うま》どろぼうを追《お》いかけた。

頼信《よりのぶ》は、馬《うま》を走《はし》らせながら心《こころ》の中《なか》で考《かんが》えた。馬《うま》どろぼうは東国出身《とうごくしゅっしん》で、あの馬《うま》の価値《かち》を見抜《みぬ》き、奪《うば》い取《と》ろうと護送《ごそう》のすきをねらったのだ。しかし、途中《とちゅう》では奪《うば》い取《と》ることができなくて、とうとう京《きょう》まで来《き》てしまい、この大《おお》雨《あめ》を利用《りよう》して馬《うま》を盗《ぬす》み出《だ》したのにちがいない、と。

いっぽう、息子《むすこ》の頼義《よりよし》も叫《さけ》び声《ごえ》を耳《みみ》にして、親《おや》と同《おな》じように判断《はんだん》し、同《おな》じように行動《こうどう》した。親《おや》には何《なに》も告《つ》げないで、まだ衣服《いふく》をつけたままで寝《ね》ていたから、起《お》きあがるやすぐに、親《おや》と同《おな》じように、やなぐいを背負《せお》い、逢《おう》坂山《さかやま》へとただ一人《ひとり》追《お》いかけていった。

父《ちち》は、息子《むすこ》が必《かなら》ず自分《じぶん》の後《あと》を追《お》ってくるだろうと信《しん》じていた。息子《むすこ》もまた、父《ちち》が自分《じぶん》の前《まえ》にいることを信《しん》じて、それに遅《おく》れまいと馬《うま》を走《はし》らせた。やがて、賀茂《かも》の河原《かわら》を過《す》ぎて、雨《あめ》も止《や》み、空《そら》も晴《は》れてきたので、いちだんと速《はや》く馬《うま》を走《はし》らせて、逢坂山《おうさかやま》に到着《とうちゃく》した。

一方《いっぽう》、馬《うま》どろぼうは、完全《かんぜん》に逃《に》げ切《き》ったと思《おも》いこんでいた。盗《ぬす》んだ馬《うま》にまたがって山《やま》の近《ちか》くの水《みず》たまりを、パチャパチャのんきに、水音《みずおと》をたてながら進《すす》んでいた。

頼信《よりのぶ》はその水音《みずおと》を聞《き》きつけた。そして、まるでどこそこでと前《まえ》から示《しめ》し合《あ》わせていたかのように、暗《くら》くて頼義《よりよし》がいるかいないかもわからないのに、「射《い》よ。あれだ」と叫《さけ》んだ。その言葉《ことば》が終《お》わらないうちに、矢《や》を放《はな》つ音《おと》が響《ひび》いた。命中音《めいちゅうおん》がすると同時《どうじ》に、馬上《ばじょう》に人《ひと》のいない鐙《あぶみ》の音《おと》がカラカラと鳴《な》った。

頼信《よりのぶ》は、「馬《うま》どろぼうは射落《いお》としたぞ。ただちに馬《うま》を追《お》いかけて、取《と》り返《かえ》してこい」と、それだけ言《い》うと、頼義《よりよし》が戻《もど》るのも待《ま》たず、その場《ば》を引《ひ》き揚《あ》げた。

頼義《よりよし》が馬《うま》に追《お》いつき、無事《ぶじ》取《と》り返《かえ》して邸《やしき》に戻《もど》る途中《とちゅう》、異変《いへん》を聞《き》いた家来《けらい》たちが、一人二人《ひとりふたり》と、駆《か》けつけてきた。京《きょう》の邸《やしき》に着《つ》いた時《とき》には、総勢二《そうぜいに》三十人《さんじゅうにん》になっていた。

頼信《よりのぶ》は、邸《やしき》に戻《もど》ってからも、状況《じょうきょう》がどうだった、こうだった、などとひと言《こと》も説明《せつめい》しなかった。まだ夜《よ》が明《あ》けきらないころだったので、もとのように寝室《しんしつ》に入《はい》って寝《ね》てしまった。頼義《よりよし》もまた、取《と》り戻《もど》した馬《うま》を家来《けらい》に預《あず》けると、寝《ね》てしまった。

夜《よ》が明《あ》けて、寝室《しんしつ》から現《あらわ》れた頼信《よりのぶ》は、頼義《よりよし》を呼《よ》ぶと、よくぞ馬《うま》を奪《うば》われなかった、みごとな腕前《うでまえ》だったなどと、ひと言《こと》も口《くち》にしない。家来《けらい》に「あの馬《うま》を引《ひ》き出《だ》せ」とだけ命《めい》じた。

頼義《よりよし》が見《み》たところ、うわさどおりの名馬《めいば》だったので、「それでは約束《やくそく》どおり頂戴《ちょうだい》いたします」と言《い》って、受《う》け取《と》った。ただ、その馬《うま》に、前夜《ぜんや》はそんなことを口《くち》にしなかったのに、りっぱな鞍《くら》がおいてあった。深夜《しんや》に馬《うま》どろぼうを射落《いお》としたほうびのつもりだったのだろうか。
まったく一般人《いっぱんじん》の理解《りかい》を超《こ》えた者《もの》たちの心《こころ》がまえである。武人《ぶじん》の心《こころ》がまえとはこういうものであった、と語《かた》り伝《つた》えているという。

❖しかる間《あひだ》、雨《あめ》の音止《おとや》まずに降《ふ》る。夜半《やはん》ばかりに雨《あめ》の紛《まぎ》れに、馬盗人入《うまぬすびとい》り来《き》たり、この馬《うま》を取《と》りて、引《ひ》き出《い》でて去《い》ぬ。その時《とき》に厩《うまや》の方《かた》に、人《ひと》、声《こゑ》を挙《あ》げて叫《さけ》びて言《い》はく、「夜前《ようべ》ゐて参《まゐ》りたる御馬《おほんうま》を、盗人《ぬすびと》、取《と》りてまかりぬ」と。

頼信《よりのぶ》、この声《こゑ》をほのかに聞《き》きて、頼義《よりよし》が寝《ね》たるに、かかること言《い》ふは聞《き》くや、と告《つ》げずして、起《お》きけるままに、衣《きぬ》を引《ひ》き、壺折《つぼを》りて胡籙《やなぐひ》をかき負《お》ひて、厩《うまや》に走《はし》り行《ゆ》きて、自《みづか》ら馬《うま》を引《ひ》き出《い》だして、あやしの鞍《くら》のありけるを置《お》きて、それに乗《の》りて、ただ独《ひと》り関山《せきやま》ざまに追《お》ひて行《ゆ》く心《こころ》は、この盗人《ぬすびと》は東《あづま》の者《もの》の、このよき馬《うま》を見《み》て、取《と》らむとて付《つ》きて来《き》けるが、道《みち》の間《あひだ》にてえ取《と》らずして、京《きやう》に来《き》たりて、かかる雨《あめ》の紛《まぎ》れに、取《と》りていぬるなめり、と思《おも》ひて行《ゆ》くなるべし。

また、頼義《よりよし》もその声《こゑ》を聞《き》きて、親《おや》の思《おも》ひけるやうに思《おも》ひて、親《おや》にかくとも告《つ》げずして、いまだ装束《さうぞく》も解《と》かで丸寝《まろね》にてありければ、起《お》きけるままに、親《おや》のごとくに胡《やな》簶《ぐひ》をかき負《お》ひて、厩《うまや》なる□関山《せきやま》ざまにただ独《ひと》り追《お》ひて行《ゆ》くなり。親《おや》は、我《わ》が子《こ》必《かなら》ず追《お》ひて来《き》たらむと思《おも》ひけり。子《こ》は、我《わ》が親《おや》は必《かなら》ず追《お》ひて先《さき》におはしぬらむと思《おも》ひて、それに後《おく》れじと走《はし》らせつつ行《ゆ》きけるほどに、河原《かはら》過《す》ぎにければ、雨《あめ》も止《や》み空《そら》も晴《は》れにければ、いよいよ走《はし》らせて追《お》ひ行《ゆ》くほどに、関山《せきやま》に行《ゆ》きかかりぬ。

この盗人《ぬすびと》は、その盗《ぬす》みたる馬《うま》に乗《の》りて、今《いま》は逃《に》げえぬと思《おも》ひければ、関山《せきやま》のわきに水《みづ》にてある所《ところ》、いたくも走《はし》らずして、水《みづ》をづぶづぶと歩《あゆ》ばして行《ゆ》きけるに、頼信《よりのぶ》これを聞《き》きて、事《こと》しもそこそこに、もとより契《ちぎ》りたらむやうに、暗《くら》ければ頼義《よりよし》が有《あ》り無《な》しも知《し》られぬに、頼信《よりのぶ》、「射《い》よ、あれや」と言《い》ひけることばもいまだ果《は》てぬに、弓《ゆみ》の音《おと》すなり。

尻答《しりこた》へぬと聞《き》くに合《あ》はせて、馬《うま》の走《はし》りて行《ゆ》く鐙《あぶみ》の、人《ひと》も乗《の》らぬ音《おと》にてからからと聞《き》こえければ、また頼信《よりのぶ》が言《い》はく、「盗人《ぬすびと》は既《すで》に射落《いお》としてけり。速《すみ》やかに末《すゑ》に走《はし》らせ会《あ》ひて、馬《うま》を取《と》りて来《こ》よ」とばかり言《い》ひかけて、取《と》りて来《き》たらむをも待《ま》たず、そこより帰《かへ》りければ、頼義《よりよし》は末《すゑ》に走《はし》らせ会《あ》ひて、馬《うま》を取《と》りて帰《かへ》りけるに、郎等《らうどう》どもは、このことを聞《き》きつけて、一《ひとり》、二人《ふたり》づつぞ道《みち》に来《き》たり会《あ》ひにける。京《きやう》の家《いへ》に帰《かへ》り着《つ》きければ、二《に》、三十人《さんじふにん》になりにけり。

頼信《よりのぶ》、家《いへ》に帰《かへ》り着《つ》きて、とやありつる、かくこそあれ、といふこともさらに知《し》らずして、いまだ明《あ》けぬほどなれば、もとのやうにまた、はひ入《い》りて寝《ね》にけり。頼義《よりよし》も、取《と》り返《かへ》したる馬《うま》をば、郎等《らうどう》にうち預《あづ》けて寝《ね》にけり。

その後《のち》、夜明《よあ》けて、頼信出《よりのぶい》でて頼義《よりよし》を呼《よ》びて、希有《けう》に馬《うま》を取《と》られざる、よく射《い》たりつるものかな、といふこと、かけても言《い》ひ出《い》でずして、「その馬引《うまひ》き出《い》でよ」と言《い》ひければ、引《ひ》き出《い》でたり。

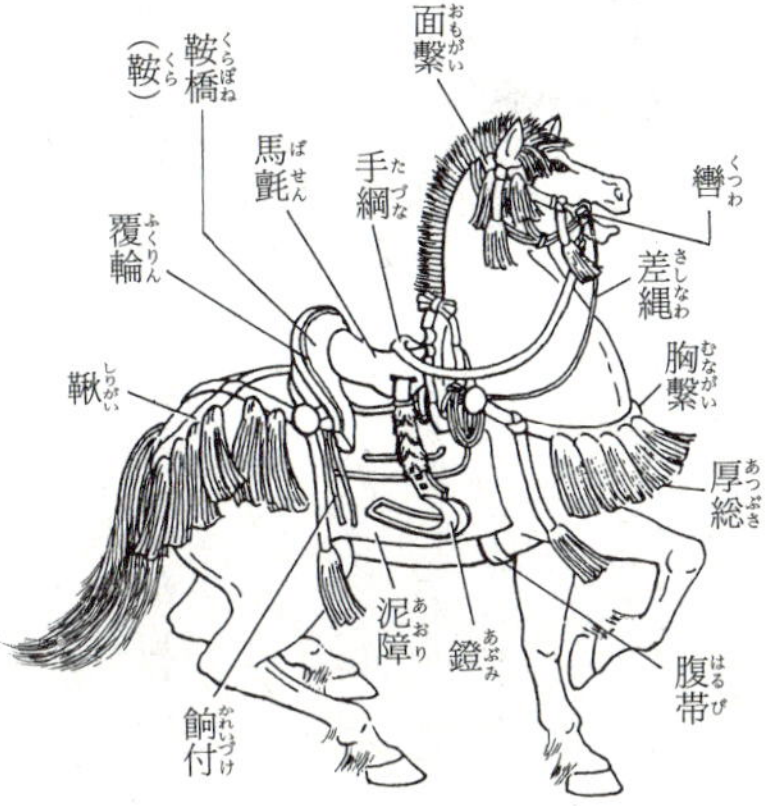

頼義見るに、まことによき馬にてありければ、「さばたまわりなむ」とて、取りてけり。ただし、宵《よひ》にはさも言《い》はざりけるに、よき鞍置《くらお》きてぞ取《と》らせたりける。夜《よる》、盗人《ぬすびと》を射《い》たりける禄《ろく》と思《おも》ひけるにや。

あやしき者《もの》どもの心《こころ》ばへなりかし。兵《つはもの》の心《こころ》ばへはかくありける、となむ語《かた》り伝《つた》へたるとや。

✻武士とはいっても、江戸時代の公務員化した侍《さむらい》と、頼信父子のつわもの（兵）とでは、ずいぶん性格が異なる。江戸時代では、体系化された武士道を尊ぶことが使命とされたが、源氏と平家が競合した平安末期では、武士道の理念よりも実戦が重視された。

つわものの共通認識は、殺戮《さつりく》を第一の仕事とするという点にある。この一点で、つわものは、貴族とも一般人とも、明確に一線を画《かく》した。彼らは、日常の絶えざる武技《ぶぎ》の錬磨《れんま》を通じて、「つわものの心ばえ」を体得していく。

つわものが一般庶民に異常な恐怖感を与えたことから、こんにちの暴力団になぞらえる歴史家もいるが、間違いである。暴力団は社会の裏面で暗躍するが、武士は社会の表通りを堂々と闊歩《かっぽ》する。武士は社会を主導するが、暴力団は社会に寄生するだけである。

軍神といわれた八幡太郎義家《はちまんたろうよしいえ》は、頼義の長男、頼信の孫である。この三代で、関東から平家の勢力を追い払い、源氏の強固な地盤《じばん》を築いた。

鎌倉《かまくら》幕府を開いた頼朝《よりとも》も、この頼信父子の直系の子孫にあたる。頼朝をたんに英明な政治家と評価するのも、やはり間違いである。彼もまた、弓矢にかけては百発百中の腕前であり、鎌倉を出ると弓矢を手元から離さなかったので、部下はいつもびくびくしていたという。つわものの武士の鑑《かがみ》なのである。

武士たるものは、武技をもって部下を制する力量がなくてはならない。そうした時代の武士の精神は、後世の武士道に比べると、驚くほど現実的で、柔軟《じゅうなん》かつ強靱《きょうじん》である。

★源平《げんぺい》の合作だった軍神——八幡太郎義家《はちまんたろうよしいえ》

源氏・平家の名を聞くと、源平合戦という先入観にふりまわされ、いつも喧嘩《けんか》ばかりする犬猿《けんえん》の仲《なか》と思いこみがちだ。

しかし、両者は初めから不仲なライバルだったのではない。絶好の証拠例とも言えるのが、軍神と崇《あが》められた八幡太郎こと源義家《みなもとのよしいえ》である。彼の父は源頼義《よりよし》、母は平直方《たいらのなおかた》の娘で、いわば源平両氏の共存共栄を約束する期待の星だった。つまり源義家は平直方の外孫にあたる。

源頼義は父頼信とともに平忠常《ただつね》の乱《らん》を鎮圧した名将だが、はじめ鎮圧に失敗した直方が頼義の武勇にすっかり惚《ほ》れこんで、娘婿《むすめむこ》にしたばかりか、自分の支配していた鎌倉の地まで譲ったという。

この鎌倉に幕府を開いた頼朝《よりとも》は頼義・義家の直系の子孫、しかも直方は北条氏《ほうじょうし》の祖とくれば、両者を結ぶ縁はじつに深い。してみると、源氏が東国に政権を樹立した背景には、平家の多大なる貢献があったわけだ。後の源平争乱を思えば、少々皮肉な運命ではあるが。

平忠常の乱はもちろん、平将門《まさかど》の乱《らん》、前九年《ぜんくねん》、後三年《ごさんねん》の役《えき》など、源氏と平家をめぐるさまざまな説話を、『今昔物語集』の編者はていねいに収集して、特に一巻を割り当てた。巻第二十五がそれであり、編者が非常な関心を源平の兵（つわもの）に寄せていることがわかる。

◈捨《す》てられた女《おんな》の生霊《いきりょう》、薄情《はくじょう》な相手《あいて》の男《おとこ》をとり殺《ころ》す

近江国《あふみのくに》の生霊《いきずたま》、京《きやう》に来《き》て人《ひと》を殺《ころ》しし語《こと》（巻第二十七第二十話）

今《いま》は昔《むかし》、京都《きょうと》から美濃《みの》（岐阜県《ぎふけん》）・尾張《おわり》（愛知県《あいちけん》）方面《ほうめん》に出《で》ようとしていた身分《みぶん》の低《ひく》い男《おとこ》がいた。夜明《よあ》けに出発《しゅっぱつ》するつもりだったが、真夜中《まよなか》、目《め》が覚《さ》めるままに京《きょう》の街《まち》に出《で》た。とある辻《つじ》にさしかかった時《とき》のこと、大通《おおどお》りに青《あお》っぽい服装《ふくそう》の若《わか》い女《おんな》が、褄《つま》を取《と》って裾《すそ》を上《あ》げ、ただ独《ひと》り立《た》っている。男《おとこ》は、どんな女《おんな》なんだろう、こんな時刻《じこく》に独《ひと》りで立《た》っているわけがない、男《おとこ》といっしょだろう、と思《おも》いながら通《とお》り過《す》ぎようとした。ところが、この女《おんな》は男《おとこ》に声《こえ》をかけてきた。

「そこのお方《かた》はどちらへお出《で》かけですか」

「美濃《みの》・尾張《おわり》に行《い》くところです」

「それではお急《いそ》ぎでしょうが、ぜひとも相談《そうだん》に乗《の》っていただきたいことが

ございます。しばらくお時間《じかん》をとっていただけないでしょうか」

「どういう用件《ようけん》でしょうか」

「この辺《あた》りに住《す》む民部《みんぶ》の大夫《たいふ》(民部省《みんぶしょう》の高官《こうかん》。五位《ごい》)なにがしという方《かた》のお屋敷《やしき》はどちらでしょうか。そこへ行《い》こうと思《おも》うのですが、道《みち》に迷《まよ》ってしまいました。私《わたし》をそこへ連《つ》れていってくださいませんか」

「その方《かた》の屋敷《やしき》ならば、どうしてこんな所《ところ》にいらっしゃるのかなあ。屋敷《やしき》はここから八百《はっぴゃく》メートルほど先《さき》ですよ。ただ、道《みち》を急《いそ》いでいますので、そこまでお送《おく》りするのは、困《こま》るんですが」

「でしょうけれど、とてもたいせつな用事《ようじ》なんです。どうかそのお屋敷《やしき》まで連《つ》れていってください」

そこまで懇願《こんがん》されて、男《おとこ》は断《ことわ》り切《き》れず、女《おんな》を屋敷《やしき》まで案内《あんない》して行《い》ったが、女《おんな》は「ほんとうに嬉《うれ》しいです」と心《こころ》から喜《よろこ》んでついてきた。男《おとこ》には、この女《おんな》が妙《みょう》に薄気味《うすきみ》悪《わる》く感《かん》じられたが、考《かんが》え過《す》ぎだろうと気《き》をとり直《なお》して、かの民部《みんぶ》の大夫《たいふ》の屋敷《やしき》の門《もん》まで送《おく》り届《とど》けた。

「ここが民部《みんぶ》の大夫《たいふ》の屋敷《やしき》の門《もん》です」

「こんなに道《みち》を急《いそ》いでいらっしゃるのに、回《まわ》り道《みち》をして、わざわざ案内《あんない》していただいて、ほんとうに感謝《かんしや》いたします。わたしは近江《おうみ》の国《くに》(滋賀県《しがけん》)の某郡《ぼうぐん》のなにがしという者《もの》の娘《むすめ》でございます。東《ひがし》へおいでならば、街道《かいどう》の近《ちか》くに住《す》んでおりますので、ぜひお立《た》ち寄《よ》りください。いろいろとわけがございますので」

そう礼《れい》を述《の》べたかと思《おも》うと、男《おとこ》の前《まえ》に立《た》っていた女《おんな》の姿《すがた》がふいに消《き》えた。


❖今《いま》は昔《むかし》、京《きやう》より美濃《みの》・尾《を》張《はり》のほどに下《くだ》らむとする下﨟《げらふ》ありけり。京《きやう》をば暁《あかつき》に出《い》でむと思《おも》ひけれども、夜深《よふか》く起《お》きて行《ゆ》きけるほどに、□と□との辻《つむじ》にて、大路《おほち》に青《あを》ばみたる衣着《きぬき》たる女房《にようばう》の裾《すそ》取《と》りたるが、ただ独《ひと》り立《た》ちたりければ、男《をとこ》、いかなる女《をんな》の立《た》てるにかあらむ、ただ今《いま》、定《さだ》めてよも独《ひと》りは立《た》たじ、男具《をとこぐ》したらむと思《おも》ひて、歩《あゆ》み過《す》ぎけるほどに、この女《をんな》、男《をとこ》にいはく、「あのおはする人《ひと》は、いづちおはする人《ひと》ぞ」と問《と》へば、男《をとこ》、「美濃《みの》・尾《を》張《はり》の方《かた》へまかり下《くだ》るなり」と答《こた》ふ。女《をんな》のいはく、「さては急《いそ》ぎ給《たま》ふらむ。さはあれども、大切《たいせち》に申《まう》すべきことの侍《はべ》るなり。しばし立《た》ち留《とど》まり給《たま》へ」と。男《をとこ》、「何《なに》ごとにか候《さうら》ふらむ」と言《い》ひて、立《た》ち留《とど》まりたれば、女《をんな》のいはく、「この辺《わた》りに民部大夫《みんぶのたいふ》の□といふ人《ひと》の家《いへ》は、いづこに侍《はべ》るぞ。そこへ行《ゆ》かむと思《おも》ふに、道《みち》を惑《まど》ひてえ行《ゆ》かぬを、丸《まろ》をそこへはゐておはしなむや」と。男《をとこ》、「その人《ひと》の家《いへ》へおはせむには、何《なに》の故《ゆゑ》に此処《ここ》にはおはしつるぞ。その家《いへ》は此処《ここ》より七八町《しちはつちやう》ばかりまかりてこそあれ。但《ただ》し急《いそ》ぎて物《もの》へまかるに、そこまで送《おく》り奉《たてまつ》らば大事《だいじ》にこそは候《さうら》はめ」と言《い》へば、女《をんな》、「なほ極《きは》めて大切《たいせち》のことなり。ただ具《ぐ》しておはせ」と言《い》へば、男《をとこ》、なまじひに具《ぐ》して行《ゆ》くに、女《をんな》、「いと嬉《うれ》し」と言《い》ひて行《ゆ》きけるが、怪《あや》しくこの女《をんな》の気《け》恐《おそ》ろしきやうにおぼえけれども、ただあることにこそはと思《おも》ひて、かくいふ民部大夫《みんぶのたいふ》の家《いへ》の門《かど》まで送《おく》り付《つ》けつれば、男《をとこ》、「これぞその人《ひと》の家《いへ》の門《かど》」と言《い》へば、女《をんな》、「かく急《いそ》ぎて物《もの》へおはする人《ひと》の、わざと返《かへ》りて、ここまで送《おく》り付《つ》け給《たま》へること、返《かへ》す返《がへ》す嬉《うれ》しくなむ。自《みづか》らは近江《あふみ》の国《くに》□の郡《こほり》に、そこそこにあるしかじかといふ人《ひと》の娘《むすめ》なり。東《あづま》の方《かた》へおはせばその道近《みちちか》き所《ところ》なり。必《かなら》ず訪《おとづ》れ給《たま》へ。極《きは》めていぶかしきことのありつればなむ」と言《い》ひて、前《まへ》に立《た》ちたりと見《み》つる女《をんな》の、にはかにかき消《け》つやうに失《う》せぬ。

なんとも開《あ》いた口《くち》がふさがらない、門《もん》が開《ひら》いていれば、中《なか》に入《はい》ったと考《かんが》えられるが、門《もん》は閉《し》まったままだ、いったいどうなっているんだ、と男《おとこ》は頭《あたま》の毛《け》が太《ふと》く逆立《さかだ》つような恐怖《きょうふ》に襲《おそ》われ、その場《ば》に立《た》ちすくんだ。

まもなく家《いえ》の中《なか》から、突如《とつじょ》、泣《な》きわめく声《こえ》があがった。何事《なにごと》か、と耳《みみ》を澄《す》ますと、人《ひと》の死《し》んだ気配《けはい》がする。ふしぎなことだと思《おも》って、その場《ば》を去《さ》りあぐねて、しばらく辺《あた》りをうろついているうちに夜《よ》も明《あ》けてきた。

男《おとこ》は、いったい何《なに》が起《お》こったのか聞《き》いてみようと、人《ひと》が起《お》き出《だ》したころになって、この屋敷《やしき》の少《すこ》し顔見知《かおみし》りの使用人《しようにん》を呼《よ》んで、事情《じじょう》を聞《き》いてみた。

「じつは近江《おうみ》の国《くに》においでの奥方《おくがた》が、生霊《いきりょう》となってとりつかれたということで、御主人様《ごしゅじんさま》がこの数日患《すうじつわずら》っておられました。ところが、この夜明《よあ》け前《まえ》、また生霊《いきりょう》が現《あらわ》れたようすだ、と騒《さわ》いでいるうちに、急《きゅう》におなくなりになってしまったのです。してみますと、生霊《いきりょう》というものは、こんなふうに絶対《ぜったい》確実《かくじつ》に人《ひと》をとり殺《ころ》すものなんですねぇ」
という返事《へんじ》を聞《き》いているうちに、男《おとこ》は何《なん》となく頭痛《ずつう》がしてきた。あの女《おんな》、えらい喜《よろこ》びようだったが、頭痛《ずつう》は女《おんな》の妖気《ようき》に当《あ》てられたせいかもしれないと思《おも》うと、ぞっとして、その日《ひ》は旅《たび》に出《で》るのを止《や》めて家《いえ》に戻《もど》った。

❖男《をとこ》、あさましきわざかな、門《かど》の開《あ》きたらばこそは、門《かど》の内《うち》に入《い》りぬるとも思《おも》ふべきに、門《かど》は閉《と》ざされたり。こはいかにと、頭《かしら》の毛《け》太《ふと》りて恐《おそ》ろしければ、すくみたるやうにて立《た》てるほどに、この家《いへ》の内《うち》に、にはかに泣《な》きののしる声《こゑ》あり。いかなることにかと聞《き》けば、人《ひと》の死《し》にたる気配《けはひ》なり。希有《けう》のことかなと思《おも》ひて、暫《しばら》くたちやすらふほどに、夜《よ》も明《あ》けぬれば、このことのいぶかしさ尋《たづ》ねむと思《おも》ひて、明《あ》けはてて後《のち》に、その家《いへ》の内《うち》に、ほの知《し》りたる人《ひと》のありけるに、尋《たづ》ね会《あ》ひて有様《ありさま》を問《と》ひければ、その人《ひと》のいはく、「近江国《あふみのくに》におはする女房《にようばう》の、生霊《いきずたま》に入《い》り給《たま》ひたるとて、この殿《との》の日来《ひごろ》例《れい》ならず煩《わづら》ひ給《たま》ひつるが、この暁方《あかつきがた》に、その生霊現《いきずたまあらは》れたる気色《けしき》ありなど言《い》ひつるほどに、にはかに失《う》せ給《たま》ひぬるなり。されば、かくあらたに人《ひと》をば取《と》り殺《ころ》す物《もの》にこそありけれ」と語《かた》るを聞《き》くに、この男《をとこ》もなま頭痛《かしらいた》くなりて、女《をんな》は喜《よろこ》びつれども、それが気《け》のするなめりと思《おも》ひて、その日《ひ》は留《とど》まりて家《いへ》に帰《かへ》りにけり。

それから三日《みっか》ほどして、男《おとこ》は改《あらた》めて東国《とうごく》へ下《くだ》ったが、道《みち》の途中《とちゅう》、あの女《おんな》が教《おし》えた家《いえ》の辺《あた》りを通《とお》ることになった。そうだ、ひとつあの女《おんな》の言《い》ったことが本当《ほんとう》かどうか確《たし》かめてみよう、と好奇心《こうきしん》を起《お》こして、探《さが》してみると、確《たし》かに言《い》ったとおりの家《いえ》がある。そこで、事《こと》のしだいを述《の》べて取《と》り次《つ》いでもらうと、確《たし》かにそういうことがあったはずだ、と女《おんな》は生霊《いきりょう》の記憶《きおく》を取《と》り戻《もど》し、男《おとこ》を部屋《へや》に通《とお》した。

女《おんな》は、簾越《すだれご》しに対面《たいめん》して、「あの夜《よ》のうれしさは永遠《えいえん》に忘《わす》れることはございません」と感謝《かんしゃ》し、料理《りょうり》をふるまった上《うえ》に、お礼《れい》にりっぱな織物《おりもの》をくれた。男《おとこ》は、女《おんな》が生霊《いきりょう》だったと確認《かくにん》して、内心《ないしん》は恐怖《きょうふ》に震《ふる》えていたけれど、にこやかに応対《おうたい》し、お礼《れい》の品《しな》をたくさんいただいて、そこから東国《とうごく》に下《くだ》って行《い》った。

考《かんが》えてみると、生霊《いきりょう》というものは、たんに魂《たましい》が人《ひと》に乗《の》り移《うつ》って祟《たた》ることかと思《おも》っていたが、なんと、生霊《いきりょう》となった当人《とうにん》もはっきりと自覚《じかく》していることだったのだ。この例《れい》は、かの民部《みんぶ》の大夫《たいふ》が妻《つま》にした女《おんな》を捨《す》てたために、女《おんな》が恨《うら》んで生霊《いきりょう》となり、夫《おっと》をとり殺《ころ》したのである。

というわけで、女心《おんなごころ》は恐《おそ》ろしいものだ、と語《かた》り伝《つた》えているそうだ。


❖その後《のち》、三日《みか》ばかりありてぞ下《くだ》りけるに、かの女《をんな》の教《をし》へしほどを過《す》ぎけるに、男《をとこ》、いざ、かの女《をんな》の言《い》ひしこと、訪《たづ》ねて試《こころ》みむと思《おも》ひて訪《たづ》ねければ、げにさる家《いへ》ありけり。寄《よ》りて人《ひと》をもつて、しかじかと言《い》ひ入《い》れさせたりければ、さることあらむとて呼《よ》び入《い》れて、簾越《すだれご》しに会《あ》ひて、「ありし夜《よ》の喜《よろこ》びは、いづれの世《よ》にか忘《わす》れ聞《き》こえむ」など言《い》ひて、物《もの》など食《く》はせて、絹布《きぬぬの》など取《と》らせたりければ、男《をとこ》、いみじく恐《おそ》ろしく思《おも》ひけれども、物《もの》など得《え》て出《い》でて下《くだ》りにけり。

これを思《おも》ふに、さは生霊《いきずたま》といふは、ただ魂《たましひ》の入《い》りてすることかと思《おも》ひつるに、早《はや》う、うつつに我《われ》もおぼゆることにてあるにこそ。これは、かの民部大夫《みんぶのたいふ》が、妻《め》にしたりけるが、去《さ》りにければ、恨《うら》みをなして生霊《いきずたま》になりて殺《ころ》してけるなり。されば、女《をんな》の心《こころ》は恐《おそ》ろしきものなりとなむ語《かた》り伝《つた》へたるとや。

✻人間にとりつく悪霊《あくりよう》は、この世に未練《みれん》・怨念《おんねん》を残した死者の霊《れい》が多く、これを死《し》霊《りよう》という。しかし、生きた人間の霊が肉体から遊離《ゆうり》してとりつくものを生霊《いきりよう》と呼んだ。相手に激しい悪感情を抱いている場合に起こる霊現象である。

とりわけ有名なのが、『源氏物語』(葵《あおい》の巻)に登場する六条御息所《ろくじようのみやすどころ》の生霊である。——源氏の愛人である彼女は、出産間近《まぢか》の正妻葵の上に激しい嫉妬心《しつとしん》を燃やし、夢うつつのうちに生霊となって葵の上を襲う。我にかえった後、いつのまにか着物に染《し》み込んでいる芥子《けし》(護摩《ごま》)の匂《にお》いに、自分が生霊となって降伏《ごうぶく》されたことを知り、自《じ》責《せき》の念にさいなまれる。——

このように、自覚のないまま生霊となるのがふつうだが、本話の場合はっきり自覚していると述べている。しかも、女性に限るらしいのが、まことに恐ろしい。

なお、除霊する能力は特殊なので、修行を積んだ陰陽師《おんみようじ》や密教僧《みつきようそう》などが加持祈禱《かじきとう》して生霊・死霊を退散させた。生霊を、和語では「いきずたま(いきすだま)」(生《い》き＋霊《すたま》)と言ったので、原文の読みではこちらを採った。

◆捨《す》てられて窮死《きゅうし》した前妻《ぜんさい》のミイラと愛《あい》し合《あ》った侍《さむらい》

人妻《ひとのめ》、死《し》にて後《のち》に、本《もと》の形《かたち》となりて旧夫《きうふ》に会《あ》ひし語《こと》（巻第二十七第二十四話）

今《いま》は昔《むかし》、京《きょう》に若《わか》くて貧乏《びんぼう》な侍夫婦《さむらいふうふ》がいた。無職《むしょく》の生活《せいかつ》は苦《くる》しかったが、仲《なか》のいいおしどり夫婦《ふうふ》だった。あるとき、思《おも》いがけず、地方長官《ちほうちょうかん》となった人物《じんぶつ》のお声《こえ》がかりで、侍《さむらい》は任国《にんこく》へ随行《ずいこう》することになった。

長年《ながねん》の貧乏生活《びんぼうせいかつ》から抜《ぬ》け出《で》る絶好《ぜっこう》の機会《きかい》だが、遠国《おんごく》に下《くだ》るにはそれなりの旅支度《たびじたく》がいる。夫《おっと》としては、むごい仕打《しう》ちだったが、最愛《さいあい》の妻《つま》を捨《す》てて、旅支度《たびじたく》をととのえられる裕福《ゆうふく》な女《おんな》に乗《の》り換《か》えるしか方法《ほうほう》がなかった。

こうして、新《あたら》しい妻《つま》を連《つ》れて任国《にんこく》に下《くだ》ったものの、心安《こころやす》まる日《ひ》は一日《いちにち》とてなかった。愛《あい》し合《あ》っている妻《つま》を、ただ貧《まず》しさゆえに捨《す》てた罪悪感《ざいあくかん》が、重《おも》くのしかかっていた。

やがて任期《にんき》を終《お》えた長官《ちょうかん》とともに帰京《ききょう》した夫《おっと》は、旅装《りょそう》のまま、別《わか》れた前妻《ぜんさい》のもとに急《いそ》いだ。すっかり荒《あ》れ果《は》てた家《いえ》には、人《ひと》の気配《けはい》すら感《かん》じられない。ただ晩秋《ばんしゅう》の月《つき》だけが明《あか》るく、冷《ひ》え冷《び》えとした夜気《やき》の中《なか》には、胸《むね》がつぶれるような哀愁《あいしゅう》が広《ひろ》

＊がっていた。

家《いえ》の中《なか》に入《はい》ってみると、前妻《ぜんさい》は、昔《むかし》いつもいた場所《ばしょ》に、ひとり座《すわ》っていた。ほかには誰《だれ》もいない。

妻《つま》は夫《おっと》を見《み》て、捨《す》てられたことを恨《うら》むようすもなく、うれしそうに、「これは、どうしてまた、おいでになったのですか。いつ、上京《じょうきょう》なさいました」と聞《き》く。

男《おとこ》は、地方《ちほう》の任国《にんこく》で長年《ながねん》心《こころ》にかけていたことを、あれこれと語《かた》り、「これからはいっしょに暮《く》らそう。任国《にんこく》から持《も》ってきた荷物《にもつ》は、明日《あす》にでも取《と》り寄《よ》せよう。昔《むかし》の使用人《しようにん》たちも呼《よ》び寄《よ》せよう。今夜《こんや》は、ただこのことだけを伝《つた》えたい、と思《おも》ってやってきたのだよ」

妻《つま》は、心《こころ》の底《そこ》からうれしそうな表情《ひょうじょう》で、長年積《ながねんつ》もり積《つ》もった思《おも》いを語《かた》っているうちに、夜《よ》もふけてしまったので、「話《はなし》はこのへんにして、もう寝《ね》よう」ということになり、南側《みなみがわ》の部屋《へや》で、二人《ふたり》は固《かた》く抱《だ》きしめ合《あ》い、たが

＊

いの愛《あい》を確《たし》かめた。

男《おとこ》が、「誰《だれ》も使用人《しようにん》はいないのか」と聞《き》くと、

「こんなひどい生活《せいかつ》ですもの、仕《つか》えようと思《おも》う者《もの》はいませんわ」と答《こた》えた。

こうして長《なが》い秋《あき》の夜《よる》を一晩中《ひとばんじゅう》語《かた》り合《あ》うと、いっしょだったあのころよりも、しみじみと心《こころ》が通《かよ》うように思《おも》われた。やがて明《あ》け方近《がたちか》くなって、ようやく二人《ふたり》は寝入《ねい》った。

夜《よ》の明《あ》けたのも気《き》づかないで寝《ね》ている間《あいだ》に、日《ひ》が高《たか》くさしのぼっていた。昨夜《さくや》は使用人《しようにん》もいなかったので、蔀《しとみ》（雨戸《あまど》）の下戸《しとど》だけ立《た》てて、上戸《うわど》は下《お》ろさなかったから、明《あか》るい日《ひ》の光《ひかり》がきらきらと部屋《へや》にさしこんできた。

その光《ひかり》を顔《かお》に浴《あ》びて、男《おとこ》ははっと目《め》を覚《さ》まして隣《となり》を見《み》ると、自分《じぶん》が抱《だ》きしめて寝《ね》ていた女《おんな》は、からからにひからびて骨《ほね》と皮《かわ》ばかりになった死体《したい》で

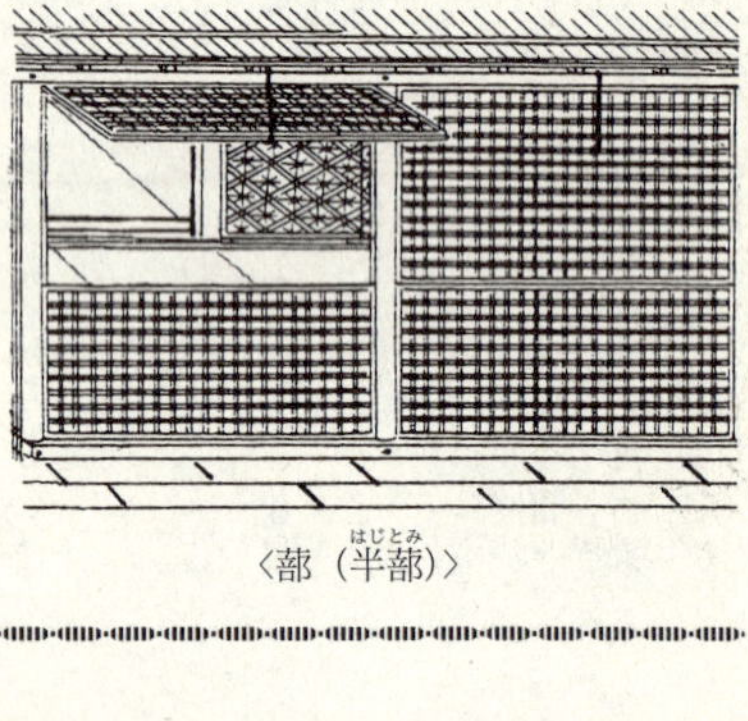
〈蔀（半蔀《はじとみ》）〉

あった。

いったい、これはどうしたことだ、と驚《おどろ》きあきれ、言《い》いようもない恐怖《きょうふ》に襲《おそ》われ、着物《きもの》をかかえてはね起《お》きると、走《はし》って庭《にわ》に飛《と》び降《お》りた。そして、自分《じぶん》の見《み》まちがいか、と見直《みなお》してみたが、やはりたしかにミイラ化《か》した前《ぜん》妻《さい》の死体《したい》であった。


❖家《いへ》の内《うち》に入《い》りて見《み》れば、居《ゐ》たりし所《ところ》に妻《め》独《ひと》り居《ゐ》たり。また人《ひと》なし。妻《め》、男《をとこ》を見《み》て恨《うら》みたる気色《けしき》もなく、うれしげに思《おも》へるやうにて、「これはいかでおはしつるぞ。いつ上《のぼ》り給《たま》ひたるぞ」と言《い》へば、男《をとこ》、国《くに》にて年《とし》ごろ思《おも》ひつることどもを言《い》ひて、「今《いま》はかくて棲《す》まむ。国《くに》より持《も》ち上《のぼ》りたる物《もの》ども、今明日《けふあす》取《と》り寄《よ》せむ。従者《ずさ》などをも呼《よ》ばむ。今夜《こよひ》はただこのよしばかりを申《まう》さむとて来《き》つるなり」と言《い》へば、妻《め》、うれしと思《おも》ひたる気色《けしき》にて、年《とし》ごろの物語《ものがたり》などして、夜《よ》もふけぬれば、「今《いま》はいざ寝《ね》なむ」とて、南面《みなみおもて》の方《かた》に行《ゆ》きて、二人《ふたり》かき抱《いだ》きて臥《ふ》しぬ。

男《をとこ》、「これには人《ひと》はなきか」と問《と》へば、女《をんな》、「わりなきありさまにて過《す》ごしつれば、使《つか》はるる者《もの》もなし」と言《い》ひて、長《なが》き夜《よ》によもすがら語《かた》らふほどに、例《れい》よりは身《み》にしむやうにあはれにおぼゆ。かかるほどに暁《あかつき》になりぬれば、ともに寝入《ねい》りぬ。

夜《よ》の明《あ》くらむも知《し》らで寝《ね》たるほどに、夜《よ》も明《あ》けて日《ひ》も出《い》でにけり。夜前《ようべ》人《ひと》もなかりしかば、蔀《しとみ》の本《もと》をば立《た》てて、上《うへ》をば下《お》ろさざりけるに、日《ひ》のきらきらとさし入《い》りたるに、男《をとこ》、うち驚《おどろ》きて見《み》れば、かき抱《いだ》きて寝《ね》たる人《ひと》は、かれがれと干《か》れて、骨《ほね》と皮《かは》とばかりなる死人《しにん》なりけり。こはいかに、と思《おも》ひて、あさましく恐《おそ》ろしきこと言《い》はむかたなければ、衣《ころも》をかき抱《いだ》きて、起《お》き走《はし》りて、下《した》に躍《をど》り下《お》りて、もし僻目《ひがめ》かと見《み》れども、まことに死人《しにん》なり。

＊＊＊＊＊＊＊＊＊

男《おとこ》は大急《おおいそ》ぎで着物《きもの》をつけると、隣家《りんか》に駆《か》け込《こ》んだ。そして、昨夜《さくや》泊《と》まったことを隠《かく》して、あの家《いえ》の住人《じゅうにん》はどうしているか、と聞《き》いてみた。

隣家《りんか》の説明《せつめい》によれば、夫《おっと》に捨《す》てられた妻《つま》は悲《かな》しみのあまり病気《びょうき》になり、この夏《なつ》、誰《だれ》にも看取《みと》られず、寂《さび》しく死《し》んだ。遺体《いたい》は葬《ほうむ》る者《もの》もないまま放置《ほうち》され、廃屋《はいおく》となった家《いえ》に近《ちか》づく者《もの》もいない、という。

男《おとこ》は、総毛《そうけ》立《だ》つような恐怖《きょうふ》にふるえた。そして、何《なに》もかもあきらめて、その家《いえ》

＊＊＊＊＊＊＊＊＊

＊＊＊＊＊＊＊＊＊

を立《た》ち去《さ》った。

なんとも恐《おそ》ろしい話《はなし》だ。亡妻《ぼうさい》の魂《たましい》がこの家《いえ》に留《とど》まって、夫《おっと》に会《あ》ったのだろう。奇怪千万《きかいせんばん》なこ夫《おっと》への断《た》ちきれない愛執《あいしゅう》の念《ねん》から、生身《なまみ》の夫《おっと》と交《まじ》わったのだろう。奇怪千万なこともあるものだ。

こんなことがあっても、愛執《あいしゅう》の糸《いと》に引《ひ》かれて、相手《あいて》を探《さが》し求《もと》めるのが人《ひと》の道《みち》というものなのだろう、と語《かた》り伝《つた》えているとか。

＊＊＊＊＊＊＊＊＊

✽女性の心の奥底に秘められた執念のこわさを、思い知らされる話である。捨てられても、対抗する手段をもたない妻は、無自覚のままに愛執の念を押し殺していた。その念がしだいに凝縮して、ついに幽鬼の姿に結晶したのである。

貧しさゆえに夫婦が別れるのは、この当時めずらしいことではなかった。現代のように、夫婦のきずなを法律が守ってくれる時代ではない。貧困から逃れ、生活を保障する新しい相手を見つけるために、愛し合いながらも別れる例は多かった。

経済的な問題が解決して、また元の鞘《さや》におさまる幸福な例もある。しかし、ほんの一時的な別居のつもりでも、人生はそう甘くはない。悲劇的な終末を迎える場合が少なくない。ここの例もそうである。

この若侍も、仕官の費用のために、しかたなく新しい妻をめとった。だが、希望がかない生活が落ちつくと、思い出すのは捨てた前妻のことばかり。ついに、前妻のもとに戻る決意をする。

ところで、それじゃ新しい妻のほうはどうなるのか、いいつらの皮ではないか、と心配するむきもあろう。しかし、彼女にしても、それは覚悟の上なのである。それほどに、当時の結婚関係は不安定なものだった。

さて、若侍は前妻のミイラを抱くはめになり、前妻が従順で無抵抗だったから、よけいに情念のおそろしさが増幅するしかけとなっている。

◆変装《へんそう》した自分《じぶん》の妻《つま》に言《い》い寄《よ》り、なぐられた軽薄男《けいはくおとこ》

近衛舎人《このゑのとねり》どもの稲荷詣《いなりまう》でに、重方《しげかた》、女《をんな》にあひし語《こと》（巻第二十八第一話）

今《いま》は昔《むかし》、二月《にがつ》の初午《はつうま》は、京《きよう》じゅうの人々《ひとびと》が伏見《ふしみ》の稲荷神社《いなりじんじや》にお参《まい》りする日《ひ》である。参拝客《さんぱいきやく》でごったがえすその中《なか》に、当時《とうじ》よく名《な》の知《し》られた近衛《このえ》の武官《ぶかん》の一行《いつこう》がいた。酒《さけ》や肴《さかな》を従者《じゆうしや》に持《も》たせて中社近《ちゆうしやちか》くまで来《き》たとき、なんとも華《はな》やかな衣装《いしよう》をきた女性《じよせい》に出会《であ》った。

女《おんな》は彼《かれ》らを避《さ》けて、道《みち》の木陰《こかげ》に隠《かく》れたが、見逃《みのが》すはずもない。近寄《ちかよ》って、下《した》からみだらなことを言《い》いかけたり、顔《かお》をのぞきこんだり、セクハラの限《かぎ》りを尽《つ》くした。

〈伏見稲荷大社〉

＊＊＊なかでも、茨田重方《まんたのしげかた》は、妻《つま》といざこざの絶《た》えない女《おんな》たらしだから、身《み》をすりよせて女《おんな》を口説《くど》きはじめた。＊＊＊

女《おんな》の、「奥《おく》さまのいらっしゃる方《かた》が、その場限《ばかぎ》りのでき心《ごころ》でおっしゃることなど、信《しん》じるほうが変《へん》ですわよ」と受《う》け流《なが》すその声《こえ》は、媚《こび》をふくんで色《いろ》っぽい。

重方《しげかた》は、「ねえ、ねえ、きみ、きみ。女房《にょうぼう》はもってるがおそまつでねえ、顔《かお》は猿《さる》だし、根性《こんじょう》は物売《ものう》り女《おんな》のように下品《げひん》なんで、別《わか》れようと思《おも》ってるんだ。けど、手早《てばや》く着物《きもの》のつくろいをしてくれる者《もの》もいないと不便《ふべん》でねえ。もし、意気投合《いきとうごう》する女性《じょせい》と出会《であ》ったら、やり直《なお》したいと本気《ほんき》で考《かんが》えているからこそ、こんな話《はなし》をしてるんですよ」と口説《くど》いた。

女《おんな》が、「それは、まじめな話《はなし》ですか、冗談《じょうだん》をおっしゃってるんですか」とただすと、重方《しげかた》はおおげさな身《み》ぶりで、「この神社《じんじゃ》の神《かみ》さまもお聞《き》きください。長年願《ながねんねが》っていたことを、このようにお参《まい》りしたかいがあって、神《かみ》さまがかなえてくれたと思《おも》うと、嬉《うれ》しくてたまりません。それで、あんたは独身《どくしん》？　どこにお住《す》まい？」と迫《せま》った。

　女《おんな》は、「わたしも、決《き》まった方《かた》がいなくて、宮仕《みやづか》えしていましたが、退職《たいしょく》を勧《すす》める方《かた》が現《あらわ》れましたので、やめました。ところが、その方《かた》が地方《ちほう》に出《で》たまま亡《な》くなったものですから、この三年《さんねん》ほど、頼《たよ》れるいい人《ひと》が現《あらわ》れるように、この神社《じんじゃ》にお参《まい》りしているんですよ。本気《ほんき》でわたしのことを思《おも》っているのでしたら、

『考訂　今昔物語』

住所《じゅうしょ》を教《おし》えましょう。いや、いや、行《ゆ》きずりの方《かた》のおっしゃることを真《ま》に受《う》けるなんて、わたし、なんてばかなんでしょう。さあ、早《はや》く帰《かえ》ってください。わたしも失礼《しつれい》しますわ」と言《い》い終《お》えるや、さっさと立《た》ち去《さ》ろうとした。

あわてた重方《しげかた》は、手《て》をすりあわせて額《ひたい》にあて、女《おんな》の胸《むな》もとに、かぶった烏帽子《えぼし》をくっつけんばかりに、頭《あたま》を下《さ》げて拝《おが》みこんで、「神《かみ》さま、お助《たす》けください。そんなつれないことを言《い》わないでくれ。このまま、この場《ば》から、あんたとごいっしょして、女房《にょうぼう》のもとには帰《かえ》りませんから」と、泣《な》き落《お》としにかかった。

すると、そのもとどり(頭《あたま》のてっぺんで髪《かみ》を束《たば》ねた所《ところ》)を、かぶった烏《え》帽子《ぼし》の上《うえ》から、むんずとつかんだ女《おんな》は、重方《しげかた》の頰《ほお》を、神社《じんじゃ》の山《やま》いっぱいに響《ひび》きわたるほど、大《おお》きな音《おと》をたててひっぱたいた。

一瞬《いっしゅん》、重方《しげかた》は目《め》が点《てん》になって、「これは、なにをするんです」と驚《おどろ》き、女《おんな》の顔《かお》をあおぎ見《み》ると、なんと自分《じぶん》の妻《つま》が変装《へんそう》していたではないか。

あきれはてて、「おまえさん、気《き》でも狂《くる》ったのかい」と言《い》うと、妻《つま》は、「あなたという人《ひと》は、どうしてこんな気《き》の許《ゆる》せないことをするのよ。あなたのお友《とも》だちが、御主人《ごしゅじん》に気《き》を許《ゆる》してはだめですよ、と忠告《ちゅうこく》するのを、わたしにやきもちをやかせる気《き》だと思《おも》って信《しん》じていなかったのに、ほんとうのことだったのね。さっきあなたが言《い》ってたように、今日《きょう》から、わたしの所《ところ》へ来《き》たなら、この神社《じんじゃ》の神罰《しんばつ》を受《う》けることになりますからね。どうしてあんなこと言《い》うのよ。横《よこ》っつらをぶちわって、参拝客《さんぱいきゃく》に見《み》せて、笑《わら》いものにしてやろうかしら。ほんとに、あんたっていう人《ひと》は」と、わめきたてた。

重方《しげかた》は観念《かんねん》して、「気《き》を確《たし》かに。おまえの言《い》うことはもっともだ」と、作《つく》り笑《わら》いをして、妻《つま》をなだめにかかったが、許《ゆる》す気配《けはい》は全然《ぜんぜん》ない。

❖女《をんな》の答《こた》ふるやう、「人持《ひとも》ち給《たま》へらむ人《ひと》の、行《ゆ》きずりのうちつけ心《こころ》に宣《のたま》はむこと、聞《き》かむこそをかしけれ」と言《い》ふ声《こゑ》、極《きは》めて愛敬《あいぎやう》づきたり。

重方《しげかた》が言《い》はく、「我《あ》が君《きみ》、我《あ》が君《きみ》、あやしの者《もの》を持《も》ちて侍《はべ》れども、しやつらは猿《さる》のやうにて、心《こころ》は販婦《ひさきめ》にてあれば、去《さ》りなむと思《おも》へども、たちまちに綻《ほころ》び縫《ぬ》ふべき人《ひと》もなからむが悪《あ》しければ、心《こころ》づきに見《み》えむ人《ひと》に見合《みあ》はば、それにひき移《うつ》りなむと深《ふか》く思《おも》ふことにて、かく聞《き》こゆるなり」と言《い》へば、女《をんな》、「これは実言《まこと》を宣《のたま》ふか。戯言《たはごと》を宣《のたま》ふか」と問《と》へば、重方《しげかた》、「この御社《おほんやしろ》の神《かみ》も聞《き》こし召《め》せ。年《とし》ごろ思《おも》ふことを、かく参《まゐ》る験《しるし》ありて、神《かみ》の給《たま》ひたると思《おも》へば、いみじくなむうれしき。さて御前《おほんまへ》は寡婦《やもめ》にておはするか。また、いづくにおはする人《ひと》ぞ」と問《と》へば、女《をんな》、「これにも、させる男《をとこ》も侍《はべ》らずして、宮仕《みやづか》へをなむせしを、人制《ひとせい》せしかば参《まゐ》らずなりしに、その人《ひと》、田舎《ゐなか》にて失《う》せにしかば、この三年《みとせ》はあひたのむ人《ひと》もがなと思《おも》ひて、この御社《おほんやしろ》にも参《まゐ》りたるなり。まことに思《おも》ひ給《たま》ふことならば、在所《ありか》をも知《し》らせ奉《たてまつ》らむ。いでや、行《ゆ》きずりの人《ひと》の宣《のたま》はむことを頼《たの》むこそをこなれ。早《はや》うおはしね。まろもまかりなむ」と言《い》ひて、ただ行《ゆ》き過《す》ぐれば、重方《しげかた》、手《て》をすりて額《ひたひ》にあてて、女《をんな》の胸《むね》をするばかりに烏帽子《えぼし》をさしあて、「御神助《おほんかみたす》け給《たま》へ。かかるわびしきこと、な聞《き》かせ給《たま》ひそ。やがてこれより参《まゐ》りて、宿《やど》にはまた足踏《あしふ》み入《い》れじ」と言《い》ひて、うつぶして念《ねん》じ入《い》りたるもとどりを、烏帽子《えぼし》ごしに、この女《をんな》ひたと取《と》りて、重方《しげかた》が頬《ほほ》を山《やま》も響《ひび》くばかりに打《う》つ。そのときに、重方《しげかた》、あさましくおぼえて、「こはいかにし給《たま》ふぞ」と言《い》ひて、あふのきて女《をんな》の顔《かほ》を見《み》れば、早《はや》う我《わ》が妻《め》のやつの謀《はか》りたるなりけり。重方《しげかた》、あさましく思《おぼ》えて、「和御許《わおもと》は、ものに狂《くる》ふか」と言《い》へば、女《をんな》、「おのれは、いかでかく、うしろめたなき心《こころ》は使《つか》ふぞ。この主《ぬし》たちの、うしろめたなきやつぞ、と来《き》つつ告《つ》ぐれば、我《われ》を言《い》ひ腹立《はらた》てむと言《い》ふなめり、と思《おも》ひてこそ受《う》けざりつるを、実《まこと》を告《つ》ぐるにこそありけれ。おのれ言《い》ひつるやうに、今日《けふ》より我《わ》がもとに来《き》たらば、この御社《おほんやしろ》の御矢目《おほんやめ》負《お》ひなむものぞ。いかでかくは言《い》ふぞ。しやつら打《う》ち欠《か》きて、行《ゆ》き来《き》の人《ひと》に見《み》せて、笑《わら》はせむと思《おも》ふぞ、おのれよ」と言《い》へば、重方《しげかた》、「物《もの》にな狂《くる》ひそ。もとも理《ことわり》なり」と笑《わら》ひつつ、をこづり言《い》へども、つゆ許《ゆる》さず。

一方《いっぽう》、重方《しげかた》の仲間《なかま》たちは、そんな事態《じたい》になっているとは、まったく知《し》らない。「どうして彼《かれ》は遅《おそ》いのか」と道端《みちばた》の崖《がけ》に登《のぼ》って、後《うし》ろを振《ふ》り返《かえ》った。すると、女《おんな》と取《と》っくみ合《あ》っている重方《しげかた》が見《み》えた。

仲間《なかま》たちは、「あれは何《なに》をしてるんだ」と、重方《しげかた》のもとへ駆《か》けもどった。

見《み》れば、重方《しげかた》は妻《つま》にひっぱたかれて、棒立《ぼうだ》ちになっている。

仲間《なかま》たちは、「よくぞやってくれました。だから、いつも言《い》ってたでしょ」と、女《おんな》をほめちぎり、拍手喝采《はくしゅかっさい》した。

そこまでほめられた妻《つま》は得意《とくい》になって、「みなさんの見《み》る前《まえ》で、こうして、あんたの性根《しょうね》の悪《わる》さをばらしてやったのさ」と、たんかを切《き》って、握《にぎ》っていた重方《しげかた》のもとどりを放《はな》した。重方《しげかた》は、くしゃくしゃの烏帽子《えぼし》を直《なお》しながら、すごすご参道《さんどう》を上《のぼ》っていった。

女《おんな》は重方《しげかた》に、「あんたはその惚《ほ》れた女《おんな》の所《ところ》へ行《ゆ》きなさいよ。わたしの所《ところ》へ来《き》たら、絶対《ぜったい》そのひょろひょろ足《あし》をへし折《お》ってやるからね」とすごんで、参道《さんどう》を下《くだ》っていった。

さて、その後《のち》、あれほどこっぴどくやっつけたのに、重方《しげかた》は妻《つま》の家《いえ》に舞《ま》いもどり、御機嫌《ごきげん》をとり結《むす》んだので、妻《つま》の怒《いか》りもおさまってきた。

調子《ちょうし》づいた重方《しげかた》が、「おまえさん、この重方《しげかた》の妻《つま》だからこそ、あんなすごいことできたんだよ」と自己弁護《じこべんご》したが、「お黙《だま》り、この大《おお》ぼけ！　自《じ》分《ぶん》の女房《にようぼう》も見分《みわ》けられず、声《こえ》も聞《き》き分《わ》けられず、ばか丸《まる》だしで、人《ひと》に笑《わら》われるなんて、救《すく》いようのない話《はなし》じゃないの」と、妻《つま》にも笑《わら》われるしまつだった。

やがて、世間《せけん》のうわさにのぼり、若《わか》い貴公子《きこうし》たちのいい笑《わら》われ者《もの》となったので、重方《しげかた》は、彼《かれ》らのいる前《まえ》ではこそこそ逃《に》げ隠《かく》れするのだった。

年若《としわか》い妻《つま》は、重方《しげかた》の死後《しご》、熟女《じゆくじよ》となって再婚《さいこん》した、と語《かた》り伝《つた》えているという。

❖しかる間《あひだ》、異舎人《ことどねり》ども、このことを知《し》らずして、上《かみ》の岸《きし》に登《のぼ》り立《た》ちて、「など、田府生《でんふしやう》は後《おく》れたるぞ」と言《い》ひて見《み》かへりたれば、女《をんな》と取《と》り組《く》みて立《た》てり。舎人《とねり》ども、「彼《かれ》はなにすることぞ」と言《い》ひて、立《た》ち返《かへ》りて寄《よ》りて見《み》れば、妻《つま》にうち□れて立《た》ちけり。その時《とき》、舎人《とねり》ども、「よくし給《たま》へり。さればこそ年《とし》ごろは申《まう》しつれ」とほめののしるときに、女《をんな》、かく言《い》はれて、「この主《ぬし》たちの見《み》るに、かくおのれがしや心《こころ》は見《み》あらはす」と言《い》ひて、もとどりをゆるしたれば、重方《しげかた》、烏帽子《えぼし》のなえたる、ひきつくろひなどして、上《かみ》ざまへ参《まゐ》りぬ。

女《をんな》は重方《しげかた》に、「おのれはその懸想《けさう》しつる女《をんな》のもとに行《ゆ》け。我《わ》がもとに来《き》ては、必《かなら》ずしや足打《あしう》ち折《を》りてむものぞ」と言《い》ひて、下《しも》ざまへ行《ゆ》きにけり。

さて、その後《のち》、さこそ言《い》ひつれども、重方《しげかた》、家《いへ》に帰《かへ》り来《き》て、をこづりければ、妻《め》、腹居《はらゐ》にければ、重方《しげかた》が言《い》はく、「おのれはなほ、重方《しげかた》が妻《め》なれば、かくいつくしきわざはしたるなり」と言《い》ひければ、妻《め》、「あなかま、この痴《し》れ者《もの》。目《め》しひのやうに、人《ひと》の気色《けしき》をもえ見知《みし》らず、声《こゑ》をもえ聞《き》き知《し》らで、をこをふるまひて人《ひと》に笑《わら》はるるは、いみじき痴《し》れごとにはあらずや」と言《い》ひてぞ、妻《め》にも笑《わら》はれける。

その後《のち》、このこと世《よ》に聞《き》こえて、若《わか》き君達《きんだち》などに、よく笑《わら》はれければ、若《わか》き君達《きんだち》の見《み》ゆる所《ところ》には、重方《しげかた》、逃《に》げ隠《かく》れなむしける。

その妻《め》、重方失《しげかたう》せにける後《のち》には、年《とし》も大人《おとな》になりて、人《ひと》の妻《め》になりてぞありける、となむ語《かた》り伝《つた》へたるとや。

✲この笑話を読むと、王朝時代の女性が、『源氏物語』の女君《おんなぎみ》のような、優雅で柔弱なタイプばかりではないことがよくわかる。もともと、『源氏物語』の舞台が、狭い貴族社会の中でも、さらに限られた超高貴な空間なのだから、比較するほうが無理だとも言える。むしろ、ここに登場する女性のほうが、平安京の平均的女性像に近い。

男性たちは、いずれも宮中警護の武官で、いわば下級将校クラスにあたろうか。ただし、宮廷行事では市街をねり歩く行列を彩る花形公務員だから、市民たちにも顔が売れ、ちょっとした二枚目気どりの連中も多かったのだ。

ここでは、そんな一人にスポットをあてて、夫婦に笑劇を演じさせた。まるで、現代の芸能界のスキャンダルを楽しむように、市民たちは大いに笑いころげたことだろう。

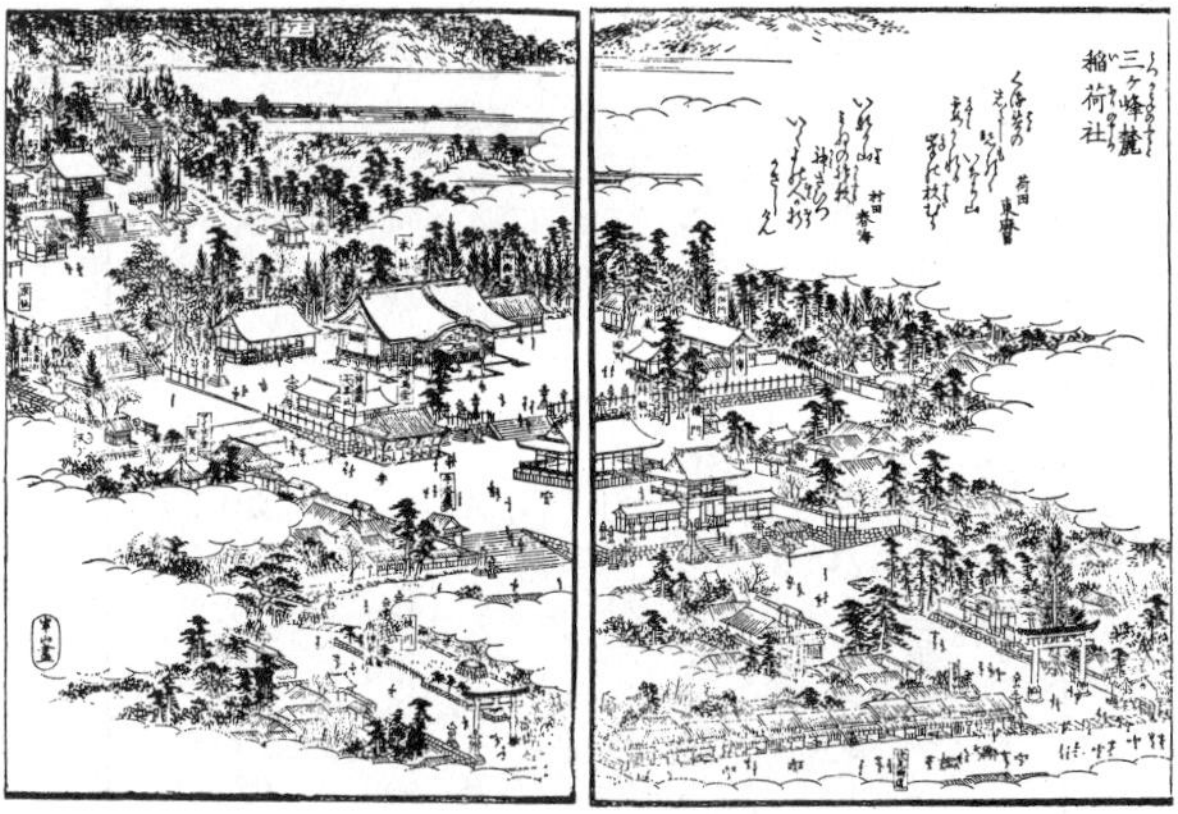

〈伏見稲荷社『花洛名勝図会』〉

★「御」はどう読むか？

古語「御」には、「おほん《（オォン）》・おん・お・み・ご・ぎょ」の読みかたがあり、仮名書きしてあれば問題はないが、漢字のばあいはどう読むのか、確定できない。たとえば、「御子」は「みこ」とも「おほんこ」とも読める。しかし、皇子のばあいは「みこ」で、臣下の子は「おほんこ」と読んで、区別するという説もあり、まったく規準がないわけでもない。

そこで、平安時代の物語や手紙文などから、「御」の仮名書き例を丹念に集めて、読み方の規準を推定する方法が行われてきた結果、「御」の読みかたには、かなり明確な使い分けのあることがわかった。

本書は、こうした研究調査のおかげで、従来、「おほん」か「おん」か、あいまいのまま放置されてきた問題について、平安時代の文章は「おほん」で統一すべきだという意見に従い、原文に総ルビ（振り仮名）を振ることができた。

◆全裸《ぜんら》になって追《お》いはぎを笑《わら》わせ、危機《きき》を逃《のが》れた役人《やくにん》

阿蘇《あそ》の史《ふびと》、盗人《ぬすびと》にあひて謀《はか》りて逃《に》げし語《こと》（巻第二十八第十六話）

今《いま》は昔《むかし》、阿蘇《あそ》のなにがしという書記官《しょきかん》がいた。背《せ》が低《ひく》くて見《み》かけはぱっとしないが、したたかな根性《こんじょう》の持《も》ち主《ぬし》だった。自宅《じたく》は西《にし》の京《きょう》にあり、ある日《ひ》、公務《こうむ》のために宮中《きゅうちゅう》に出《で》かけ、深夜《しんや》に帰宅《きたく》することになった。宮城《きゅうじょう》の東《ひがし》の門《もん》（待賢門《たいけんもん》）から出《で》て、牛車《ぎっしゃ》に乗《の》って大宮大路《おおみやおおじ》を南下《なんか》している間《あいだ》に、着《き》ていた衣装《いしょう》を全部《ぜんぶ》脱《ぬ》ぎ、次々《つぎつぎ》とたたみ込《こ》んで、車《くるま》の敷物《しきもの》の下《した》にきちんとしまい、上《うえ》に敷物《しきもの》をかぶせた。御本人《ごほんにん》は、冠《かんむり》をつけ足袋《たび》だけはき、すっぽんぽんの丸裸《まるはだか》で車《くるま》に座《すわ》っていた。

さて、二条大路《にじょうおおじ》の交差点《こうさてん》を右折《うせつ》して、西《にし》に車《くるま》を走《はし》らせ、美福門《びふくもん》のあたりを過《す》ぎるころ、盗賊《とうぞく》がばらばらと飛《と》び出《だ》してきた。車《くるま》の轅《ながえ》に取《と》りついて、牛車《ぎっしゃ》を扱《あつか》う牛飼童《うしかいわらわ》をなぐりつけたので、童《わらわ》は牛車《ぎっしゃ》を捨《す》てて逃《に》げ出《だ》した。車《くるま》

の後方《こうほう》に二《に》、三人《さんにん》いた従者《じゅうしゃ》もみな逃《に》げてしまった。

盗人《ぬすびと》が近寄《ちかよ》ってきて、車《くるま》の簾《すだれ》を引《ひ》き開《あ》けると、かの書記官殿《しょきかんどの》が全裸《ぜんら》で座《すわ》っている。盗賊《とうぞく》はあきれかえって、「これは何《なん》のまねだ」と聞《き》くと、彼《かれ》は、「東《ひがし》の大宮大路《おおみやおおじ》でこんなざまになってしまった。おたくたちのような貴公子《きこうし》が寄《よ》ってたかって、私《わたし》の衣装《いしょう》を全部《ぜんぶ》取《と》り上《あ》げてしまったのだ」と笏《しゃく》を取《と》って、上司《じょうし》にものを言《い》うようにかしこまって返事《へんじ》をした。盗賊《とうぞく》の一味《いちみ》は大爆笑《だいばくしょう》して、とうとう何《なに》も取《と》らずに去《さ》っていった。

さて、帰宅《きたく》して妻《つま》にこの一件《いっけん》を語《かた》ると、「あなたっていう人《ひと》は、盗人以《ぬすびとい》

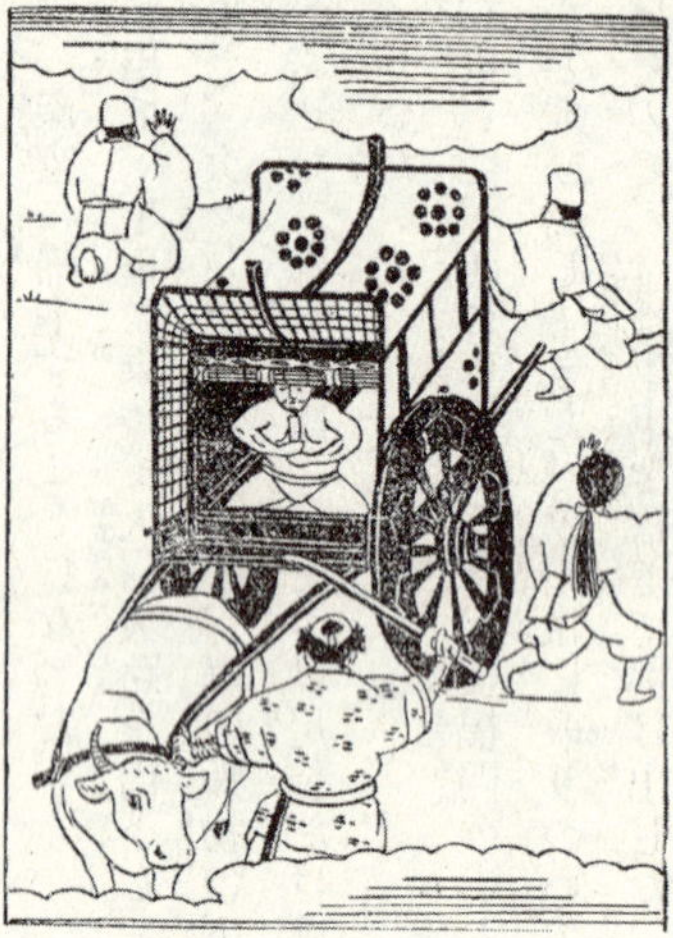

『校註國文叢書《こうちゅうこくぶんそうしょ》 今昔物語』

上《じよう》にしたたかでいらっしゃる」と言《い》って、妻《つま》は吹《ふ》き出《だ》した。

　なんともそら恐《おそ》ろしいほどの根性《こんじよう》である。着《き》ているものを全部《ぜんぶ》脱《ぬ》いで隠《かく》しておいて、ああいう文句《もんく》を用意《ようい》しておくとは、まったく常人《じようじん》の思《おも》いも寄《よ》らないことだ。この書記官《しよきかん》は、特別《とくべつ》に口《くち》のたつ人間《にんげん》だから、あんなことが言《い》えたんだ、と語《かた》り伝《つた》えているという。


❖今《いま》は昔《むかし》、阿蘇《あそ》の□といふ史《さくわん》ありけり。丈低《たけひき》なりけれども、魂《たましひ》はいみじき盗人《ぬすびと》にてぞありける。

　家《いへ》は西《にし》の京《きやう》にありければ、公事《くじ》ありて内《うち》に参《まゐ》りて、夜《よ》ふけて家《いへ》に帰《かへ》りけるに、東《ひんがし》の中《なか》の御門《みかど》より出《い》でて、車《くるま》に乗《の》りて大宮下《おほみやくだ》りにやらせて行《ゆ》きけるに、着《き》たる装束《さうぞく》をみな解《と》きて、片端《かたはし》よりみなたたみて、車《くるま》の畳《たたみ》の下《した》になほく置《お》きて、その上《うへ》に畳《たたみ》を敷《し》きて、史《さくわん》は冠《かむり》をし、襪《したうづ》をはきて、裸《はだか》になりて車《くるま》の内《うち》に居《ゐ》たり。

　さて、二条《にでう》より西《にし》ざまにやらせて行《ゆ》くに、美福門《びふくもん》のほどを過《す》ぐる間《あひだ》に、盗人《ぬすびと》、傍《かたは》らよりはらはらと出《い》で来《き》ぬ。車《くるま》の轅《ながえ》に付《つ》きて、牛飼童《うしかひわらは》を打《う》てば、童《わらは》は牛《うし》を棄《す》てて逃《に》げぬ。車《くるま》の後《しり》に雑色《ざふしき》二《ふたり》、三人《みたり》ありけるも、みな逃《に》げて去《い》にけり。

盗人《ぬすびと》寄《よ》り来《き》て、車《くるま》の簾《すだれ》を引《ひ》き開《あ》けて見《み》るに、裸《はだか》にて史《さくわん》居《ゐ》たれば、盗人《ぬすびと》、あさましと思《おも》ひて、「こはいかに」と問《と》へば、史《さくわん》、「東《ひんがし》の大宮《おほみや》にてかくのごとくなりつる。君達《きんだち》寄《よ》り来《き》て、おのれが装束《さうぞく》をばみな召《め》しつ」と笏《しやく》を取《と》りて、よき人《ひと》に物申《ものまう》すやうにかしこまりて答《こた》へければ、盗人《ぬすびと》笑《わら》ひて棄《す》てて去《い》にけり。その後《のち》、史《さくわん》、声《こゑ》を上《あ》げて牛飼童《うしかひわらは》をも呼《よ》びければ、みな出《い》で来《き》にけり。それよりなむ家《いへ》に帰《かへ》りにける。

さて、妻《め》にこの由《よし》を語《かた》りければ、妻《め》の言《い》はく、「その盗人《ぬすびと》にもまさりたりける心《こころ》にておはしける」と言《い》ひてぞ笑《わら》ひける。まことにいと恐《おそ》ろしき心《こころ》なり。装束《さうぞく》をみな解《と》きて隠《かく》しおきて、しか言《い》はむと思《おも》ひける心《こころ》ばせ、

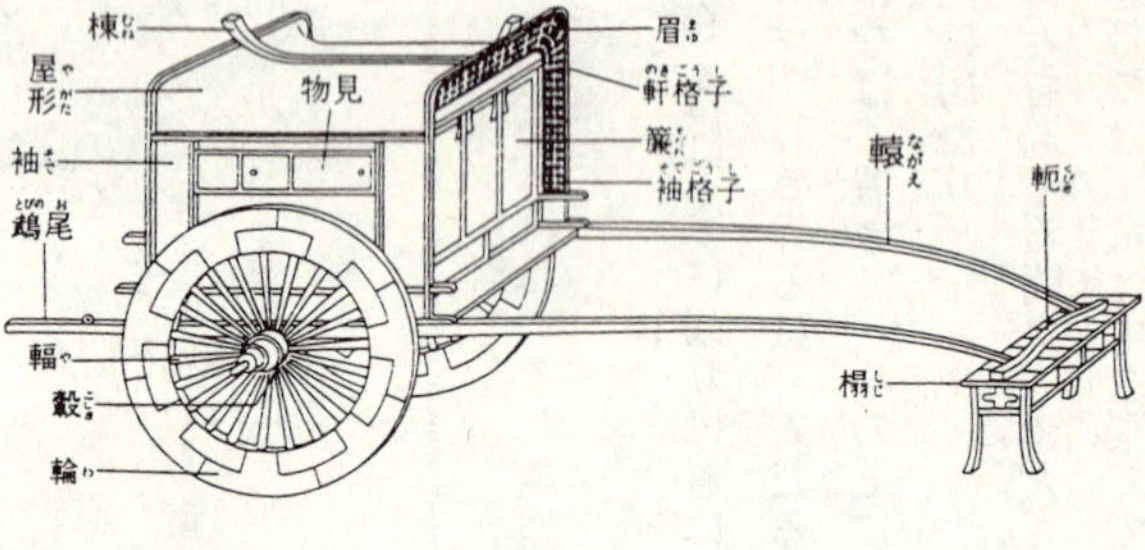

〈牛車〉

さらに人《ひと》の思《おも》ひ寄《よ》るべきことにあらず。この史《さくわん》は、極《きは》めたる物言《ものい》ひにてなむありければ、かくも言《い》ふなりけり、となむ語《かた》り伝《つた》へたるとや。

✿平安京の治安はよいものではなかった。まして深夜の平安京は、群盗が横行する無法地帯と化した。皇居でさえ、強盗に侵入され、女房《にようぼう》が身ぐるみはがれてしまう事件が起きたほどだ。

さて、残業で深夜帰宅することになった国家公務員殿、夜盗の襲撃があるという情報は、とっくに入手している。まともに立ち向かって、殺害されるなんぞまっぴら御免だ。そこで、盗賊の意表をつく奇策を考案した。奪うものがなければ、敵もあきらめるだろう。あらかじめ、強奪の目標となるものを隠してしまえばよい。そう考えて、彼は衣服を全部脱ぐと、座席の下にきっちりとしまいこんだ。襲いかかった盗賊は、車の中に丸裸の男が、なにやら神妙な顔をして座っているのを見て驚いた。男は、さきほど盗賊にやられましたという。疑う気にもなれず、盗賊は大笑いして引き上げた。奇策は功を奏したのである。ここまでやるかという気もするが、当時の衣服の高価なことと公務員の薄給を思えば、恥も外聞もない、この男の行動はよしとすべきだろう。

◆長大《ちょうだい》な鼻《はな》をゆでては脂抜《あぶらぬ》きをする高僧《こうそう》の食事風景《しょくじふうけい》

池《いけ》の尾《を》の禅珍内供《ぜんちんないぐ》の鼻《はな》の語《こと》(巻第二十八第二十話)

＊＊＊＊

池《いけ》の尾《お》(京都府宇治《きょうとふうじ》)に住《す》む禅珍内供《ぜんちんないぐ》という僧《そう》は、戒律《かいりつ》に厳《きび》しく修行熱心《しゅぎょうねっしん》で知《し》られていた。弟子《でし》の僧《そう》も多《おお》く、寺《てら》は栄《さか》え、周《まわ》りに民家《みんか》がたくさん集《あつ》まり、賑《にぎ》やかな町《まち》をつくっていた。

＊＊＊＊

さて、この内供《ないぐ》の鼻《はな》の長《なが》いこと、じつに五《ご》、六寸《ろくすん》(約十五《やくじゅうご》〜十八《じゅうはっ》センチ)ほどあり、下《した》あごよりも下《さ》がって見《み》えた。色《いろ》は赤紫色《あかむらさきいろ》で、表面《ひょうめん》は大《おお》きな柑子《こうじ》(ミカンの一種《いっしゅ》)の皮《かわ》のようにぶつぶつとふくれていた。それがひどくかゆくてたまらない。

そこで、提子《ひさげ》(銚子《ちょうし》の一種《いっしゅ》)に湯《ゆ》を熱《あつ》く沸《わ》かし、その熱気《ねっき》で顔《かお》がやけどしないように、折敷《おしき》(角盆《かくぼん》の一種《いっしゅ》)にその鼻《はな》が通《とお》るだけの穴《あな》を開《あ》けて、そこに鼻《はな》を差《さ》しこんでから、提子《ひさげ》の湯《ゆ》につけて鼻《はな》をゆでる。やがて、紫色《むらさきいろ》によくゆだったところで引《ひ》き上《あ》げて、体《からだ》を横向《よこむ》きに寝《ね》かせて、鼻《はな》の下《した》に物《もの》をあてがって、それを人《ひと》に踏《ふ》ませる。すると、黒《くろ》くぶつぶつした穴《あな》ごとに、煙《けむり》のようなものが出《で》てくる。

さらにいっそう強《つよ》く踏《ふ》ませると、白《しろ》い小虫《こむし》のようなものが穴《あな》から顔《かお》を出《だ》すので、毛抜《けぬ》きでそれを引《ひ》き抜《ぬ》くと、四分《しぶ》（約一《やくいっ》センチ強《きょう》）ほどの白《しろ》い小《こ》虫状《むしじょう》のものが出《で》てくる。出《で》た跡《あと》は穴《あな》が開《あ》いているように見《み》える。それをまた、同《おな》じ湯《ゆ》に差《さ》しこんで、初《はじ》めのようにゆでると、鼻《はな》はとても小《ちい》さく縮《ちぢ》んで、普通人《ふつうじん》のように小《ちい》さい鼻《はな》になるわけだ。

それがまた、二《に》、三日《さんにち》たつとかゆみがもどり、もとのようにはれて大《おお》きくなる。こんな状態《じょうたい》を繰《く》り返《かえ》していたが、鼻《はな》のはれている日数《にっすう》のほうが多《おお》くなってしまう。

そこで、食事《しょくじ》とくに粥《かゆ》を食《た》べるときは、弟子《でし》の法師《ほうし》を向《む》こう側《がわ》に座《すわ》らせ、長《なが》さ一尺《いっしゃく》（約三十《やくさんじっ》センチ）幅一寸《はばいっすん》（約《やく》

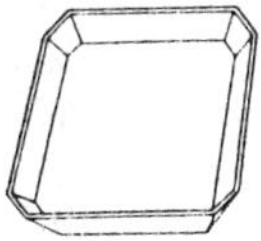
〈折敷〉

〈提子〉

三《さん》センチ）ほどの平《たい》らな板《いた》を鼻《はな》の下《した》に差《さ》し入《い》れて、上《うえ》に持《も》ち上《あ》げさせる。弟子《でし》は、食事《しょくじ》が終《お》わるまで鼻《はな》を支《ささ》え上《あ》げ、食事《しょくじ》が終《お》わると板《いた》を下《お》ろして席《せき》を下《さ》がるのである。

しかし、ほかの弟子《でし》に持《も》ち上《あ》げさせると、へたくそなので、内供《ないぐ》は不機嫌《ふきげん》になって食事《しょくじ》をしない。だから、鼻《はな》もたげの役《やく》を専門《せんもん》にする法師《ほうし》が決《き》まっていた。

❖さて、この内供《ないぐ》は、鼻《はな》の長《なが》かりける、五《ご》、六寸《ろくすん》ばかりなりければ、おとがひよりも下《さ》がりてなむ見《み》えける。色《いろ》は赤《あか》く紫色《むらさきいろ》にして、大柑子《おほかうじ》の皮《かは》のやうにして、つぶだちてぞふくれたりける。それが、いみじくかゆかりけること限《かぎ》りなし。されば、提子《ひさげ》に湯《ゆ》を熱《あつ》くわかして、折敷《をしき》をその鼻通《はなとほ》るばかりにうがちて、火《ひ》の気《け》につらの熱《あつ》くあぶらるれば、その折敷《をしき》の穴《あな》に鼻《はな》をさしとほして、その提子《ひさげ》にさし入《い》れてぞゆづる。よくゆでて引《ひ》き出《い》でたれば、色《いろ》は紫色《むらさきいろ》になりたるを、そばざまに臥《ふ》して、鼻《はな》の下《した》に物《もの》をかひて、人《ひと》をもつて踏《ふ》ますれば、黒《くろ》くつぶだちたる穴《あな》ごとに、煙《けぶり》のやうなる物出《ものい》づ。

それをせめて踏《ふ》めば、白《しろ》き小《ちひ》さき虫《むし》の穴《あな》ごとにさし出《い》でたるを、毛抜《けぬ》きをもつて抜《ぬ》けば、四分《しぶ》ばかりの白《しろ》き虫《むし》を、穴《あな》ごとよりぞ抜《ぬ》き出《い》でける。その跡《あと》は穴《あな》にて、開《あ》きてなむ見《み》えける。それをまた同《おな》じ湯《ゆ》にさし入《い》れて、さらめき湯《ゆ》に初《はじ》めのごとくゆづれば、鼻《はな》いと小《ちひ》さくしぼみしじまりて、例《れい》の人《ひと》の小《ちひ》さき鼻《はな》になりぬ。

また、二《ふつか》、三日《みか》になりぬれば、かゆくてふくれ延《の》びて、もとのごとくに腫《は》れて大《おほ》きになりぬ。かくのごとくにしつつ腫《は》れたる日《ひ》数《かず》は多《おほ》くぞありける。

しかれば、物食《ものく》ひ粥《かゆ》など食《く》ふときには、弟子《でし》の法師《ほふし》をもつて、平《たひ》らなる板《いた》の一《いっ》尺《しゃく》ばかりなるが、広《ひろ》さ一寸《いっすん》ばかりなるを鼻《はな》の下《した》にさし入《い》れて、向《む》かひ居《ゐ》て上《うへ》ざまにもたげさせて、物食《ものく》ひはつるまで居《ゐ》て、食《く》ひはつればうち下《お》ろして去《い》ぬ。

それに、異人《ことひと》をもつてもたげさするときには、悪《あ》しくもたげければ、むつかしくて物《もの》も食《く》はずなりぬ。しかれば、この法師《ほふし》をなむ定《さだ》めてもたげさせける。

＊　あるとき、お気《き》に入《い》りの鼻《はな》もたげ役《やく》が体調《たいちょう》をくずした。弟子《でし》たちが困《こま》っている　＊

＊　と、お調子者《ちょうしもの》が自信満々《じしんまんまん》に自薦《じせん》で名乗《なの》り出《で》た。まあ、いいだろうということにな　＊

＊って、彼《かれ》が臨時《りんじ》の鼻《はな》もたげ役《やく》に選《えら》ばれた。

この弟子《でし》の童《わらわ》は、鼻《はな》もたげの板《いた》を手《て》に取《と》り、師《し》の内供《ないぐ》に向《む》き合《あ》って、きちんと正座《せいざ》して、ちょうどよい高《たか》さに鼻《はな》を持《も》ち上《あ》げて、粥《かゆ》を食《た》べさせた。内供《ないぐ》は、「この者《もの》はじつに上手《じょうず》だ。いつもの法師《ほうし》よりうまい」と言《い》って、上機嫌《じょうきげん》で粥《かゆ》を食《た》べていた。

そのうち、この弟子《でし》が顔《かお》をそむけて、「鼻水《はなみず》が出《で》た」と言《い》うや、大《おお》きなくしゃみをした。とたんに、鼻《はな》を持《も》ち上《あ》げていた板《いた》がはずれてしまい、大《おお》鼻《ばな》が金椀《かなまり》の中《なか》にぼちゃんと墜落《ついらく》してしまった。

『万治版 宇治拾遺物語』

＊

大量《たいりょう》の粥《かゆ》が内供《ないぐ》と童《わらわ》の顔《かお》に飛《と》び散《ち》った。内供《ないぐ》は、かんかんに怒《いか》り、紙《かみ》で頭《あたま》・顔《かお》に飛《と》び散《ち》った粥《かゆ》を拭《ぬぐ》いながら、どなりつけた。

「この、まぬけのろくでなしめ。わしだからいいものの、高貴《こうき》な方《かた》の鼻《はな》を持《も》ち上《あ》げていたら、ただではすまんところだぞ。ばかものめが。出《で》て行《ゆ》け」

追《お》い出《だ》された弟子《でし》は、物陰《ものかげ》に隠《かく》れて、

「ほかにもこんな鼻《はな》したお方《かた》がいるならともかく、よそで鼻《はな》もたげすることなどあるわけがない。あほなことを言《い》うお坊《ぼう》さま」

と、強烈《きょうれつ》な捨《す》てぜりふを放《はな》ったので、ほかの弟子《でし》たちも、外《そと》に逃《に》げ出《だ》して大爆笑《だいばくしょう》した。


❖童《わらは》、鼻《はな》もたげの木《き》を取《と》りて、ただしく向《む》かひて、よきほどに高《たか》くもたげて粥《かゆ》をすすらすれば、内供《ないぐ》、「この童《わらは》はいみじき上手《じやうず》にこそありけれ。例《れい》の法師《ほふし》にはまさりたりけり」と言《い》ひて粥《かゆ》をすするほどに、童《わらは》、顔《かほ》をそばざまに向《む》けて、「鼻《はな》たりけり」と言《い》ひて鼻《はな》を高《たか》くひる。

そのときに、童《わらは》の手《て》ふるひて、鼻もたげの木動《きうご》きぬれば、鼻《はな》を粥《かゆ》のかなまりに、ふたとうち入《い》れつれば、粥《かゆ》を内供《ないぐ》の顔《かほ》にも童《わらは》の顔《かほ》にも多《おほ》くかけぬ。内供《ないぐ》、大《おほ》きに怒《いか》りて、紙《かみ》を取《と》りて頭《かしら》・面《おもて》にかかりたる粥《かゆ》を拭《のご》ひつつ、「おのれは、いみじかりける心《こころ》なしのかたゐかな。我《われ》にあらぬやむごとなき人《ひと》の御鼻《おほんはな》をもたげむには、かくやせむとする。不覚《ふかく》の痴《し》れ者《もの》かな。立《た》ちね、おのれ」と言《い》ひて追《お》ひ立《た》てければ、童《わらは》、立《た》ちて、隠《かく》れに行《ゆ》きて、「世《よ》に人《ひと》のかかる鼻《はな》つきある人《ひと》のおはせばこそは、外《ほか》にては鼻《はな》もたげめ。をこのこと仰《おほ》せらるる御坊《ごばう》かな」と言《い》ひければ、弟子《でし》ども、これを聞《き》きて、外《ほか》に逃《に》げ去《さ》りてぞ笑《わら》ひける。

✤とても謹厳実直な学僧と、いささかお調子者の小坊主《こぼうず》とを組み合わせて、笑劇に仕立てたものである。

まじめな顔つきで朝粥をしたためている僧と、そばで彼の長い鼻を細い板で持ち上げている小坊主がいる。そのうち、小坊主がくしゃみをして、鼻は粥の中に墜落してしまう。粥を顔面に浴びた僧はかんかんになり、怒鳴りつける。わしだからよいものの、えらいお方だったら、ただではすまないところだぞ、と。逃げ出す小坊主は、そんな鼻がほかにあってたまるかい、と悪態《あくたい》をついて逃げ出す。このひと言、イタチの最後っ屁《ぺ》のように強烈だ。

芥川龍之介《あくたがわりゅうのすけ》は本話に取材して『鼻』を書いた。夏目漱石《なつめそうせき》が絶賛したおかげで、芥川は短編作家として不動の地位を得ることになった。そこでは、奇怪な鼻の持ち主の屈折した心理に描写の光が当てられている。小坊主のギャグもない。ただし、あの鼻をゆでて脂を抜く場面は、ていねいに再構成されている。

この脂取りの描写は、『今昔物語集』の場合も、まるで小学生の理科の実験観察の記録のように細かい。それがまた、奇妙なおかしみを誘うのである。

◆谷底《たにそこ》に落《お》ちても茸《きのこと》取りをする、がめつい役人根性《やくにんこんじょう》

信濃守藤原陳忠《しなののかみふぢはらののぶただ》、御坂《みさか》より落《お》ち入《い》りし語《こと》（巻第二十八第三十八話）

＊＊＊＊＊＊＊＊＊＊＊＊＊＊＊＊＊＊

信濃《しなの》の国《くに》（長野県《ながのけん》）の長官《ちょうかん》だった藤原陳忠《ふじわらののぶただ》が、任期《にんき》を終《お》えて帰京《ききょう》することになった。在任中《ざいにんちゅう》にためこんだ富《とみ》の山《やま》を積《つ》んだ馬《うま》が行列《ぎょうれつ》をなして続《つづ》き、最後尾《さいこうび》が見《み》えないほどだった。ちょうど御坂峠《みさかとうげ》（岐阜《ぎふ》・長野県境《ながのけんざかい》の神坂峠《みさかとうげ》）にさしかかったときのこと、長官《ちょうかん》の乗《の》った馬《うま》が懸《か》け橋《はし》を踏《ふ》み折《お》り、長官《ちょうかん》は馬《うま》もろとも、まっさかさまに谷底《たにそこ》に転落《てんらく》してしまった。

谷《たに》は、底《そこ》に生《は》えている樹木《じゅもく》の梢《こずえ》が、のぞきこんでやっと見《み》えるくらい深《ふか》い。大勢《おおぜい》の家来《けらい》たちも、ただわいわい騒《さわ》ぎたてるばかりだ。と、谷底《たにそこ》から長官《ちょうかん》の声《こえ》がする。よく聞《き》くと、旅行用品《りょこうようひん》をつめる旅籠《はたご》に縄《なわ》をつけて降《お》ろせ、と叫《さけ》んでいる。言《い》われるままに、旅籠《はたご》を谷底《たにそこ》に降《お》ろし、引《ひ》き上《あ》げると、旅籠《はたご》には平茸《ひらたけ》が満載《まんさい》してあるではないか。二度目《にどめ》に、長官《ちょうかん》が平茸《ひらたけ》を握《にぎ》りしめながら、悠然《ゆうぜん》と上《あ》がってきた。

＊＊＊＊＊＊＊＊＊＊＊＊＊＊＊＊＊＊

長官《ちょうかん》を乗《の》せた籠《かご》を引《ひ》き上《あ》げて、懸《か》け橋《はし》の上《うえ》に置《お》き、家来《けらい》たちは無事《ぶじ》を喜《よろこ》んだが、

「いったいこの平茸《ひらたけ》はどうしたのですか」と聞《き》くと、長官《ちょうかん》は、

「谷底《たにそこ》に落《お》ちたとき、馬《うま》は一気《いっき》に落《お》ちていったが、わしのほうはふらふら遅《おく》れて落《お》ちるうちに、びっしり枝《えだ》が繁《しげ》り合《あ》った上《うえ》に運《うん》よく墜落《ついらく》した。そこで、その枝《えだ》にしがみついてぶらさがると、下《した》に大《おお》きな枝《えだ》があって支《ささ》えてくれたので、それを足場《あしば》にして、大《おお》きな二《ふた》股《また》の枝《えだ》に抱《だ》きついてじっとしていたところ、その木《き》に

『考訂　今昔物語』

平茸《ひらたけ》がびっしり生《は》えていたんだよ。ほうっておけなくて、手《て》の届《とど》く限《かぎ》り取《と》りまくって、旅籠《はたご》に入《い》れて引《ひ》き上《あ》げさせたのだ。まだ残《のこ》りがあるかもしれん。言葉《ことば》で言《い》い尽《つ》くせないほど多《おお》かったなあ。えらく損《そん》した気分《きぶん》だわい」

と、しみじみ嘆息《たんそく》するので、家来《けらい》たちは、

「たいへんな損害《そんがい》でございますな」などと、その時《とき》、どっと声《こえ》をそろえて笑《わら》った。長官《ちょうかん》は、

「お前《まえ》たち、勘違《かんちが》いするんじゃあない。宝《たから》の山《やま》に入《はい》って手《て》ぶらで帰《かえ》った気《き》分《ぶん》なんだぞ。『受領《ずりょう》たる者《もの》、地《ち》に倒《たお》れてもただで起《お》きるな、土《つち》握《にぎ》れ』という言葉《ことば》があるではないか」

と弁解《べんかい》すると、年配《ねんぱい》の代官《だいかん》が、腹《はら》の中《なか》では憎《にく》たらしく思《おも》うものの、口《くち》では、

「まことにごもっとも。手《て》の届《とど》くものを取《と》らないという手《て》はありません。誰《だれ》だって取《と》らないはずはないでしょう。まして、もともと賢明《けんめい》でいらっしゃる殿《との》のこと、生死《せいし》の境《さかい》にあっても、落《お》ちついて万事《ばんじ》をすべてふだんと変《か》わらぬように処理《しょり》なさる方《かた》ですから、心静《こころしず》かに平茸《ひらたけ》を取《と》られたのです。そ

んなわけで、領国《りょうごく》の行政《ぎょうせい》も落《お》ち度《ど》なく、納税《のうぜい》も順調《じゅんちょう》で、念願《ねんがん》どおり帰京《ききょう》なさるのですから、住民《じゅうみん》は殿《との》を父母《ふぼ》のように慕《した》い、別《わか》れを惜《お》しんでおります。そんなわけで、殿《との》の将来《しょうらい》は永遠《えいえん》にめでたくていらっしゃいます」などとお世辞《せじ》を言《い》ったものの、裏《うら》では仲間同士《なかまどうし》であざけり笑《わら》っていた。

考《かんが》えてみると、あれほどの危険《きけん》に遭《あ》っても平常心《へいじょうしん》を失《うしな》わず、第一《だいいち》に平茸《ひらたけ》を取《と》って谷底《たにそこ》から上《あ》がってくるという、その根性《こんじょう》にはとてもついて行《ゆ》けない。まして、そんな態度《たいど》だから、おそらく長官在任中《ちょうかんざいにんちゅう》は取《と》れるものは何《なん》でも取《と》ったろうと、思《おも》いやられてしまう。この話《はなし》を聞《き》いた人《ひと》はどんなに嘲笑《ちょうしょう》したことだろう、と語《かた》り伝《つた》えているとか。

❖引《ひ》き上《あ》げつれば、懸《か》け橋《はし》の上《うへ》に据《す》ゑて、郎等《らうどう》ども喜《よろこ》び合《あ》ひて、「そもそもこれはなぞの平茸《ひらたけ》にか候《さうら》ふぞ」と問《と》へば、守《かみ》の答《こた》ふるやう、「落《お》ち入《い》りつる時《とき》に、馬《うま》はとく底《そこ》に落《お》ち入《い》りつるに、われは遅《おく》れてふためき落《お》ち行《ゆ》きつるほどに、木《き》の枝《えだ》のしげくさし合《あ》ひたる上《うへ》に、不意《すずろ》に落《お》ちかかりつれば、その木《き》の枝《えだ》をとらへて下《お》りつるに、下《した》に大《おほ》きなる木《き》の枝《えだ》のさはりつれば、それを踏《ふ》まへて大《おほ》きなる股《また》の枝《えだ》に取《と》りつきて、それをかかへてとまりたりつるに、その木《き》に平茸《ひらたけ》の多《おほ》く生《お》ひたりつれば、見捨《みす》てがたくて、まづ手《て》の及《およ》びつる限《かぎ》り取《と》りて、旅籠《はたご》に入《い》れて上《あ》げつるなり。いまだ残《のこ》りやありつらむ。言《い》はむかたなく多《おほ》かりつるものかな。いみじき損《そん》を取《と》りつるものかな。いみじき損《そん》を取《と》りつる心地《ここち》こそすれ」と言《い》へば、郎等《らうどう》ども、「げに御損《ごそん》に候《さうら》ふ」など言《い》ひて、その時《とき》にぞ集《あつ》まりて、さと笑《わら》ひにけり。

守《かみ》、「ひがことな言《い》ひそ、なんぢらよ。宝《たから》の山《やま》に入《い》りて、手《て》を空《むな》しくして帰《かへ》りたらむ心地《ここち》ぞする。『受領《ずりやう》は倒《たふ》るる所《ところ》に土《つち》をつかめ』とこそ言《い》へ」と言《い》へば、長《おとな》だちたる御目代《おほんもくだい》、心《こころ》の内《うち》には、いみじくにくしと思《おも》へども、「げにしか候《さうら》ふことなり。たよりに候《さうら》はむものをば、いかでか取《と》らせ給《たま》はざらむ。誰《たれ》に候《さうら》ふとも、取《と》らで候《さうら》ふべきにあらず。もとより御心賢《みこころかしこ》くおはします人《ひと》は、かかる死《し》ぬべききはみにも、御心《み》を騒《さわ》がさずして、よろづのことをみなただなる時《とき》のごとく、用《もち》ゐつかはせ給《たま》ふことに候《さうら》へば、騒《さわ》がずかく取《と》らせ給《たま》ひたるなり。されば国《くに》の政《まつりごと》をもいこへ、物《もの》をもよく納《をさ》めさせ給《たま》ひて、御思《おほんおも》ひのごとくにて上《のぼ》らせ給《たま》へば、国《くに》の人《ひと》は父母《ぶも》のやうに恋《こ》ひ惜しみ奉《たてまつ》るなり。されば、末々《すゑずゑ》も万歳千秋《ばんぜいせんしう》おはしますべきなり」など言《い》ひてぞ、忍《しの》びておのれらがどち笑《わら》ひける。

これを思《おも》ふに、さばかりのことにあひて、肝《きも》・心《こころ》を惑《まど》はさずしてまづ平茸《ひらたけ》を取《と》りて上《あ》げけむ心《こころ》こそ、いとむくつけけれ。まして、便宜《びんぎ》あらむものなど取《と》りけむことこそ、思《おも》ひやらるれ。

これを聞《き》きけむ人《ひと》、いかににくみ笑《わら》ひける、となむ語《かた》り伝《つた》へたるとや。

✲強欲《ごうよく》のかたまりのような地方長官殿の登場である。谷底に墜落したのにもかかわらず、そこに生えていた平茸《ひらたけ》を徹底的にかき集めて引き上げられたという。しかも、部下たちの嘲笑を平然と受け流す態度は、明るくユーモラスでさえある。

物欲主義をつらぬいても、陰気な暗さがない。こうした能天気な上司はどこの会社にもいるものだ。前向きでこだわらないから、そこそこに出世するタイプである。もっとも、部下の尊敬を得ることは無理だが。

当時の受領というのは、今でいう現地赴任の長官である。上級貴族は田舎に行きたがらないから、中・下級貴族が受領となった。本社勤めと地方勤務を想像すればよい。ところが、受領には、中央政界の監視を逃れて、蓄財に励むチャンスがある。このうま味があるから、受領志願者は跡を絶たない。当然、人事選考の時期がくると、賄《わい》賂《ろ》が飛び交《か》う状態になる。しかし、賄賂のためには蓄財に励まなければならない。といった悪循環が続くのである。かくして政界は土台から腐り始め、やがて貴族政治は落日を迎えるはめになる。

★腹下し戦法でデモ隊を退散させた地方長官

押しかけたデモ隊に、下痢をもよおさせる酒食を提供して、彼らを逃走させた知恵者長官の話。巻第二十八第五話。

——夏の真っ盛り、その地方長官の邸《やしき》に、デモ隊が大挙して押しかけた。彼らは、中央省庁につとめる国家公務員たちである。この長官が納税しないために、給与未払いとなったので、抗議行動を起こしたのだった。

彼らは、早朝から昼下がりまで座り込んでいたせいで、疲労とのどの渇きに参り始めていた。そんな折も折、長官からの伝言が届いた。談合の前に、のどの渇きをいやすため、酒を一献《いっこん》さしあげたい、という内容だった。

まず、デモ隊の一部が邸内に入ると、ずらりと並んだテーブルに塩辛《しおから》い肴《さかな》が満載してある。干《ほ》し鯛《だい》・塩引き鮭《さけ》・鯵《あじ》の塩辛・鯛のひしおの大盛りだ。果物は、熟しきって紫色になった李《すもも》の山盛りである。なかなか酒が来ないので、その間、肴をつまんでは待っていた。

ようやく酒が到着した。のどの渇きと塩辛い肴のおかげで、全員がぶ飲みを始めた。少々酸《す》っぱい気がしたが、構わず飲み続けた。（じつはかなり腐敗した酒に、下剤用のアサガオの種をすって混ぜておいたものだった。）

そこへ、長官が現れて、涙ながらに自分の窮状を訴えた。納税したくともできない、と詫《わ》びながら大声で泣いた。

それを聞いて、デモ隊も同情しはじめたが、まもなく全員の腹がしきりに鳴り出した。やがて、トイレに駆け込むいとまもなく、その場で全員が下痢を垂れ流すという惨状を呈した。ついに、われ先にと、尻《しり》をかかえながら邸を逃げ出した。外で待機していた残りのデモ隊も、その醜態を目にして、大笑いしながら一斉に逃げ出した。――

この長官はしゃれの達人として有名だったから、誰にも恨まれることはなかったという。涙ながらの弁解も、もちろん名演技だった。それにしても奇抜な戦術を考案したものだ。

◆色香《いろか》と鞭《むち》で若《わか》い男《おとこ》を調教《ちょうきょう》する、盗賊団《とうぞくだん》の美人首領《びじんしゅりょう》

人《ひと》に知《し》られざりし女盗人《をんなぬすびと》の語《こと》（巻第二十九第三話）

今《いま》は昔《むかし》、いつごろのことだったか。侍《さむらい》ふうで、年《とし》は三十《さんじゅう》くらい、すらりとした長身《ちょうしん》ですこし髭《ひげ》の赤《あか》い男《おとこ》がいた。

ある夕暮《ゆうぐ》れ、男《おとこ》が□のあたりを歩《ある》いていると、通《とお》りに面《めん》した一軒《いっけん》の家《いえ》の窓《まど》の陰《かげ》から、チュッチュッと口《くち》を鳴《な》らし、手《て》をさし出《だ》して招《まね》く者《もの》がいた。

男《おとこ》は近《ちか》づいて、「わたしに用《よう》ですか」と聞《き》いた。

すると、女《おんな》の声《こえ》で、「お話《はな》ししたいことがありますの。そこの戸《と》は閉《し》まってみえますが、押《お》せば開《ひら》きます。開《あ》けて中《なか》にお入《はい》りなさい」と誘《さそ》った。

男《おとこ》は、事情《じじょう》が飲《の》みこめないまま、戸《と》を押《お》し開《あ》けて中《なか》に入《はい》った。

女《おんな》が現《あらわ》れて、「その戸《と》に鍵《かぎ》をかけていらして」と言《い》うので、鍵《かぎ》をかけてそばに寄《よ》った。つぎに、女《おんな》が、「お上《あ》がりなさい」と言《い》うので、座敷《ざしき》に上《あ》

がった。そして、簾《すだれ》の中《なか》に呼《よ》び入《い》れたので、入《はい》ってみると、きれいにととのえられた女部屋《おんなべや》に、二十歳《はたち》くらいの、とても色《いろ》っぽい美人《びじん》がたった一人《ひとり》座《すわ》って、にっこり笑《わら》いかけながら男《おとこ》を招《まね》いた。

男《おとこ》は女《おんな》のそばに寄《よ》った。これほどまでに女《おんな》が親《した》しげにせまる以上《いじょう》、男《おとこ》たるもの黙《だま》って引《ひ》き下《さ》がるわけにはいかない。とうとう二人《ふたり》は肌《はだ》を合《あ》わせた。

ところで、この家《いえ》には女《おんな》のほかに誰《だれ》もいないので、どういう家《いえ》なのか、と男《おとこ》は不審《ふしん》に思《おも》っていた。しかし、一度《いちど》抱《だ》いてから、女《おんな》の魅力《みりょく》にとりつかれてしまい、日《ひ》の暮《く》れるのも知《し》らず、二人《ふたり》は寝《ね》ていた。

やがて夜《よる》になって、門《もん》をたたく者《もの》がいる。使用人《しようにん》もいないので、男《おとこ》が出《で》て行《ゆ》き、門《もん》を開《あ》けると、侍《さむらい》ふうの男二人《おとこふたり》と女房《にょうぼう》ふうの女一人《おんなひとり》が、下女《げじょ》を連《つ》れて入《はい》ってきた。そして、雨戸《あまど》を閉《し》めて、明《あ》かりをつけると、見《み》るからにうまそうな料理《りょうり》を銀《ぎん》の食器《しょっき》に盛《も》って、女《おんな》と男《おとこ》、二人《ふたり》の食事《しょくじ》の世話《せわ》をした。

❖今《いま》は昔《むかし》、いづれのほどのことにかありけむ、侍《さぶらひ》ほどなりける者《もの》の、誰《たれ》とは知《し》らず、年三十《としさんじふ》ばかりにて、丈《たけ》すはやかにて、少《すこ》し赤髭《あかひげ》なるありけり。

夕暮《ゆふぐれ》がたに□と□との辺《あた》りを過《す》ぎけるを、半蔀《はじとみ》のありけるより、鼠鳴《ねずな》きを出《い》だして、手《て》をさし出《い》でて招《まね》きければ、男寄《をとこよ》りて、「召《め》すにや候《さうら》ふらむ」と言《い》ひければ、女声《をんなごゑ》にて、「聞《き》こゆべきことのありてなむ。その戸《と》は閉《と》ぢたるやうなれども、押《お》せば開《ひら》くなり。それを押《お》し開《あ》けておはせ」と言《い》ひければ、男《をとこ》、思《おも》ひかけぬことかな、とは思《おも》ひながら、押《お》し開《あ》けて入《い》りにけり。

その女《をんな》、出《い》であひて、「その戸《と》さしておはせ」と言《い》ひければ、戸《と》をさして寄《よ》せたるに、女《をんな》、「上《あ》がりて来《こ》」と言《い》ひければ、男上《をとこあ》がりにけり。簾《す》の内《うち》に呼《よ》び入《い》れたれば、いとよく□たる所《ところ》に、清《きよ》げなる女《をんな》の形愛敬《かたちあいぎやう》づきたるが、年二十余《としはたちあま》りばかりなる、ただ独《ひと》り居《ゐ》てうち笑《わら》ひて□ければ、男《をとこ》、近《ちか》く寄《よ》りにけり。かばかり女《をんな》のむつびむには、男《をとこ》となりなむ者《もの》の過《す》ぐべきやうなければ、つひに二人《ふたり》

臥《ふ》しにけり。

その家《いへ》にまた人一人《ひとひとり》なければ、こはいかなる所《ところ》にかあらむと怪《あや》しく思《おも》へども、け近《ぢか》くなりて後《のち》、男《をとこ》、女《をんな》に志《こころざし》深《ふか》くなりにければ、暮《く》るるも知《し》らで臥《ふ》したるに、日暮《ひく》れぬれば、門《かど》をたたく者《もの》あり。

人《ひと》なければ、男行《をとこゆ》きて門《かど》を開《あ》けたれば、侍《さぶらひ》めきたる男二人《をのこふたり》、女房《にようばう》めきたる女一人《をんなひとり》、下衆女《げすをんな》を具《ぐ》して入《い》り来《き》たり。蔀下《しとみお》ろし、火《ひ》などともして、いと清《きよ》げなる食物《じきもつ》を銀《しろかね》の器《うつは》どもにしすゑて、女《をんな》にも男《をとこ》にも食《く》はせたり。

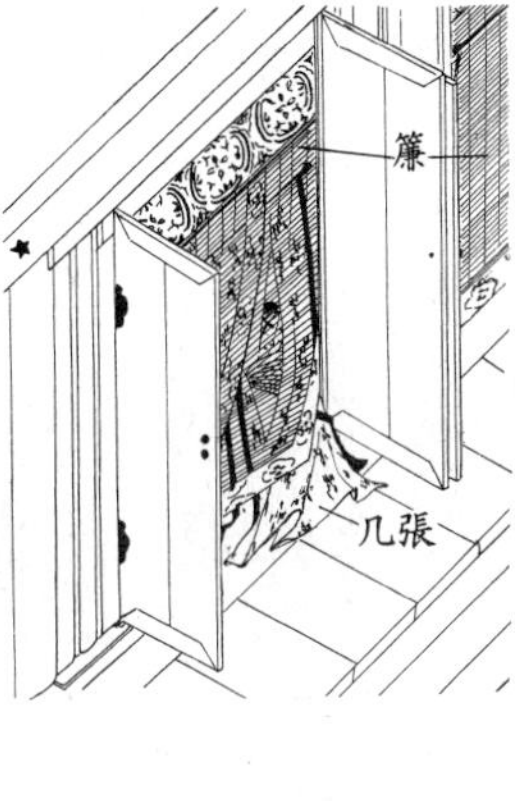

＊＊＊＊＊＊＊

男《おとこ》には不思議《ふしぎ》でならなかった。自分《じぶん》が戸《と》に鍵《かぎ》を掛《か》けた後《あと》、女《おんな》は誰《だれ》とも会《あ》っていないはずなのに、この連中《れんちゅう》はどこからなにしに来《き》たんだろう、食事《しょくじ》が二人分《ふたりぶん》あるのも変《へん》だ、自分以外《じぶんいがい》に、別《べつ》の男《おとこ》がいるのではないか、などと疑《うたが》った。しかし、食《しょく》欲《よく》には勝《か》てず、料理《りょうり》をむさぼり食《く》うと、連中《れんちゅう》は後《あと》かたづけして姿《すがた》を消《け》した。二人《ふたり》はまた寝床《ねどこ》に入《はい》った。

＊＊＊＊＊＊＊

＊＊＊＊＊＊＊

朝《あさ》になると、昨夜《さくや》とは別《べつ》の連中《れんちゅう》が現《あらわ》れ、部屋《へや》の掃除《そうじ》をし、二人《ふたり》の食事《しょくじ》の世話《せわ》をして帰《かえ》って行《い》った。ぜいたくに間食《かんしょく》まであった。

こうして、二《に》、三日《さんにち》たったある日《ひ》、男《おとこ》が外出《がいしゅつ》すると言《い》い出《だ》した。すると、女《おんな》は、すばらしい馬《うま》と従者《じゅうしゃ》まで用意《ようい》したうえ、男《おとこ》の身《み》なりをりっぱにととのえて送《おく》りだした。だが、家《いえ》にもどると、その後《のち》いつのまにか馬《うま》も従者《じゅうしゃ》も姿《すがた》を消《け》していた。

＊＊＊＊＊＊＊

こんなふうにして、何《なに》ひとつ不自由《ふじゆう》ない優雅《ゆうが》な生活《せいかつ》が二十日《はつか》ばかり続《つづ》いたころ、女《おんな》は男《おとこ》にこう言《い》った。

「思《おも》いがけず、わたしたちがこんな仲《なか》になりましたのも、はかない前世《ぜんせ》からの縁《えん》でしょうが、こうなるべき運命《うんめい》があるのでしょう。こうなりました以上《いじょう》、生《い》きるも死《し》ぬも、わたしの言《い》うことに反対《はんたい》なさいませんわよね」と念《ねん》を押《お》した。男《おとこ》は、「今《いま》や、生《い》かすも殺《ころ》すも、まったくあなたのお心《こころ》しだい」と答《こた》えた。女《おんな》は、「ほんとにうれしいですわ」と喜《よろこ》んで、食事《しょくじ》をすませ、昼《ひる》はいつもながら誰《だれ》もいないので、女《おんな》は男《おとこ》を「さあ、こっちへ」と、奥《おく》の別棟《べつむね》の部屋《へや》につれて行《い》った。

　そして、男《おとこ》の頭髪《とうはつ》に縄《なわ》をつけ、張《は》りつけ台《だい》にくくりつけて、背中《せなか》をむきだしにし、両足《りようあし》を曲《ま》げてしっかりと台《だい》に固定《こてい》した。

　女《おんな》は、烏帽子《えぼし》をつけ、水干袴《すいかんばかま》を着《き》て男装《だんそう》すると、片肌《かたはだ》を脱《ぬ》いで鞭《むち》をとり、男《おとこ》の背中《せなか》を思《おも》いっきり八十回《はちじつかい》打《う》った。そして、「気分《きぶん》はいかが」とたずねた。

　男《おとこ》が「たいしたことはない」と答《こた》えると、「思《おも》ったとおりね」と言《い》って、止血《しけつ》のために、かまどの土《つち》を湯《ゆ》でといて飲《の》ませ、上等《じようとう》な酢《す》を飲《の》ませて、さらに傷《きず》の熱《ねつ》をとるために、きれいに塵《ちり》を払《はら》った土間《どま》に寝《ね》かせた。二時間《にじかん》ほどして男《おとこ》を起《お》こし、男《おとこ》がもとの体《からだ》にもどると、いつもより豪華《ごうか》な食事《しよくじ》を運《はこ》んできた。

　十二分《じゆうにぶん》に手当《てあ》てして、三日《みつか》ほどたち、鞭《むち》の傷跡《きずあと》が治《なお》ってきたころ、また前《まえ》の部屋《へや》につれて行《ゆ》き、同《おな》じように張《は》りつけ台《だい》にしばりつけて、前《まえ》の鞭《むち》の傷跡《きずあと》を打《う》った。

傷跡《きずあと》にそって血《ち》がしたたり、肉《にく》が裂《さ》けたが、それを八十回《はちじっかい》打《う》ったのだった。そうして、「我慢《がまん》できて？」とたずねた。

男《おとこ》が、顔色《かおいろ》ひとつ変《か》えずに「我慢《がまん》できるとも」と答《こた》えると、今度《こんど》は、前《ぜん》回《かい》よりもいちだんと褒《ほ》めあげて、やさしく介抱《かいほう》した。

それから四《し》、五日《ごにち》たって、また同《おな》じように鞭《むち》で打《う》ったが、それにも男《おとこ》が同《おな》じように「我慢《がまん》できるとも」と言《い》ったところ、体《からだ》を仰向《あおむ》けに返《かえ》して、こんどは腹《はら》を打《う》った。それでもやはり「たいしたことはない」と言《い》うと、女《おんな》は満面《まんめん》に感動《かんどう》の笑《え》みを浮《う》かべて、数日間《すうじつかん》、心《こころ》をこめて傷《きず》の手当《てあ》てをした。

そして、鞭《むち》の傷跡《きずあと》がすっかり治《なお》った、ある夕暮《ゆうぐ》れどき、女《おんな》は、黒《くろ》い水干《すいかん》袴《ばかま》と新品《しんぴん》の弓《ゆみ》・胡録《やなぐい》・脛巾《はばき》・藁沓《わらぐつ》などをとりそろえて、きちんと男《おとこ》の身《み》なりをととのえた。

❖かやうにするほどに、乏《とも》しきことなくて、二十日《はつか》ばかりありて、女《をんな》、男《をとこ》に言《い》ふやう、「思《おも》ひかけず、いたづらなる宿世《すくせ》のやうなれども、さるべくてこそはかくてもおはすらめ。されば、生《い》くとも死《し》ぬとも我《わ》が言《い》はむことは、よもいなまじな」と。

男《をとこ》、「げに、今《いま》は生《い》けむとも殺《ころ》さむとも、ただ御心《みこころ》なり」と言《い》ひければ、女《をんな》、「いとうれしく思《おぼ》したりけり」と言《い》ひて、物食《ものく》ひしたためなどして、昼《ひる》は常《つね》のことなれば、人《ひと》もなくてありけるほどに、男《をとこ》を、「いざ」と言《い》ひて、奥《おく》に別《べち》なりける屋《や》にゐて行《ゆ》きて、この男《をとこ》を髪《かみ》に縄《なは》をつけて幡物《はたもの》といふ物《もの》に寄《よ》せて、背《せ》を出《い》ださせて、足《あし》を結《ゆ》ひかがめて、いましめおきて、女《をんな》は烏帽子《えぼし》をし、水干袴《すいかんはかま》を着《き》て、ひきつくろひて、笞《しもと》をもつて男《をとこ》の背《せ》をたしかに八十度《やそたび》打《う》ちてけり。

さて、「いかがおぼえぬる」と男《をとこ》に問《と》ひければ、男《をとこ》、「けしくはあらず」と答《こた》へければ、女《をんな》、「さればよ」と言《い》ひて、竈《かまど》の土《つち》をたてて飲《の》ませ、よき酢《す》を飲《の》ませて、土《つち》

〈胡録〉

をよくはらひて臥《ふ》させて、一時《ひととき》ばかりありて引《ひ》き起《お》こして、例《れい》のごとくになりにければ、その後《のち》は、例《れい》よりは食物《じきもつ》をよくして持《も》て来《き》たり。

よくよくいたはりて、三日《みか》ばかりを隔《へだ》てて、杖目《つゑめ》おろ癒《い》ゆるほどに、前《さき》の所《ところ》にゐて行《ゆ》きて、また同《おな》じやうに幡物《はたもの》に寄《よ》せて、もとの杖目《つゑめ》打《う》ちければ、杖目《つゑめ》に従《したが》ひて血《ち》走《はし》り肉《しし》乱《みだ》れけるを、八十《やそ》度《たび》打《う》ちてけり。

さて、「堪《た》へぬべしや」と問《と》ひければ、男《をとこ》、いささか気色《けしき》も変《か》はらで、「堪《た》へぬべし」と答《こた》へければ、このたびは初《はじ》めよりも、ほめ感《かん》じてよくいたはりて、また四《し》、五日《ごにち》ばかりありて、また同《おな》じやうに打《う》ちけるに、それにもなほ同《おな》じやうに、「堪《た》へぬべし」と言《い》ひければ、ひき返《かへ》して腹《はら》を打《う》ちてけり。それにもなほ、「事《こと》にもあらず」と言《い》ひければ、えもいはずほめ感《かん》じて、日《ひ》ごろよくいたはりて、杖目《つゑめ》すでに癒《い》えはてて後《のち》、夕暮《ゆふぐれ》がたに黒《くろ》き水干袴《すいかんはかま》と、清《きよ》げなる弓《ゆみ》・胡録《やなぐひ》・脛巾《はばき》・藁沓《わらぐつ》などを取《と》り出《い》だして着《き》せしたためつ。

＊　黒装束《くろしょうぞく》に身《み》をつつみ、弓矢《ゆみや》で武装《ぶそう》した男《おとこ》に向《む》かって、女《おんな》は細《こま》かな指示《しじ》を与《あた》えた。　＊

＊　集合場所《しゅうごうばしょ》をはじめ、弓《ゆみ》の弦《つる》を鳴《な》らしたり、口笛《くちぶえ》を吹《ふ》いたりする合図《あいず》や合《あ》い言葉《ことば》、　＊

行動上《こうどうじょう》の諸注意《しょちゅうい》にいたるまで、きっちりと男《おとこ》に教《おし》えこんだ。

指定《してい》された場所《ばしょ》に行《い》ってみると、すでに数十人《すうじゅうにん》の盗賊団《とうぞくだん》が集結《しゅうけつ》していた。それを色白《いろじろ》の小男《こおとこ》が指揮《しき》しているようだった。

やがて、京《きょう》の町《まち》で大《おお》がかりな押《お》し込《こ》み強盗《ごうとう》が行《おこな》われ、男《おとこ》は女《おんな》の期待《きたい》どおり、みごとな活躍《かつやく》を見《み》せた。

家《いえ》に帰《かえ》ると、風呂《ふろ》と食事《しょくじ》の用意《ようい》をして、女《おんな》が待《ま》っていた。女《おんな》との甘《あま》い生活《せいかつ》の中《なか》で、男《おとこ》の罪《つみ》の意識《いしき》はしだいに消《き》えていった。たび重《かさ》なる犯行《はんこう》は七《しち》、八度《はちど》におよんだ。

ある時《とき》、女《おんな》が鍵《かぎ》を渡《わた》して、どこそこの蔵《くら》をあけて、ほしい物《もの》を好《す》きなだけ運《はこ》んでくるように、と男《おとこ》に言《い》いつけた。蔵《くら》をあけた男《おとこ》は、ぼうだいな盗品《とうひん》の山《やま》に驚《おどろ》きながら、言《い》われたとおりに車《くるま》で持《も》ち帰《かえ》った。こうして一《いち》、二年《にねん》はたちまち過《す》ぎた。

ある日《ひ》、女《おんな》がさめざめと泣《な》いていた。ふだんとようすが違《ちが》うので、男《おとこ》が心配《しんぱい》してたずねた。女《おんな》は、人《ひと》の世《よ》には心《こころ》のままにならない別《わか》れがあり、それを思《おも》うと悲《かな》しい、と答《こた》えた。男《おとこ》は、その返事《へんじ》に特《とく》に深《ふか》い意味《いみ》がある、とは思《おも》いもしなかった。そのまま、用事《ようじ》のために二《に》、三日家《さんにちいえ》をあけた。

明日《あす》は家《いえ》に帰《かえ》ろうという晩《ばん》のことである。馬《うま》もろとも従者《じゅうしゃ》が姿《すがた》を消《け》した。いく

＊＊＊＊＊＊＊＊＊＊＊＊＊＊＊＊＊

ら捜《さが》しても見《み》つからない。不思議《ふしぎ》に思《おも》い、家《いえ》に帰《かえ》ってみると、家《いえ》はおろか、あの蔵《くら》も消《き》えていた。真《ま》っ白《しろ》になった男《おとこ》の頭《あたま》の中《なか》に、女《おんな》のあの嘆《なげ》きの言葉《ことば》が響《ひび》いてきた。

やがて、習《なら》い性《せい》となった男《おとこ》は、自分《じぶん》からすすんで、どろぼう生活《せいかつ》を始《はじ》めるようになった。しかし、犯行《はんこう》を重《かさ》ねるうちに逮捕《たいほ》され尋問《じんもん》されて、女《おんな》との不思議《ふしぎ》な出《で》会《あ》いと生活《せいかつ》のすべてを自白《じはく》した。

まことに奇々怪々《ききかいかい》な事件《じけん》である。あの女《おんな》は妖怪変化《ようかいへんげ》だったのだろうか。たった一日二日《いちにちふつか》の間《あいだ》に家《いえ》も蔵《くら》も消滅《しょうめつ》し、女《おんな》は、盗品《とうひん》の山《やま》、盗賊《とうぞく》の一味《いちみ》とともに姿《すがた》を消《け》してしまった。また、遠隔操作《えんかくそうさ》のように、従者《じゅうしゃ》を自由《じゆう》に動《うご》かしていたのも、不思議《ふしぎ》だった。

＊＊＊＊＊＊＊＊＊＊＊＊＊＊＊＊＊

男《おとこ》はその家《いえ》で二《に》、三年《さんねん》女《おんな》といっしょに暮《く》らしたが、女《おんな》の正体《しょうたい》が盗賊《とうぞく》の親《おや》分《ぶん》だったとは、最後《さいご》まで気《き》づかなかった。また、賊《ぞく》の一員《いちいん》として行動《こうどう》していた間《あいだ》も、集《あつ》まってきた連中《れんちゅう》がどういう人間《にんげん》なのか、まったくわからずじまいだった。

ところが、たった一度《いちど》だけ、盗賊団《とうぞくだん》の集合場所《しゅうごうばしょ》からちょっと離《はな》れて立《た》っていた一人物《いちじんぶつ》に、ほかの誰《だれ》もが恐《おそ》れ敬《うやま》う態度《たいど》をとっていたことがあった。その人物《じんぶつ》を松明《たいまつ》の光《ひかり》で見《み》ると、男《おとこ》の顔色《かおいろ》とは思《おも》えないほど、非常《ひじょう》に色白《いろじろ》できれいだったが、目鼻立《めはなだ》ちや顔《かお》の輪郭《りんかく》が妻《つま》にそっくりだなあ、と感《かん》じた。妻本人《つまほんにん》ではないのか、という疑《うたが》いがちらっと頭《あたま》をかすめたのは、そのときだけである。それも確《たし》かめたわけではないので、不審《ふしん》に思《おも》いながらも、そのままで終《お》わった。

まったく世《よ》にも不思議《ふしぎ》な事件《じけん》なので、このように語《かた》り伝《つた》えているとか。

❖かの家《いへ》に、男二《をとこに》、三年《さんねん》そひてありけるに、さなりけりと心得《こころう》ることなく止《や》みにけり。また、盗《ぬす》みしける間《あひだ》も、来《き》たり会《あ》ふ者《もの》ども、誰《たれ》といふことをもゆめゆめ知《し》らで止《や》みにけり。

それにただ一度《いちど》ぞ、行《ゆ》き会《あ》ひたりける所《ところ》に、さしのきて立《た》てる者《もの》の、異者《こともの》どものうちかしこまりたりけるを、火《ひ》の焰影《ほかげ》に見《み》ければ、男《をとこ》の色《いろ》ともなく、いみじく白《しろ》くいつくしかりけるが、つらつき・面様《おもやう》、我《わ》が妻《め》に似《に》たるかなと見《み》けるのみぞ、さにやあらむとおぼえける。それもたしかに知《し》らねば、いぶかしくて止《や》みにけり。

これ世《よ》の希有《けう》の事《こと》なれば、かく語《かた》り伝《つた》へたるとや。

✲当時の警察の尋問調書をもとにした短編とでもいえようか。それにしても、絶妙な構成である。男女二人の出会いから別れにいたるまで、スリルとサスペンスに満ち満ちている。

男の目で描かれているが、街角で声をかけるのも、無言のまま消えるのも、リードするのは女のほうである。同棲《どうせい》しながら、女は自分の口から正体を明かさないし、男も知ろうとはしない。じつにおしゃれなラブストーリーだ。

とりわけ、男装した彼女が男を台に縛りつけて鞭打つ場面は、息を飲むほど魅惑的である。しかも、字数たっぷりに、きめ細かく描いている。そこに女のサディズムと男のマゾヒズムの匂《にお》いをかぎとるのは、読者のお好みであるが、この女性上位の場面は、ありきたりの古典のイメージを一変させるほど、現代的で新鮮な味がする。

芥川龍之介《あくたがわりゅうのすけ》の『偸盗《ちゅうとう》』は本話に取材したものだが、そこにはこうした妖《あや》しい魅力は欠落している。

調教される男も並みではなかった。それを見抜いた女もすごいし、彼女の要求に応じることのできた男もすごい。結末は悲劇的だが、男と女の物語としても一級品である。

★本文の□が意味するもの

『今昔物語集』の本文には、ときおり書き込みのない空白の部分が現れる。欠文・欠語・欠字になっている箇所である。常識的に考えれば、編集時点で不明だったり、最適の表現を保留したりしたものと言えよう。人名・地名などの場合はとくにそうである。

不正確・不明瞭な表現は、話の真実性を損なうばかりか、編者の誠意をも傷つけることになる。むしろ、わからないままに、ありのままに、空白にしておくほうがリアリティを高めると判断したのだろう。

そもそも、空白は読者の想像をかきたてる。人さまざまに空白に自分の言葉をはめこむことができる。そうした楽しみもあらかじめ計算していたとすれば、『今昔物語集』の編者は、作家以上に政治家でもある。

◆死体《したい》の捨《す》て場所《ばしょ》だった羅城門《らしょうもん》のある夜《よる》のできごと

羅城門《らしやうもん》の上層《うはこし》に登《のぼ》りて死人《しにん》を見《み》し盗人《ぬすびと》の語《こと》（巻第二十九第十八話）

今《いま》は昔《むかし》、摂津《せっつ》の国《くに》（大阪府《おおさかふ》・兵庫県《ひょうごけん》）あたりから、盗《ぬす》みを働《はたら》くために上京《じょうきょう》してきた男《おとこ》がいた。まだ日《ひ》が落《お》ちていないので、羅城門《らしょうもん》の下《した》に隠《かく》れていた。都《みやこ》のメーンストリートである朱雀大路《すざくおおじ》はまだ人通《ひとどお》りがはげしい。静《しず》かになるまでと思《おも》い、門《もん》の下《した》で待《ま》っていると、南《みなみ》の方《ほう》から大勢《おおぜい》やって来《く》る声《こえ》が聞《き》こえる。姿《すがた》を見《み》られたくないので、門《もん》の二階《にかい》にそっとよじ登《のぼ》ると、かすかな明《あ》かりが見《み》える。

不審《ふしん》に思《おも》った盗人《ぬすびと》が窓《まど》から中《なか》をのぞくと、若《わか》い女《おんな》の死体《したい》が横《よこ》たわっていた。その死体《したい》の頭《あたま》のところに、おそろしく年取《としと》った白髪《しらが》の老婆《ろうば》が明《あ》かりをともして座《すわ》っている。しかも、なんと死体《したい》から髪《かみ》の毛《け》を乱暴《らんぼう》に抜《ぬ》き取《と》っていたのだ。

男《おとこ》はこれを見《み》ても、わけがわからず、ひょっとしたら鬼《おに》だろうかと、恐《おそ》ろしかったが、死人《しにん》が生《い》きかえったのかもしれん、おどして試《ため》してみようと思《おも》い、そっと戸《と》を開《あ》け、刀《かたな》を抜《ぬ》くや、「おのれ、こいつめ」と叫《さけ》んで走《はし》り寄《よ》った。

老婆《ろうば》はあわてふためき、手《て》をすり合《あ》わせてうろたえた。盗人《ぬすびと》は、「このばばあめ、何者《なにもの》だ。何《なに》をしておる」と問《と》いつめた。老婆《ろうば》は、「わしの主人《しゅじん》じゃった方《かた》が亡《な》くなったもんの、葬《ほうむ》る人《ひと》もおらんので、ここに置《お》いておる。髪《かみ》が背丈《せたけ》を越《こ》すほどみごとなんで、鬘《かつら》にしようと思《おも》うてこうして抜《ぬ》いておるんじゃ。助《たす》けてくだされ」と命乞《いのちご》いした。

盗人《ぬすびと》は、死体《したい》の着物《きもの》と老婆《ろうば》の着物《きもの》をはぎとり、抜《ぬ》き取《と》ってある髪《かみ》の毛《け》を奪《うば》い取《と》ると、階段《かいだん》を駆《か》け下《お》りて夜《よる》の闇《やみ》に消《き》えた。

ところで、羅城門《らしょうもん》の二階《にかい》には、死人《しにん》の骸骨《がいこつ》がたくさんころがっていた。葬式《そうしき》してもらえないような死人《しにん》を、この二階《にかい》に放置《ほうち》しておいたのだ。

こうした状況《じょうきょう》は、後《のち》に捕縛《ほばく》されたその盗人《ぬすびと》の語《かた》った話《はなし》が広《ひろ》まって、こう語《かた》り伝《つた》えているとか。

❖今《いま》は昔《むかし》、摂津《つ》の国《くに》の辺《ほと》りより盗《ぬす》みせむがために、京《きやう》に上《のぼ》りける男《をのこ》の、日《ひ》のいまだ暮《く》れざりければ、羅城門《らしやうもん》の下《した》に立《た》ち隠《かく》れて立《た》てりけるに、朱雀《すざく》の方《かた》に人《ひと》しげく行《ゆ》きければ、人《ひと》の静《しづ》まるまでと思《おも》ひて、門《もん》の下《した》に待《ま》ち立《た》てりけるに、山城《やましろ》の方《かた》より人《ひと》どものあまた来《き》たる音《おと》のしければ、それに見《み》えじと思《おも》ひて、門《もん》の上層《うはこし》に、やはらかきつき登《のぼ》りたりけるに、見《み》れば火《ひ》ほのかにともしたり。

盗人《ぬすびと》、怪《あや》しと思《おも》ひて、連子《れんじ》よりのぞきければ、若《わか》き女《をんな》の死《し》にて臥《ふ》したるあり。その枕上《まくらがみ》に火《ひ》をともして、年《とし》いみじく老《お》いたる嫗《おうな》の白髪《しらが》白《しろ》きが、その死人《しにん》の枕上《まくらがみ》に居《ゐ》て、死人《しにん》の髪《かみ》をかなぐり抜《ぬ》き取《と》るなりけり。

盗人《ぬすびと》これを見《み》るに、心《こころ》も得《え》ねば、これはもし鬼《おに》にやあらむと思《おも》ひて恐《おそ》ろしけれども、もし死人《しにん》にてもぞある、おどして試《こころ》みむと思《おも》ひて、やはら戸《と》を開《あ》けて刀《かたな》を抜《ぬ》きて、「おのれは、おのれは」と言《い》ひて、走《はし》り寄《よ》りければ、嫗《おうな》、手《て》まどひをして、手《て》をすりてまどへば、盗人《ぬすびと》、「こは何《なん》ぞの嫗《おうな》の、かくはし居《ゐ》たるぞ」と問《と》ひければ、嫗《おうな》、「おのれが主《あるじ》にておはしましつる人《ひと》の失《う》せ給《たま》へるを、あつかふ人《ひと》のなければ、かくて置《お》き奉《たてまつ》りたるなり。その御髪《おほんかみ》の丈《たけ》に余《あま》りて長《なが》ければ、それを抜《ぬ》き取《と》りて鬘《かづら》にせむとて抜《ぬ》くなり。助《たす》け給《たま》へ」と言《い》ひければ、盗人《ぬすびと》、死人《しにん》の着《き》たる衣《きぬ》と嫗《おうな》の着《き》たる衣《きぬ》と、抜《ぬ》き取《と》りてある髪《かみ》とを奪《うば》ひ取《と》りて、下《お》り走《はし》りて逃《に》げて去《い》にけり。

さて、その上《うへ》の層《こし》には、死人《しにん》の骸《かばね》ぞ多《おほ》かりける。死《し》にたる人《ひと》の葬《はふり》などえせざるをば、この門《もん》の上《うへ》にぞ置《お》きける。

このことは、その盗人《ぬすびと》の人《ひと》に語《かた》りけるを聞《き》き継《つ》ぎて、かく語《かた》り伝《つた》へたるとや。

✻逮捕された窃盗犯の自白をまとめた話である。都の城南の正門が死体置き場と化している描写は、当時の荒廃した政治状況を、生々しく伝えている。

見捨てられた姫君の遺骸と、それから毛髪をむしりとる白髪の老婆、さらに二人から着物をはぎとる泥棒《どろぼう》志願の男。優雅に見える王朝政治の暗部があばきだされて、どんな歴史の教科書よりも強いインパクトを与える。

この話に取材して、芥川龍之介《あくたがわりゅうのすけ》は傑作『羅生門《らしょうもん》』を書いた。そこでは男の屈折した心理が細密に解剖されているが、『今昔物語集』は、彼が老婆の懇願を無視して、奪い取った品物を淡々と書き並べるだけである。まるで取り調べの調書のような無味乾燥が、かえって不気味なほど迫真力を感じさせる。

ところで、黒沢明《くろさわあきら》監督にグランプリ映画作品『羅生門』があるが、これは『今昔物語集』の本話や芥川龍之介の『羅生門』とは別のものだ。ただプロローグとエピローグの舞台として、この羅城門が使用されている。

★羅城門《らじょうもん》――平安京の正門

「羅城門」とは、都を囲む城壁の門の意。羅城門は平安京全体の正門にあたり、朱雀大路《すざくおおじ》の南端に建てられた。現在「らじょうもん」と読むが、当時は「ら(い)せいもん」「らしょうもん」と言った。そこで、中世以後「羅生門」とも書くようになった。

その構造は、南北約八メートル、東西約三十二メートルの二重の楼門で、楼上に外敵を退散させる毘沙門天《びしゃもんてん》像を安置した。

はやくから荒廃して、鬼がすむなどの評判があった。都のメーンストリートの南端とはいっても、実際には野原にぽつんとそびえ立つような状況であった。

〈羅城門（復元模型）〉

この話は当時の都の実態をも伝えている。たびたび倒壊と再建を繰り返したが、九八〇（天元三）年に大風で倒れて以来は、そのまま放置されたらしい。

現在、京都駅西南にある東寺《とうじ》の西側の児童公園に、「羅城門遺址《いし》」の碑が建っている。

◆名刀《めいとう》と交換《こうかん》した弓矢《ゆみや》でおどされ、妻《つま》を犯《おか》された夫《おっと》

妻《め》を具《ぐ》して丹波国《たんばのくに》に行《ゆ》きたる男《をとこ》、大江山《おほえやま》に於《お》いて縛《しば》られし語《こと》（巻第二十九第二十三話）

****

京育《きょうそだ》ちの男《おとこ》が、妻《つま》の実家《じっか》のある丹波《たんば》（京都府《きょうとふ》）に二人《ふたり》で出《で》かけた。妻《つま》を馬《うま》に乗《の》せ、自分《じぶん》は弓《ゆみ》を持《も》ち、矢十本入《やじっぽんい》りの箙《えびら》を背負《せお》って、馬《うま》を引《ひ》いた。途中《とちゅう》、大江山《おおえやま》（京都市西京区《きょうとしにしきょうく》の大枝山《おおえやま》）のあたりで、体格《たいかく》のいい若《わか》い男《おとこ》と出会《であ》い、道連《みちづ》れとなった。男《おとこ》は太刀《たち》を帯《お》びていた。

夫《おっと》と男《おとこ》は、歩《ある》きながら話《はなし》を交《か》わした。会話《かいわ》の中《なか》で、若《わか》い男《おとこ》が、自分《じぶん》の持《も》っている太刀《たち》は陸奥《むつ》伝来《でんらい》の名刀《めいとう》だ、と見《み》せびらかした。夫《おっと》はその太刀《たち》に魅《み》せられてしまった。男《おとこ》は、太刀《たち》と弓《ゆみ》を交換《こうかん》しないか、と持《も》ちかけた。夫《おっと》は、自分《じぶん》の弓《ゆみ》はたいした値打《ねう》ちはないが、相手《あいて》の太刀《たち》は逸品《いっぴん》だから、もうけものだ、と大喜《おおよろこ》びで交換《こうかん》した。

そのうちに男《おとこ》は、弓《ゆみ》だけじゃ体裁《ていさい》が悪《わる》いので、矢《や》を二本貸《にほんか》してほしい、どうせいっしょの旅《たび》だから、どちらが持《も》とうと同《おな》じことだ、とこじつけて矢《や》を借《か》りた。

夫《おっと》は、上等《じょうとう》の太刀《たち》を手《て》に入《い》れた喜《よろこ》びもあって、男《おとこ》の言《い》うままに矢《や》を貸《か》した。妻《つま》

****

を乗《の》せた馬《うま》を引《ひ》く夫《おっと》は、名刀《めいとう》を帯《お》び、矢《や》八本入《はっぽんい》りの箙《えびら》を背負《せお》ったが、弓《ゆみ》はない。男《おとこ》は、太刀《たち》の代《か》わりに弓《ゆみ》と矢二本《やにほん》を手《て》にして、後《うし》ろからついてきた。

そのうち、昼《ひる》めし時《どき》になったので、三人《さんにん》は道《みち》ばたの茂《しげ》みに入《はい》っていった。すると、若《わか》い男《おとこ》が、「人《ひと》の通《とお》る道《みち》の近《ちか》くじゃあ、落《お》ちつかない。もう少《すこ》し奥《おく》へ入《はい》りましょうや」と誘《さそ》ったので、言《い》われるままに、夫婦《ふうふ》も茂《しげ》みの奥深《おくふか》くへ入《はい》っていった。

やがて、夫《おっと》が妻《つま》を馬《うま》から抱《だ》き下《お》ろしている、そのすきに、弓《ゆみ》を持《も》った男《おとこ》は、突然《とつぜん》、矢《や》をつがえると、夫《おっと》にねらいをつけて十分《じゅうぶん》に引《ひ》きしぼり、「きさま、動《うご》いたら射殺《しゃさつ》してやるぞ」とすごんだ。夫《おっと》のほうは、こんな事態《じたい》をまったく予測《よそく》していなかったので、突然《とつぜん》の変事《へんじ》に、ただぼうぜんと立《た》ちすくんでいた。

「山《やま》の奥《おく》へもっと入《はい》れ」とおどされたので、命《いのち》

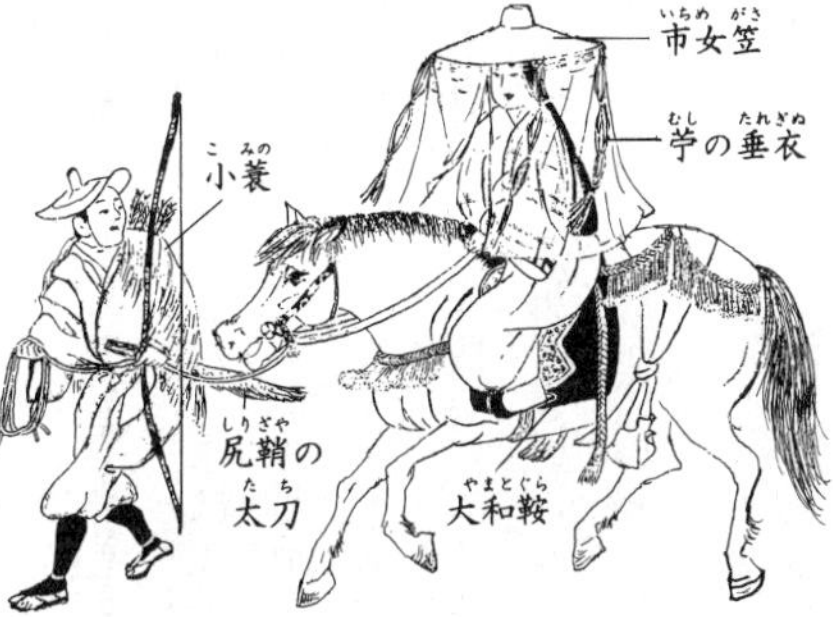

＊＊＊＊

が惜《お》しい夫《おっと》は妻《つま》といっしょに、約七《やくしち》、八百《はっぴゃく》メートルほど奥《おく》に進《すす》んだ。そこで、「太刀《たち》・小刀《しょうとう》を捨《す》てろ」と命《めい》じられたので、刀《かたな》を投《な》げ捨《す》てると、男《おとこ》は駆《か》け寄《よ》り、夫《おっと》を取《と》りおさえて、馬《うま》の手綱《たづな》で、立《た》ち木《き》にぎっちりと縛《しば》りつけた。

そうして、あらためて女《おんな》に近《ちか》づき、じっくりと眺《なが》めまわした。年《とし》は二十《はた》歳《ち》ほど、身分《みぶん》は低《ひく》そうだが、色気《いろけ》たっぷりの美人《びじん》だ。男《おとこ》は、すっかり頭《あたま》に血《ち》がのぼり、何《なに》もかも忘《わす》れて、女《おんな》の着物《きもの》をはぎとりにかかった。

女《おんな》は、抵抗《ていこう》する手段《しゅだん》もないので、言《い》われるとおりに着物《きもの》を脱《ぬ》いだ。男《おとこ》も着物《きもの》を脱《ぬ》ぎ、女《おんな》をかき抱《いだ》いて交《まじ》わった。妻《つま》が無抵抗《むていこう》のまま男《おとこ》の言《い》いなりになるさまを、夫《おっと》は木《き》にくくりつけられたまま見《み》ていたわけだが、いったいどんな思《おも》いだったろうか。

やがて、男《おとこ》は起《お》きあがり、もとどおり着物《きもの》を着《き》ると、箙《えびら》(矢《や》をいれる武《ぶ》具《ぐ》)を背負《せお》い、太刀《たち》を取《と》って腰《こし》に帯《お》び、弓《ゆみ》を手《て》にして馬《うま》にまたがり、女《おんな》に向《む》かってこう言《い》い放《はな》った。

＊＊＊＊

「かわいそうだが、どうしようもない。おまえさんは置《お》いて行《ゆ》くよ。けど、おまえさんに免《めん》じて、だんなを殺《ころ》さないことにしたんだ。馬《うま》は、はやく逃《に》げるのに必要《ひつよう》だから、もらっていくぞ」と言《い》い終《お》わるや、全速力《ぜんそくりょく》で馬《うま》を走《はし》らせ、去《さ》っていった。どこへ向《む》かったのか、わからない。

男《おとこ》が去《さ》った後《のち》、妻《つま》は夫《おっと》の縄《なわ》を解《と》いてやったが、夫《おっと》は、われを忘《わす》れたふぬけづらをしている。女《おんな》は、「あんたっていう人《ひと》は、なんて頼《たよ》りないの。この先《さき》こんな調子《ちょうし》じゃ、ろくなことがないわ」と怒《いか》りをぶつけた。夫《おっと》のほうは返《かえ》す言葉《ことば》もなく、ふたたび妻《つま》を連《つ》れて丹波《たんば》へと向《む》かったのだった。

あの若《わか》い男《おとこ》はたいしたものだ。女《おんな》の着物《きもの》を奪《うば》い取《と》らなかったのだから。それに比《くら》べて、この夫《おっと》はなんともふがいない。山《やま》の中《なか》で、初対面《しょたいめん》の男《おとこ》に弓《ゆみ》矢《や》を渡《わた》すなんて、愚《ぐ》の骨頂《こっちょう》である。男《おとこ》の正体《しょうたい》はついにわからずじまいだった、と語《かた》り伝《つた》えているとか。

❖さて女《をんな》のもとに寄《よ》り来《き》て見《み》るに、年二十余《としはたちあま》りばかりの女《をんな》の、下衆《げす》なれども愛敬《あいぎやう》づきていと清《きよ》げなり。男《をとこ》これを見《み》るに、心移《こころうつ》りにければ、さらに他《ほか》のこと思《おぼ》えで、女《をんな》の衣《きぬ》を解《と》けば、女《をんな》いなび得《う》べきやうなければ、言《い》ふに従《したが》ひて衣《きぬ》を解《と》きつ。しかれば、男《をとこ》も着物《きもの》を脱《ぬ》ぎて、女《をんな》をかきふせて二人臥《ふたりふ》す。女《をんな》いふかひなく、男《をとこ》の言《い》ふに従《したが》ひて、本《もと》の男縛《をとこしば》りつけられて見《み》けむに、いかばかり思《おも》ひけむ。

その後《のち》、男起《をとこお》き上《あ》がりて、もとのごとく物《もの》うち着《き》て、竹箙《たけえびら》かき負《お》ひて、太刀《たち》を取《と》りてひき帯《は》きて、弓《ゆみ》うち持《も》ちて、その馬《うま》に這《は》ひ乗《の》りて、女《をんな》に言《い》はく、「いとほしとは思《おも》へども、すべきやうなきことなれば去《い》ぬるなり。また、それに男《をとこ》をば免《ゆる》して殺《ころ》さずなりぬるぞ。馬《うま》をば、とく逃《に》げなむがために乗《の》りて行《ゆ》きぬるぞ」と言《い》ひて、馳《は》せ散《さん》じて行《ゆ》きにければ、行《ゆ》きにけむ方《かた》を知《し》らざりけり。

その後《のち》、女寄《をんなよ》りて、男《をとこ》をば解《と》き免《ゆる》してければ、男《をとこ》、我《われ》にもあらぬ顔《かほ》つきしてありければ、女《をんな》、「なんぢが心《こころ》いふかひなし。今日《けふ》より後《のち》も、この心《こころ》にてはさらに、はかばかしきことあらじ」と言《い》ひければ、夫《をつと》さらに言《い》ふことなくして、それよりなむ具《ぐ》して丹波《たんば》に行《ゆ》きにける。

今《いま》の男《をとこ》の心《こころ》、いと恥《は》づかし。男《をとこ》、女《をんな》の着物《きもの》を奪《うば》ひ取《と》らざりける。本《もと》の男《をとこ》の心《こころ》、いとはかなし。山《やま》の中《なか》にて、一目《ひとめ》も知《し》らぬ男《をとこ》に、弓矢《ゆみや》を取《と》らせけむこと、まことに愚《おろ》かなり。その男《をとこ》、つひに聞《き》こえで止《や》みにけり、となむ語《かた》り伝《つた》へたるとや。

✻芥川龍之介《あくたがわりゅうのすけ》の『藪《やぶ》の中』の原話である。黒沢明《くろさわあきら》監督の名作『羅生門《らしょうもん》』は、その『藪の中』を映画化したものだから、『今昔物語集』『藪の中』『羅生門』は三人兄弟の仲ということになる。

ただし、大きく違う点は、『今昔物語集』が夫の眼前で犯される場面を、たった一文で書き流したのに対して、『藪の中』と『羅生門』は三人の心理を詳細に分析してみせる。

夫と男の二人を評価する基準も、『今昔物語集』の場合、現代人の道徳観とは反対の印象を与える。女の着物を奪わず夫の命を助けたといって、男をほめる。逆に、すきだらけの愚か者、と夫をこきおろす。犯罪につながる行為かどうかよりも、男子たるものの本分を尽くしたかどうかが問題なのだ。そこには、きめ細やかな心の葛藤《かっとう》よりも、その場にふさわしい行動を重んずる視点がある。

◆部下《ぶか》に公文書《こうぶんしょ》を偽造《ぎぞう》させ、殺害《さつがい》した極悪非道《ごくあくひどう》の上司《じょうし》

日向守《ひうがのかみ》□書生《しよしやう》を殺《ころ》しし語《こと》（巻第二十九第二十六話）

今《いま》は昔《むかし》、日向《ひゆうが》の国《くに》（宮崎県《みやざきけん》）に何《なに》とかいう長官《ちょうかん》が赴任《ふにん》していた。任期《にんき》が終《お》わったので、新任《しんにん》の長官《ちょうかん》と交替《こうたい》するのを待《ま》つ間《あいだ》に、書記《しょき》たちに命《めい》じて、事務《じむ》引《ひ》き継《つ》ぎの書類《しょるい》を整理《せいり》・作成《さくせい》させていた。

そのなかで事務《じむ》能力《のうりょく》にすぐれた達筆《たっぴつ》な書記《しょき》を一人《ひとり》選《えら》んで、別室《べっしつ》にかんづめにし、不正《ふせい》のばれる書類《しょるい》を書《か》き換《か》えさせていた。

書記《しょき》は思《おも》った。このように公文書《こうぶんしょ》を偽造《ぎぞう》させたからには、新任《しんにん》の長官《ちょうかん》に事実《じじつ》を暴露《ばくろ》するだろうと、長官《ちょうかん》は自分《じぶん》を疑《うたが》っているはずだ。もともと冷酷《れいこく》な性格《せいかく》だから、きっと自分《じぶん》を消《け》しにかかるだろう、そうなったら大変《たいへん》だ。なんとかして逃《に》げ出《だ》そう、と決意《けつい》した。

ところが、強《つよ》そうな男《おとこ》を四《し》、五人《ごにん》つけて、昼《ひる》も夜《よる》も書記《しょき》を監視《かんし》させたの

で、まったく逃亡《とうぼう》の機会《きかい》はなかった。

こうして書類《しょるい》の偽造《ぎぞう》が二十日《はつか》ほど続《つづ》いて、引《ひ》き継《つ》ぎ文書《ぶんしょ》は完成《かんせい》した。長官《ちょうかん》は、「一人《ひとり》で大量《たいりょう》の文書《ぶんしょ》を作成《さくせい》してくれて、じつにありがたい。わしが帰京《ききょう》しても、わしとの縁《えん》を忘《わす》れないでくれ」などともちあげて、たくさんの絹織物《きぬおりもの》を特別《とくべつ》手当《あて》として与《あた》えた。

だが、書記《しょき》はとてももらう気《き》になれず、恐怖《きょうふ》で胸《むね》が波打《なみう》っていた。特別《とくべつ》手当《てあて》を受《う》け取《と》って、部屋《へや》を出《で》ようとした時《とき》、長官《ちょうかん》は腹心《ふくしん》の部下《ぶか》を呼《よ》び、長《なが》いこと密談《みつだん》をした。これを見《み》た書記《しょき》は、心臓《しんぞう》が破裂《はれつ》しそうになった。

密談《みつだん》を終《お》えた部下《ぶか》は、部屋《へや》を出《で》る時《とき》に、「そこの書記殿《しょきどの》、こちらへどうぞ。内密《ないみつ》にお話《はなし》したいことがある」と声《こえ》をかけてきた。書記《しょき》は、いやな気《き》分《ぶん》だが、そばに行《い》って話《はなし》を聞《き》こうとした。そのとたん、二人《ふたり》の男《おとこ》に取《と》り押《お》さえられた。

部下《ぶか》は武装《ぶそう》し、弓《ゆみ》に矢《や》をつがえて立《た》っていた。そこで、書記《しょき》は、「いったい、どうなさるつもりですか」と聞《き》いた。部下《ぶか》は、「あなたにはたいへん気《き》の毒《どく》だが、長官《ちょうかん》の命令《めいれい》とあれば、拒否《きょひ》できないのでねえ」と言葉《ことば》を濁《にご》した。書記《しょき》が、「なるほど、わかりました。では、どこでわたしを殺《ころ》すおつもりか」と聞《き》くと、部下《ぶか》は、「人目《ひとめ》につかない適当《てきとう》な場所《ばしょ》を選《えら》んで、こっそりやるつもりだ」と答《こた》えた。（下略）

❖今《いま》は昔《むかし》、日向守《ひうがのかみ》□の□と言《い》ひける者《もの》ありけり。国《くに》にありて任果《にんは》てにければ、新司《しんし》を待《ま》ちけるほど、国《くに》の渡《わた》すべき文書《もんじょ》ども構《かま》へ書《か》かせける間《あひだ》に、書生《しょしやう》の中《なか》にいみじくわきまへ賢《さか》しくて、手《て》よく書《か》きける者一人《ものひとり》を呼《よ》びこめて、旧《ふる》き事《こと》をば直《なほ》しなどして書《か》かせけるに、この書生《しょしやう》の思《おも》ひけるやう、かかる構《かま》へたる事《こと》どもを書《か》かせては、新司《しんし》にや語《かた》りやせむずらむ、と守《かみ》は疑《うたが》はしからむかし、けしからぬ心《こころ》ばへありぬれば、定《さだ》めて悪《あ》しき事《こと》もこそあれと思《おぼ》えければ、いかで逃《に》げなむと思《おも》ふ心付《こころつ》きにけれども、強《つよ》げなる者《もの》を四《し》、五人付《ごにんつ》けて、夜昼護《よるひるまも》らせければ、あからさまに立《た》ち出《い》づべきやうもなかりけり。

かく書《か》きゐたる間《あひだ》、二十日《はつか》ばかりにもなりにければ、文《ふみ》どもみな書《か》きしたためてけり。そのときに、守《かみ》の言《い》はく、「一人《ひとり》して多《おほ》くの文《ふみ》をかく書《か》きつること、いとうれしきことなり。京《きやう》に上《のぼ》りぬとも我《われ》を頼《たの》みて忘《わす》れであれ」など言《い》ひて、絹《きぬ》四疋《ひき》をなむ禄《ろく》に取《と》らせたりける。

しかれども、書生《しよしやう》、禄《ろく》得《う》る空《そら》もなく、心《こころ》は騒《さわ》ぎてぞありける。禄《ろく》を得《え》て立《た》たむとするほどに、守《かみ》、親《した》しく仕《つか》へける郎等《らうどう》を呼《よ》びて、私語《ささめごと》を久《ひさ》しくしければ、書生《しよしやう》これを見《み》るに、胸《むね》□れて静心《しづごころ》おぼえず。

郎等《らうどう》、私語《ささめごと》はてて出《い》でて行《ゆ》くとて、「かの書生《しよしやう》の主《ぬし》おはせ。忍《しの》びたる所《ところ》にて物申《ものまう》さむ」と呼《よ》び放《はな》ちければ、書生《しよしやう》、我《われ》にもあらで寄《よ》りて聞《き》かむとするに、忽《たちま》ちに人二《ひとふた》人《り》をもつて書生《しよしやう》を引《ひ》き張《は》らせつ。

郎等《らうどう》は調度《でうど》を負《お》ひて矢《や》をさしつがひて立《た》ちければ、書生《しよしやう》、「こはいかにせさせ給《たま》ふぞ」と問《と》ひければ、郎等《らうどう》、「いみじくいとほしくは思《おも》ひ奉《たてまつ》れども、主《あるじ》の仰《おほ》せなれば、いなび申《まう》し難《がた》くてなむ」と言《い》へば、書生《しよしやう》、「さにこそは候《さうら》ふなれ。ただし、いづこにてか殺《ころ》させ給《たま》はむずる」と問《と》へば、郎等《らうどう》、「しかるべからむ隠《かく》れにゐて行《ゆ》きて、忍《しの》びやかにこそは」と言《い》へば、（下略）

＊＊＊＊＊＊＊＊＊

もはやこれまでと、あきらめた書記《しょき》は、この部下《ぶか》とは、長年《ながねん》、長官《ちょうかん》のもとでいっしょに働《はたら》いてきた仲《なか》なので、最後《さいご》の望《のぞ》みを聞《き》いてもらうことにした。

書記《しょき》には、八十歳《はちじっさい》の老母《ろうぼ》と十歳《じっさい》ほどの子《こ》どもと妻《つま》がいた。死《し》ぬ前《まえ》に、家族《かぞく》の顔《かお》をひと目《め》見《み》たいと願《ねが》い出《で》た。

部下《ぶか》は、希望《きぼう》を受《う》け入《い》れ、書記《しょき》を馬《うま》に乗《の》せると、病人《びょうにん》を運《はこ》ぶようによそおって、書記《しょき》の家《いえ》に向《む》かった。

＊＊＊＊＊＊＊＊＊

さて、書記《しょき》は、自分《じぶん》の家《いえ》の前《まえ》を連行《れんこう》されて通《とお》りかかったとき、一行《いっこう》の者《もの》に中《なか》に入《はい》ってもらい、母親《ははおや》に、これこれしかじかと事情《じじょう》を伝《つた》えた。

すると、母親《ははおや》は、人《ひと》に寄《よ》りすがって、門《もん》の前《まえ》まで出《で》てきた。見《み》れば、髪《かみ》は灯心《とうしみ》（イグサの白《しろ》い芯《しん》）をのせたように白《しろ》く、よぼよぼの老婆《ろうば》である。子《こ》どもは十歳《じっさい》ほどで、妻《つま》が抱《だ》いて出《で》てきた。書記《しょき》は馬《うま》を止《と》めて、老母《ろうぼ》をそばに呼《よ》んでこう言《い》った。

「わたしは、少《すこ》しもまちがったことをしていません。しかし、前世《ぜんせ》からの宿命《しゅくめい》で、命《いのち》をささげることになりました。あんまり嘆《なげ》かないでください。この子《こ》については、よそにもらわれても、ちゃんとやっていけるでしょう。ただ、母《かあ》さんがどうなるだろうと思《おも》うと、殺《ころ》されるつらさよりも、もっとつらく悲《かな》しい。さあ、もう家《いえ》に入《はい》ってください。今一度《いまいちど》、顔《かお》を見《み》ておきたいと思《おも》って、やってきたのです」

書記《しょき》の言葉《ことば》を聞《き》いて、部下《ぶか》たちは泣《な》いた。馬《うま》を引《ひ》いている者《もの》たちも泣《な》いた。母親《ははおや》は、息子《むすこ》の話《はなし》を聞《き》いて、気《き》が動転《どうてん》して意識《いしき》を失《うしな》ってしまった。

しかし、部下《ぶか》たちは、いつまでもこうしているわけにはいかない。「長話《ながばなし》はおしまいだ」とせかして、書記《しょき》を引《ひ》っ立《た》てて行《い》った。そうして、栗《くり》

『考訂　今昔物語』

林《ばやし》の中《なか》に連《つ》れ込《こ》んで射殺《いころ》し、首《くび》を取《と》って帰《かえ》って行《い》った。

この事件《じけん》を思《おも》うに、この長官《ちょうかん》はどんな罪《つみ》に当《あ》たったのだろうか。公文書《こうぶんしょ》を偽造《ぎぞう》させるだけでも重罪《じゅうざい》である。まして、この場合《ばあい》、文書《ぶんしょ》を作《つく》った書記《しょき》には何《なん》の罪《つみ》もないのに、殺害《さつがい》するなど、罪深《つみぶか》さは思《おも》いやられる。

これは、重《おも》い盗犯《とうぼん》と変《か》わらない大罪《だいざい》だ、と事件《じけん》を聞《き》く人々《ひとびと》は長官《ちょうかん》を憎《にく》んだ、と語《かた》り伝《つた》えているとか。


❖さて、家《いへ》の前《まへ》をゐて渡《わた》るほどに、書生《しよしやう》、人《ひと》を入《い》れて母《はは》に、しかしかと言《い》ひやりたりければ、母《はは》、人《ひと》にかかりて門《かど》の前《まへ》に出《い》で来《き》たり。まことに見《み》れば、髪《かみ》は灯心《とうしみ》を戴《いただ》きたるやうにて、ゆゆしげに老《お》いたる嫗《おうな》なりけり。子《こ》の童《わらは》は十歳《じつさい》ばかりなるを、妻《め》なむ抱《いだ》きて出《い》で来《き》たりける。馬《うま》を留《とど》めて、近《ちか》く呼《よ》び寄《よ》せて、母《はは》に言《い》はく、

「つゆあやまちたる事《こと》もなけれども、前《さき》の世《よ》の宿世《すくせ》にて、すでに命《いのち》を召《め》しつ。いたく嘆《なげ》き給《たま》はでおはしませ。この童《わらは》に至《いた》りては、おのづから人《ひと》の子《こ》になりてもありなむ。嫗《おうな》どもいかにし給《たま》はむずらむと思《おも》ふなむ、殺《ころ》さるる堪《た》へがたさよりもまさりて

悲《かな》しき。今《いま》は早《はや》う入《い》り給《たま》ひね。今一度《いまいちど》御顔《おほんかほ》を見奉《みたてまつ》らむとて参《まゐ》りつるなり」と言《い》ひけるを、この郎等《らうどう》聞《き》きて泣《な》きけり。馬《うま》の口《くち》に付《つ》きたる者《もの》ども泣《な》きにけり。母《はは》はこれを聞《き》きて、まどひけるほどに死《し》に入《い》りたりけり。

しかる間《あひだ》、郎等《らうどう》かくてあるべきことにあらねば、「長《なが》ごとな言《い》ひそ」と言《い》ひて、引《ひ》きもて行《ゆ》きぬ。かくて、栗林《くりばやし》のありける中《なか》にゐて入《い》りて、射殺《いころ》して頸取《くびと》りて帰《かへ》りにけり。

これを思《おも》ふに、日向守《ひうがのかみ》、いかなる罪《つみ》を得《え》けむ。詐《いつは》り文《ぶみ》を書《か》かするそら、なほし罪《つみ》深《ふか》し。いはむや、書《か》きたる者《もの》を咎《とが》無くして殺《ころ》さむ、思《おも》ひやるべし。これ重《おも》き盗犯《たうぼん》に異《こと》ならずとぞ、聞《き》く人悪《ひとにく》みける、となむ語《かた》り伝《つた》へたるとや。

✽『今昔物語集』の中でも、これほどおぞましく暗い話はない。たしかに殺人や強欲の話題は多いが、どこかに笑いをしのばせて、救いがあった。だが、ここに登場する地方長官は、人情のかけらさえもない冷血漢だ。まるで映画やテレビのドラマに出てくる悪徳政治家を地で行くようだ。

平安王朝というと優雅な生活を想像しがちだが、それを享受《きょうじゅ》できるのは貴族社会の中のひと握りの上級貴族だけである。中・下級貴族はいつも貧窮に悩まされていた。それというのも、中央省庁の高官連中が利権を独占するからである。だから中間管理職にある者たちは、不平不満の渦《うず》の中で暮らしていた。政界・官界の腐敗を告発する文書は、千年も前から政府に提出されている。今も昔も、こうした世界の構造は変わっていない。

ところで、書記を買収するのにたくさんの絹織物（原文では絹四疋《しひき》）を与えているが、今の金額にしていかほどだろうか。品質によって価格の差が大きく、算定はむずかしいが、仮に白絹一反《いったん》を五万円と見積もると、一疋は二反だから、四疋は四十万円となる。当時は貨幣以上に絹織物の価値は高かったので、今ふうに言えば百万円の札束で貧乏書記の横面を張ったといったところか。月給の何倍にもあたる臨時収入だが、命と引き換えではやはり安すぎる。

本話の泣かせどころは、殺される書記が今生《こんじょう》の別れをするために家族を訪ねる場面である。書記も老母・妻子も、連行する部下たちもみな涙にくれる。書記を殺す部下は、もらい泣きしながらも上司の命令どおり書記を殺すのだが、そのあっけらかんとした二面性に慄然《りつぜん》とする。平凡な小市民が何の罪悪感もなく大罪を犯す姿が重なるからだ。

★官界の腐敗・堕落を告発する

いつの時代も変わらない役人の醜聞を暴露して、社会に告発する意図をこめた話を紹介しよう。

ひとつは、不起訴処分になるくらいの微罪を、自分の体面を守るために死刑にした国守（地方長官）の話。巻第二十九第十話。

――大飢饉《ききん》に襲われた年のこと、その国の食糧倉庫に、こそ泥《どろ》が忍びこんだ。あまりの空腹にたえかねたのだった。

さて、倉庫の屋根に穴をあけて飛び降りたまではよかったが、中に食糧はなく、空っぽだった。空腹のために外に出る力もない。扉をたたいて事情を打ち明け、役人に出してもらった。

見ると、こそ泥は、四十がらみの容姿も身なりもきちんとした男で、真っ青になって出てきた。部下たちは男に同情して、微罪放免を主張した。だが、国の長官は、男を極刑のはりつけに処した。情に流されたという評判、ただそれだけを恐れたのである。――

「苛政《かせい》は虎《とら》よりも猛《もう》なるなり」の見本であろう。

もうひとつは、巻第二十九第十五話。こちらは、検非違使《けびいし》、今ふうにいえば警視庁幹部の業務上横領《おうりょう》といったところだ。——窃盗犯の逮捕が終わったのに、この警察幹部は犯人の家に入っていった。

出てきた彼の袴《はかま》の裾《すそ》が、異常にふくらんでいる。同僚が怪しんで、袴を脱がせるために、水浴びを計画した。

すると、いやいや脱がされた彼の袴から、高価な白糸の紙包みがばらばらと落ちてきた。真っ青になった彼は、すごすごと家路についた。現場にいた前科者の従者たちは、おれたちよりも恥だ、と嘲《あざけ》り笑い合った。——

あきれはてた警察官である。

◈天下《てんか》の色事師《いろごとし》を焦《こ》がれ死《じ》にさせた氷《こおり》のような美女《びじょ》

平定文《たひらのさだふん》、本院《ほんゐん》の侍従《じじゅう》に懸想《けさう》せし語《こと》（巻第三十第一話）

今《いま》は昔《むかし》、皇居《こうきょ》を警備《けいび》する役所《やくしょ》に平定文《たいらのさだふん》という次官《じかん》がいた。みんなからは平中《へいじゅう》と呼《よ》ばれていた。家柄《いえがら》もよく、美男子《びなんし》で、かっこいい男性《だんせい》だった。そのうえ、人《ひと》あたりも柔《やわ》らかく、会話《かいわ》もセンスあふれていたので、当時《とうじ》、貴族界《ぞくかい》きっての色事師《いろごとし》だった。こんな男《おとこ》だったから、既婚《きこん》・未婚《みこん》を問《と》わず、まして宮中《きゅうちゅう》に勤《つと》める女性《じょせい》で、彼《かれ》に言《い》い寄《よ》られないものは一人《ひとり》もなかった。

さて、そのころ、本院《ほんいん》の大臣《おとど》（藤原時平《ふじわらのときひら》）という時《とき》の権力者《けんりょくしゃ》の御殿《ごてん》に、侍従《じじゅう》の君《きみ》という若《わか》い女房《にょうぼう》が勤《つと》めていた。美人《びじん》で、かっこよく、とてもセンスがよかった。

平中《へいじゅう》は、この本院《ほんいん》の大臣《おとど》の屋敷《やしき》に出入《でい》りしていたので、侍従《じじゅう》のすばらしい評判《ひょうばん》を聞《き》きつけて、長《なが》い間《あいだ》、無我夢中《むがむちゅう》になって、恋《こい》をしかけた。けれども、侍従《じじゅう》は、ラブレターの返事《へんじ》さえくれなかった。平中《へいじゅう》もさすがに落《お》ちこんでしまい、「せめて、手紙《てがみ》を『見《み》た』という二文字《ふたもじ》だけでけっこうですから、返事《へんじ》をください」と、くどくどと、泣《な》かんばかりの調子《ちょうし》で、あわれっぽい手紙《てがみ》を書《か》き送《おく》った。

使《つか》いの者《もの》が返事《へんじ》をもって帰《かえ》ると、平中《へいじゅう》は、あわてふためき物《もの》にぶつかりながら飛《と》び出《だ》してきて、急《いそ》いで返事《へんじ》を受《う》け取《と》った。見《み》れば、なんと、自分《じぶん》が、『見《み》た』という二文字《ふたもじ》だけでけっこうですから、返事《へんじ》をください」と書《か》いてやった、その手紙《てがみ》の「見《み》た」という二文字《ふたもじ》を破《やぶ》り取《と》って、薄様《うすよう》の便《びん》箋《せん》にはりつけて寄《よ》こしたのだった。

❖今《いま》は昔《むかし》、兵衛佐《ひやうゑのすけ》 平定文《たひらのさだふん》といふ人《ひと》ありけり。字《あざな》をば平中《へいぢゆう》となむいひける。品《しな》も賤《いや》しからず、形《かたち》・ありさまもうつくしかりけり。気配《けはひ》なむども物言《ものい》ひもをかしかりければ、そのころ、この平中《へいぢゆう》にすぐれたる者《もの》、世《よ》になかりけり。かかる者《もの》なれば、人《ひと》の妻《め》・娘《むすめ》、いかにいはむや宮仕《みやづか》へ人《びと》は、この平中《へいぢゆう》に物言《ものい》はれぬはなくぞありける。

しかる間《あひだ》、そのときに本院《ほんゐん》の大臣《おとど》と申《まう》す人《ひと》おはしけり。その家《いへ》に侍従《じじゆう》の君《きみ》と言《い》ふ若《わか》き女房《にようばう》ありけり。形《かたち》・ありさまめでたくて、心《こころ》ばへをかしき宮仕《みやづか》へ人《びと》にてなむありける。

平中《へいぢゆう》、かの本院《ほんゐん》の大臣《おとど》の御《おほん》もとに常《つね》に行《ゆ》き通《かよ》ひければ、この侍従《じじゆう》がめでたきありさまを聞《き》きて、年《とし》ごろえもいはず身《み》にかへて懸想《けさう》しけるを、侍従《じじゆう》、消息《せうそく》の返事《かへりこと》をだにせざりければ、平中《へいぢゆう》、嘆《なげ》きわびて消息《せうそく》を書《か》きてやりたりけるに、「ただ、『見《み》つ』とばかりの二文字《ふたもじ》をだに見《み》せ給《たま》へ」と、くり返《かへ》し泣《な》く泣《な》くと言《い》ふばかりに書《か》きてやりたりける。

使《つかひ》の返事《かへりこと》を持《も》ちて帰《かへ》り来《き》たりければ、平中《へいぢゆう》、物《もの》に当《あ》たりて出《い》で会《あ》ひて、その返事《かへりこと》を急《いそ》ぎ取《と》りて見《み》ければ、我《わ》が消息《せうそく》に、「『見《み》つ』といふ二文字《ふたもじ》をだに見《み》せ給《たま》へ」と書《か》きてやりたりつる、その「見《み》つ」といふ二文字《ふたもじ》を破《やぶ》りて、薄様《うすやう》に押《お》しつけておこせたるなりけり。

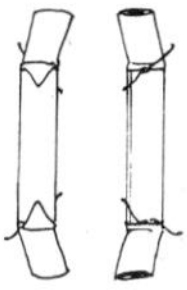

立て文

結び文

＊＊＊＊＊＊＊＊＊＊＊＊＊＊＊＊＊＊＊＊＊＊＊＊＊＊

平中《へいじゅう》の無念《むねん》さは晴《は》らしようがない。が、こうまで軽《かる》くあしらわれて、黙《だま》って引《ひ》き下《さ》がっては、貴族界《きぞくかい》のスターのめんつが丸《まる》つぶれだ。平中《へいじゅう》は次《つぎ》なる手段《しゅだん》に訴《うった》えた。

五月雨《さみだれ》の降《ふ》り続《つづ》く暗《くら》いさびしい夜《よる》を選《えら》んで、こんな夜《よる》に訪《おとず》れたならば、冷《つめ》たい女心《おんなごころ》もきっとわが熱意《ねつい》にとかされるはずだ。そう計算《けいさん》して、平中《へいじゅう》は侍従《じじゅう》のもとに忍《しの》んで行《い》った。

暗《くら》い戸口《とぐち》で待《ま》たされること約《やく》二時間《にじかん》、そっと鍵《かぎ》がはずされたので、なかに入《はい》ると、なんとも言《い》えない芳香《ほうこう》が部屋中《へやじゅう》に満《み》ちていた。暗闇《くらやみ》のなかを手探《てさぐ》りで近《ちか》づき、体《からだ》にふれると、髪《かみ》は氷《こおり》のように冷《つめ》たい感触《かんしょく》だった。やっとものにできると思《おも》うと、がらにもなく、平中《へいじゅう》は興奮《こうふん》して体《からだ》にふるえがきた。口《くち》もきけないでいると、侍従《じじゅう》は、中仕切《なかじき》りのふすまの鍵《かぎ》を掛《か》け忘《わす》れた、と言《い》って下着《したぎ》のまま出《で》ていった。平《へい》中《じゅう》は何《なん》の不審《ふしん》も抱《いだ》かなかった。

じっと平中《へいじゅう》は寝床《ねどこ》の中《なか》で待《ま》っていた。だが、あまりに遅《おそ》い。そこで、起《お》きて確《たし》かめに行《い》った。見《み》ると、鍵《かぎ》はこちら側《がわ》ではなく、向《む》こう側《がわ》から掛《か》けられている。侍従《じじゅう》は平中《へいじゅう》を置《お》き去《ざ》りにしたまま、消《き》えたのだった。ぼうぜんと立《た》ちつくす平《へい》中《じゅう》の目《め》に、今《いま》や、外《そと》の五月雨《さみだれ》におとらぬ涙雨《なみだあめ》があふれ出《で》た。

＊＊＊＊＊＊＊＊＊＊＊＊＊＊＊＊＊＊＊＊＊＊＊＊＊＊

＊＊＊＊＊＊＊＊＊＊＊＊＊＊＊＊＊

あまりのしうちに、かっとなり、このまま部屋《へや》にいて二人《ふたり》の関係《かんけい》を明《あか》るみにさらし、恥《はじ》をかかせてやろうと思《おも》った。けれども、夜明《よあ》けが近《ちか》づき、人《ひと》の起《お》きる気《け》配《はい》がし始《はじ》めると、やっぱり体裁《ていさい》が悪《わる》いとあきらめて、そっと御殿《ごてん》を忍《しの》び出《で》た。

それでも、あきらめきれない平中《へいじゅう》は、とんでもない最終解決《さいしゅうかいけつ》の手段《しゅだん》を考《かんが》えついた。どれほどの美人《びじん》でも、便器《べんき》の中身《なかみ》は自分《じぶん》たちと変《か》わりないはずだ。よし、それなら、彼女《かのじょ》の便器《べんき》の中《なか》をのぞいたら、幻滅《げんめつ》して、恋《こい》の病《やまい》はふっとんでしまうだろう、と。

こうして、平中《へいじゅう》は、侍従《じじゅう》の便器《べんき》を奪《うば》う機会《きかい》をねらい、とうとう便器《べんき》洗《あら》い役《やく》の娘《むすめ》から強引《ごういん》にひったくることができた。

＊＊＊＊＊＊＊＊＊＊＊＊＊＊＊＊＊

平中《へいじゅう》がその便器《べんき》を見《み》ると、金漆《きんうるし》が塗《ぬ》ってある。みごとな装飾《そうしょく》で、開《あ》けるのに気《き》が引《ひ》けるほどだ。中身《なかみ》はいざ知《し》らず、便器《べんき》の美麗《びれい》さは、並《な》みの人間《にんげん》の所持《しょじ》する品《しな》ではない。中《なか》を開《あ》けて見《み》て失望《しつぼう》するのも、かわいそうな気《き》がして、しばらくそのまま見《み》とれていた。

が、「いつまでもこうしちゃいられない」と思《おも》い直《なお》して、おそるおそる便器《べんき》のふたを開《あ》けた。

すると、丁子《ちょうじ》（クローブ）の香《かお》りがぷうんとにおってきた。わけがわからず、ふしぎに思《おも》って、便器《べんき》の中《なか》をのぞくと、薄《うす》い黄色《きいろ》の水《みず》が半分《はんぶん》ほど入《はい》っている。

また、親指《おやゆび》ほどの大《おお》きさの黄黒《きぐろ》い色《いろ》をした二《に》、三寸《さんずん》（六《ろく》～九《きゅう》センチ）ほどのものが、三切《みき》れほど丸《まる》い固《かた》まりになって入《はい》っている。「たぶん、あれに違《ちが》いない」と思《おも》ったが、何《なん》とも言《い》えないほどいい香《かお》りがするので、その場《ば》にあった木《き》の切《き》れはしで突《つ》きさして取《と》り出《だ》し、鼻《はな》にあててかいでみた。それはなんともすばらしい黒方《くろぼう》（数種《すうしゅ》の香《こう》を練《ね》り合《あ》わせたもの）の香《かお》りだった。

まったく想像《そうぞう》もつかないやりくちに、「やはり並《な》みの女《おんな》ではなかったんだ」と納得《なっとく》したが、これを見《み》ているうちに、「なんとしても彼女《かのじょ》を自分《じぶん》のものにしなくては」という思《おも》いにとりつかれて、気《き》が狂《くる》ったようになった。

便器《べんき》を引《ひ》き寄《よ》せて、中《なか》の水《みず》を少《すこ》しすすってみると、丁子《ちょうじ》の香《かお》りが口《くち》いっぱいに広《ひろ》がった。あの木《き》の切《き》れはしに突《つ》きさした物《もの》の先《さき》っちょをちょっとなめてみると、ほろにがくて甘《あま》い。しかも、その香《かお》りのいいことはたとえようもなかった。

平中《へいじゅう》だって頭《あたま》の回転《かいてん》はよいから、すぐにぴんときて、「あの尿《にょう》に見《み》せかけたのは丁子《ちょうじ》を煮《に》た汁《しる》なんだ。もうひとつの物《もの》は、トコロ（ヤマイモの一種《いっしゅ》）と練《ね》った香《こう》とをアマズラ（甘味料《かんみりょう》の一種《いっしゅ》）で調合《ちょうごう》して、太《ふと》い筆《ふで》の軸《じく》につめて押《お》し出《だ》したんだ」と気《き》がついた。

考《かんが》えてみると、「このようなことは他《ほか》にもできる人間《にんげん》はいるだろう。しかし、相手《あいて》が便器《べんき》を奪《うば》って中《なか》をのぞくだろうとは、どうして予想《よそう》できようか。何《なに》もかもお見通《みとお》しのうえだったんだ。その心《こころ》くばりは、とてもこの世《よ》の人間《にんげん》とは思《おも》えない。何《なん》としても、この女《おんな》をものにしないでおくもんか」と、恋《こ》いこがれているうちに、恋《こい》わずらいの病気《びょうき》になってしまった。そうして、片思《かたおも》いにもだえ苦《くる》しんだあげくに、死《し》んでしまった。

❖平中《へいぢゆう》、その筥《はこ》を見《み》れば金《きん》の漆《うるし》を塗《ぬ》りたり。つつみ筥《ばこ》の体《てい》を見《み》るに、開《あ》けむこともいといとほしく思《おぼ》えて、内《うち》は知《し》らず、まづつつみ筥《ばこ》の体《てい》の人《ひと》のにも似《に》ねば、開《あ》けて見疎《みうと》まむこともいとほしくて、暫《しば》し開《あ》けでまもり居《ゐ》たれども、さりとてあらむやはと思《おも》ひて、おづおづ筥《はこ》の蓋《ふた》を開《あ》けたれば、丁子《ちやうじ》の香《か》いみじく早《はや》うかがゆ。

心《こころ》も得《え》ず怪《あや》しく思《おも》ひて、□筥《はこ》の内《うち》をのぞけば、薄香《うすかう》の色《いろ》したる水半《みづなか》ばばかり入《い》りたり。また大指《おほゆび》の大《おほ》きさばかりなる物《もの》の黄黒《きくろ》ばみたるが、長《なが》さ二《に》、三寸《さんずん》ばかりにて、三切《みき》ればかりうち丸《まろ》がれて入《い》りたり。思《おも》ふに、さにこそはあらめと思《おも》ひて見《み》るに、香《か》のえもいはずかうばしければ、木《き》の端《はし》のあるを取《と》りて、中《なか》を突《つ》き刺《さ》して鼻《はな》にあててかげば、えもいはずかうばしき黒方《くろばう》の香《か》にてあり。

すべて心《こころ》も及《およ》ばず、これは世《よ》の人《ひと》にはあらぬ者《もの》なりけりと思《おも》ひて、これを見《み》るにつけても、いかでこの人《ひと》に馴《な》れ睦《むつ》びむと思《おも》ふ心《こころ》、狂《くる》ふやうに付《つ》きぬ。筥《はこ》を引《ひ》き寄《よ》せ

〈丁子〉
フトモモ科の常緑高木。つぼみを乾燥させ香料とする。

て少《すこ》しひきすするに、丁子《ちやうじ》の香《か》に染《そ》みかへりたり。またこの木《き》に刺《さ》して取《と》り上《あ》げたる物《もの》を、先《さき》を少《すこ》しなめつれば、苦《にが》くして甘《あま》し。かうばしきこと限《かぎ》りなし。
平中《へいぢゆう》、心《こころ》とき者《もの》にて、これを心得《こころう》るやう、尿《ゆばり》とて入《い》れたる物《もの》は、丁子《ちやうじ》を煮《に》てその汁《しる》を入《い》れたるなりけり。今《いま》ひとつの物《もの》は、ところ・合《あ》はせ薫物《たきもの》をあまづらにひぢくりて、大《おほ》きなる筆柄《ふでづか》に入《い》れて、それより出《い》ださせたるなりけり。

これを思《おも》ふに、これは誰《たれ》もする者《もの》はありなむ、但《ただ》しこれをすさびして見《み》む物《もの》ぞと言《い》ふ心《こころ》はいかでか使《つか》はむ、されば、様々《さまざま》に極《きは》めたりける者《もの》の心《こころ》ばせかな、世《よ》の人《ひと》にはあらざりけり、いかでかこの人《ひと》に会《あ》はでは止《や》みなむ、と思《おも》ひ惑《まど》ひけるほどに、平《へい》中《ぢゆう》病《や》み付《つ》きにけり。さて悩《なや》みけるほどに死《し》にけり。

✽平中こと平定文は、在原業平《ありわらのなりひら》と並ぶ好色風流人である。業平に『伊勢物語《いせものがたり》』があるように、平中には『平中物語《へいちゆうものがたり》』という恋愛オムニバスがある。『伊勢物語』より内容は軽いが、娯楽性に富み、笑いの要素も多い。

当時、このドンファンをめぐる艶笑譚《えんしょうたん》は、平中好色譚として世間の人気を集めていた。この話もそのひとつで、平中は、笑いと涙の中で焦がれ死んでいく哀れな道化を演じている。

読者も、悲惨と滑稽《こっけい》の入り交じる本話を、すなおに楽しんでいただきたい。平中のみじめなピエロぶりに同情するのもよいが、彼を死に追いやった侍従の氷のように冷たい知性に拍手するのもまた、楽しいのではないだろうか。貴公子たちにもてあそばれて、泣き寝入りしていた婦女子の喝采《かっさい》を博しただろうと想像するのも楽しい。この侍従には、帝《みかど》の求婚を拒否した『竹取物語』のかぐや姫と、同じ血が流れているようだ。

ちなみに、芥川龍之介《あくたがわりゅうのすけ》は、本話をもとに短編『好色』を書いた。この中の平中像は、近代人の恋愛至上主義者として造型し直されているが、彼のフェティシズムやマゾッ気をていねいに描きこんである。

★自慢の若妻を上司に見せびらかして奪われた老人

若くて女好きの上司に、自分の若い妻を見せびらかしたばかりに、彼女を横取りされてしまったという、おかしくも哀れな老人の話。巻第二十二第八話。

——時の大臣は三十歳ほどの男盛りで、たいへんな女好きだった。その伯父に八十歳ほどの大納言《だいなごん》がいた。

ある日、大臣の耳に、伯父に二十歳の若妻がいて絶世の美女だという情報が入った。食指の動いた大臣は、年賀のあいさつに行くふりをして、若妻を見ることにした。大臣の訪問を喜んだ大納言は、大宴会を開いて、大はしゃぎする。しかも、酔った勢いで、引き出物に妻を献上しようと言い出した。その言質《げんち》をとらえて、大臣は若妻を連れ帰ってしまった。

酔いが覚めた大納言は、相手が上司である以上、約束を取り消すわけにはいかない。周囲の目をはばかって、いかにも自分の意志で妻を差し出したふりはしてみたものの、内心では恋しくて悲しくて、気が狂いそうだった。――

本話を種にして、大輪の花を咲かせたのが谷崎潤一郎《たにざきじゅんいちろう》である。彼は、幼いころに母に捨てられた滋幹《しげもと》が、四十年ぶりで母と再会する物語に仕立てた。言うまでもなく、母は老大納言の若妻である。これを名づけて『少将滋幹の母《しょうしょうしげもとのはは》』という。いわゆる谷崎文学の中でも、王朝美の最高の結晶とされ、その評価は高い。

◆妻《つま》の悪口《あっこう》に乗《の》せられ、老《お》いた姨母《おば》を山《やま》に捨《す》てた夫《おっと》

信濃国《しなののくに》の姨捨山《をばすてやま》の語《こと》（巻第三十第九話）

＊＊＊＊＊＊＊＊＊＊

今《いま》は昔《むかし》、信濃《しなの》の国更科《くにさらしな》（長野県更級《ながのけんさらしな》）という所《ところ》に夫婦《ふうふ》が住《す》んでいた。夫《おっと》の姨母《おば》（母親《ははおや》の姉妹《しまい》）にあたる老女《ろうじょ》を引《ひ》き取《と》り、親《おや》のように世話《せわ》をしていた。しかし、長年《ながねん》の同居生活《どうきよせいかつ》に疲《つか》れた妻《つま》は、何《なに》かにつけて、夫《おっと》に姨母《おば》の悪口《わるくち》を言《い》うようになった。姑《しゅうとめ》のような口《くち》ぶりも、老醜《ろうしゅう》をさらした腰折《こしお》れすがたも、うんざりだった。気《き》のいい夫《おっと》も、初《はじ》めのうちは聞《き》き流《なが》していたが、しだいに口《くち》うるさい妻《つま》の言《い》い分《ぶん》に耳《みみ》を傾《かたむ》けるようになっていった。

＊＊＊＊＊＊＊＊＊＊

妻《つま》は、老《お》いて醜《みにく》く腰《こし》の曲《ま》がった姨母《おば》をますます嫌《きら》った。「はやく死《し》んでくれたらいいのに」と憎《にく》み、夫《おっと》に、「姨母《おば》さんは鬼姑《おにしゅうとめ》だから、どっか深《ふか》い山《やま》の中《なか》に捨《す》ててきてよ」と迫《せま》った。夫《おっと》にしてみれば、かわいそうで、とても捨《す》てる気《き》など起《お》こらない。けれど、あまりに妻《つま》に責《せ》めたてられて、と

うとう捨《す》てる決心《けっしん》がついた。

八月十五夜《はちがつじゅうごや》の月《つき》の明《あか》るい晩《ばん》に、男《おとこ》は姨母《おば》に向《む》かって、「さあ出《で》かけましょう、姨母《おば》さん。お寺《てら》でありがたい法事《ほうじ》がありますので、お連《つ》れしますよ」と誘《さそ》った。姨母《おば》は、「そりゃあ、うれしい。ぜひ行《ゆ》きたい」と喜《よろこ》んだ。

高《たか》い山《やま》のふもとに住《す》んでいたので、男《おとこ》は姨母《おば》を背負《せお》うと、山《やま》の遠《とお》く離《はな》れた峰《みね》の上《うえ》に登《のぼ》って行《ゆ》き、姨母《おば》を降《お》りてこられそうもない所《ところ》におろして、置《お》き去《ざ》りにして逃《に》げた。姨母《おば》は、「おおい、おおい」と叫《さけ》んだが、男《おとこ》は返事《へんじ》もせず、家《いえ》に逃《に》げ帰《かえ》った。

こうして家《いえ》に戻《もど》ってから、「女房《にょうぼう》に責《せ》められて、こうして山《やま》に捨《す》ててはみたが、長年《ながねん》、実《じつ》の親《おや》のように世話《せわ》をして、いっしょに暮《く》らしてきた仲《なか》だ。そんな姨母《おば》を捨《す》ててしまうなんて、つらくてたまらない」と嘆《なげ》き続《つづ》けていた。

折《おり》から、山《やま》の上《うえ》に月《つき》があかあかとさしのぼった。それを見《み》た男《おとこ》は、一晩《ひとばん》中《じゅう》まんじりともせず、姨母《おば》が恋《こい》しく、悲《かな》しみの尽《つ》きないまま、こんな歌《うた》を詠《よ》んだ。

我《わ》が心《こころ》なぐさめかねつ　さらしなや　をばすて山《やま》に　照《て》る月《つき》を見《み》て

──おれの心《こころ》はやりきれない

姨母《おば》を捨《す》てた山《やま》を照《て》らす月見《つきみ》ると──

男《おとこ》は、また山《やま》の峰《みね》に登《のぼ》って、姨母《おば》を家《いえ》に連《つ》れて帰《かえ》った。そして、もとどおり世話《せわ》をすることにした。

だから、妻《つま》の言《い》いなりになって、思慮《しりょ》のない行動《こうどう》に走《はし》ってはならない。現在《げんざい》だって、こういうことはありうるのだ。

さて、この山《やま》を、それ以来《いらい》、「おばすて山《やま》」と言《い》うようになった。「心《こころ》なぐさめがたい」というたとえに、「おばすて山《やま》」と言《い》うのは、この伝説《でんせつ》によっている。それ以前《いぜん》は「冠山《かんむりやま》」と呼《よ》んでいた。冠《かんむり》の巾子《こじ》に似《に》ていたからだ、と語《かた》り伝《つた》えているとか。

❖婦《よめ》はいよいよこれをいとひて、今《いま》までこれが死《し》なぬことよと思《おも》ひて、夫《をっと》に、「このをばの心極《こころきは》めてにくきに、深《ふか》き山《やま》にゐて行《ゆ》きて棄《す》てよ」と言《い》ひけれども、夫《をっと》いとほしがりて棄《す》てざりけるを、妻《め》、あながちに責《せ》め言《い》ひければ、夫《をっと》、責《せ》められわびて、棄《す》てむと思《おも》ふ心付《こころつ》きて、八月十五夜《はづきじふごや》の月《つき》のいと明《あか》かりける夜《よ》、をばに、「いざ給《たま》へ、嫗《おうな》ども。寺《てら》に極《きは》めて貴《たふと》き事《こと》する、見《み》せ奉《たてまつ》らむ」と言《い》ひければ、をば、「いとよき事《こと》かな、まうでむ」と言《い》ひければ、男《をとこ》かき負《お》ひて、高《たか》き山《やま》のふもとに住《す》みければ、その山《やま》にはるばると峰《みね》に登《のぼ》り立《た》ちて、をば下《お》り得《う》べくもあらぬほどになりて、うちすゑて男《をとこ》逃《に》げて帰《かへ》りぬ。をば、「をい、をい」とわめけど、男答《をとここた》へもせで逃《に》げて家《いへ》に帰《かへ》りぬ。

さて、家《いへ》にて思《おも》ふに、妻《め》に責《せ》められて、かく山《やま》に棄《す》てつれども、年《とし》ごろ親《おや》のごとく養《やしな》ひてあひそひてありつるに、これを棄《す》つるが、いと悲《かな》しく思《おぼ》えけるに、この山《やま》の上《うへ》より月《つき》のいと明《あか》くさし出《い》でたりければ、よもすがら寝《い》ねられず、恋《こひ》しく悲《かな》しく思《おぼ》えて、独《ひと》り言《ごと》にかくなむ言《い》ひける、

　我《わ》が心《こころ》　なぐさめかねつ　さらしなや　をばすて山《やま》に　照《て》る月《つき》を見《み》て

と言《い》ひて、またその山《やま》の峰《みね》に行《ゆ》きて、をばを迎《むか》へゐて来《き》たりける。さて、もとのごとくぞ養《やしな》ひける。

されば、今《いま》の妻《め》の言《い》はむことにつきて、よしなき心《こころ》を発《おこ》すべからず。今《いま》もさることはありぬべし。さて、その山《やま》をば、それよりなむ姨捨山《をばすてやま》と言《い》ひける。なぐさめ難《がた》しと言《い》ふ譬《たと》へには、旧事《ふること》にこれを言《い》ふにぞ。その前《まへ》には冠山《かうぶりやま》とぞ言《い》ひける。冠《かうぶり》の巾《こ》子《じ》に似《に》たりける、とぞ語《かた》り伝《つた》へたるとや。

✻嫁・姑の確執《かくしつ》は、まさしく家庭問題の古典である。夫ならば、当然この問題の解決から逃げることは許されない。しかし、争いの当事者でないことを幸いに、仕事や趣味に逃れて、ぬらりくらりする夫は多い。

じつは、嫁と姑との中間にあって、問題の解決に最終決断を下す立場にあるのは、夫なのである。

この話でも、あいまいな態度でお茶を濁してきた夫は、板ばさみになっていちばん苦しみ、悲劇的な最終解決――「おばすて」を引き受けるはめになっている。

古い説話の投げかける意味は、きわめて新しく、現代的でさえある。

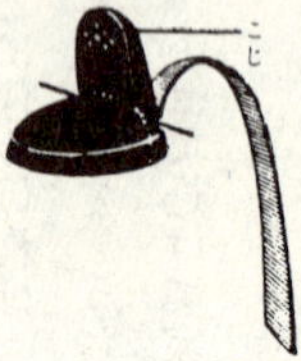

〈冠〉

★姨捨山伝説《おばすてやまでんせつ》をめぐって

姨捨山は長野県更級《さらしな》郡の郡境にあり、現在、冠着山《かむりきやま》と呼ばれている。また、かんむり山・かうぶり山・かむり山・更科《さらしな》山とも呼ばれた。海抜二千メートルを超える高山で、山頂からは長野盆地を一望できる。

姨捨山伝説は棄老説話のひとつである。労働力として役に立たない弱者を抹殺したり、遺棄したりするのは、食糧不足が原因だという。飽食三昧《ざんまい》の現代からは、想像もつかない非人道的な話だが、肉体労働にたよる農耕社会では、洋の東西を問わず、共同体のおきてとして受け入れられた痕跡《こんせき》がある。

〈冠着山（姨捨山)〉

『今昔物語集』巻第九第四十五話も、似た問題を扱う。

――古代中国に厚谷《こうこく》という若者がいた。彼の父は、年老いて役立たずの祖父を山に捨てた。そのとき厚谷は、祖父を運んだ輿《こし》（担架）を持ち帰った。わけをたずねた父に、やがて父さんが年老いたら捨てるのに使うためだ、新しく作るのはむだだから、と答えた。身ぶるいした父は、祖父を山から連れ帰り、親孝行をつくした。――

棄老の問題を正面からとりあげた作品に、深沢七郎《ふかざわしちろう》の『楢山節考《ならやまぶしこう》』がある。ここでは、捨てられる老婆おりんが主人公だ。丈夫な歯をうち欠いて、山に捨てられる日を待ち望む息子思いの老母おりんが、読者の感泣をさそう。

ところで、姨捨山は月見の名所でもあった。「姨捨山に照る月を見て」という歌句から、中秋の名月を楽しむ風流が編みだされた。謡曲『姨捨』（『伯母捨《おばすて》』とも）の老婆は、陰惨なイメージを払い捨て、まるで月の精霊のように神々しい。『源氏物語』『枕草子《まくらのそうし》』から芭蕉《ばしょう》の『更科紀行《さらしなきこう》』まで、どれもが姨捨山を観月の名所として讃《たた》えている。

光と影とが、姨捨山伝説を織りなしているのである。

★老人の知恵が国難を救い、棄老国が養老国となる

同じ棄老説話でも、ハッピーエンド型がある。たとえば、巻第五第三十二話。――古代インドに、七十過ぎの老人を捨てる棄老国があった。ところが、親孝行の大臣は、老母を捨てられずに自宅の密室にかくまっていた。

そのうち、隣国から、難題が解けなければ侵略する、と脅迫された。それは、馬の親子の識別、木の本末《もとすえ》の区別、象の体重測定といった三つの難題だった。頭をかかえた大臣だったが、結局は老母の知恵によってみごと難題を解くことができ、国難を救うことができた。

事の真相を知った国王は、今後は老人をだいじにする養老国とするむねを布告した。――

『枕草子《まくらのそうし》』にも、日本版に焼き直した話が載《の》っている。脅迫するのは中国の唐で、最大の難問が、何重にも曲がった玉の穴に糸を通せというものだった。けれども、蟻《あり》に糸を結びつけて穴に入れ、反対の穴には蜜《みつ》を塗り、蜜にひかれた蟻が、玉中の穴道を通り抜けるという方法で、糸を通すことができた。この方法こそ、じつは老親が授けた知恵だったのだ。

肉体は衰えても、長年の経験からくる判断力はいよいよ磨かれる。この燻《いぶ》し銀のような老年力を讃《たた》える養老説話は、棄老説話よりもずっと数が多い。

解説

『今昔物語集』──作品紹介

○希有《けう》かつ奇異《きい》なる運命──謎《なぞ》だらけの本

『今昔物語集』は日本最大の説話集であり、貴族文学の『源氏物語』に肩を並べる庶民文学として、平安王朝を代表する横綱文学である。しかし、その出生を洗えば、まさに謎だらけの本としか言いようがない。編集の年次も編者（または作者）も、むろん目的もわからない。しかも六百余年もの間、公表されることなく歴史の闇《やみ》に眠っていた。ようやく研究者の目にとまったのは、江戸時代も半ばのことである。

『今昔物語集』は十二世紀前半（平安時代末期）の、いわゆる院政期に成立したとされる。成立年次を明記した史料はなく、作品に登場する人物や出典とされる書物から推定して、一一二〇年ごろを成立の上限としている。

もちろん編者はわからない。共通する説話の多い『宇治拾遺物語《うじしゅういものがたり》』の序文などに登場する宇治大納言《うじのだいなごん》こと源隆国《みなもとのたかくに》を当てる説が長く続いた。彼の没後の記事があることから否定されてはいるものの、今なお隆国説は完全に消去されたわけではない。隆国に代わり、彼の息子で「鳥獣戯画《ちょうじゅうぎが》」の作者として知られる鳥羽僧正覚猷《とばそうじょうかくゆう》をはじめ、有名無名の貴族・僧侶《そうりょ》も次々と候補者に挙げられたが、どれもこれも確証は得られず、現時点では不明とするしかない。

もともと書名すらなかった。書名『今昔物語集』は、じつは各話の冒頭語「今昔」を採って、後世に命名したもので、最古の写本「鈴鹿本《すずかぼん》」にあるものだ。「集」のない『今昔物語』は略称として扱われる。

中に収められた一千余話の物語（＝説話）がいずれも、「今《いま》（ハ）昔《むかし》」で始まり「トナム語《（こ）かた》リ伝《つた（エ）》ヘタルトヤ」で結ばれることから、「今昔物語」を「集」めた作品という意味で『今昔物

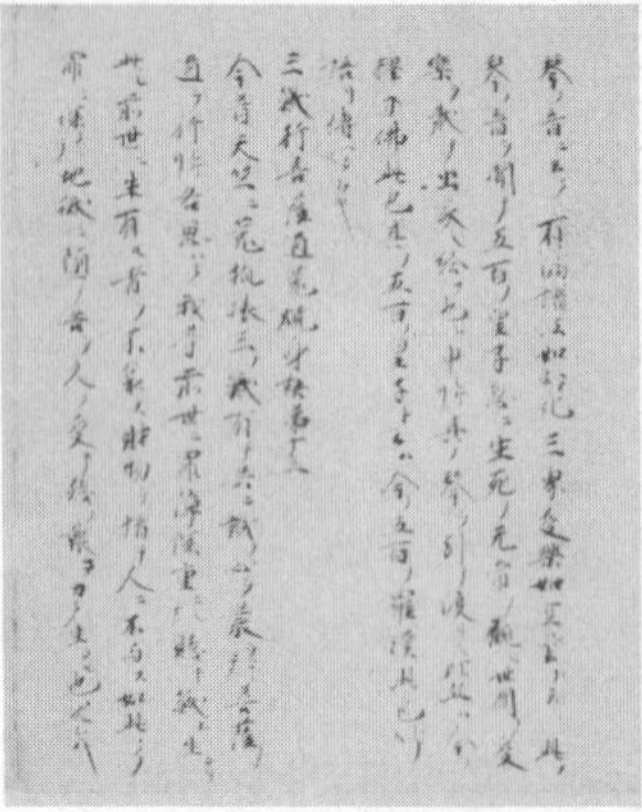

『鈴鹿本 今昔物語集』
（巻第5第13話冒頭部分）

語集』と命名したのであろう。ここでいう物語は、『源氏物語』などのような「作り物語」（フィクション）と区別するために、実録（ノンフィクション）をたてまえとするモノガタリとして、とくに「説話《せつわ》」と呼ばれている。説話とは、仏の教えを説く話という意味である。

書名『今昔物語集』は「こんじゃくものがたりしゅう」と読む。説話集はふつう音読するので、それに従ったのだが、「いまはむかしのものがたり」と読んだ時代もあった。

時は十八世紀半ば（江戸時代中期）、八代将軍徳川吉宗《とくがわよしむね》が陣頭指揮した享保《きょうほう》の改革《かいかく》のころのことだ。厳しい出版統制が布《し》かれた中、『今昔物語』の出版元が奉行所《ぶぎょうしょ》に呼び出され、書名を聞かれたところ、「いま（今）はむかし（昔）の物語でございます」と答えた。返事を聞いた奉行は、「今は昔、とは不吉千万《ふきつせんばん》」と不機嫌になり、出版を不許可にしたという。すんなり「こんじゃく」と音読すればよかったものを、知ったかぶりをした「こしゃく」者のせいで出版中止になった、という落ちまで付いた話が残っている。

こんなふうに出版が政情のあおりから中止になるような非運は、じつは『今昔物語集』が生まれながらに背負ってきたものらしい。

『今昔物語集』は、まるで闇に葬られたかのように、人目にふれることなく眠り続けてきた。『源氏物語』が公表と同時に華やかな脚光を浴びたのに比べると、無残の一語に尽きる。

あれほど巨大な説話集ならば、編集の背後に大がかりなプロジェクトがあったに違いないのだ。とうてい一個人の文才のなせるわざではない。にもかかわらず、すっぱりと命綱《いのちづな》を断ち切られたように姿を隠すとは、とても尋常《じんじょう》とは思えない。たとえ計画が中止になったとしても、編集に関与した人間がこの世にある限り、そのいきさつは史料の断片に痕《あと》を残すのがふつうであろう。

中世の長い時代にも、限られた文人貴族や宗教人などの間で、ひそやかに回覧されていたらしいことを伝える記事しか残っていない。それも『今昔物語』七帖《しちじょう》（あるいは十五帖）とあって、現在の『今昔物語集』三十一巻と同じなのかどうかも怪しい。『今昔物語集』が、特有の欠字・欠文・欠話が物語るように、未定稿《みていこう》・未完成の作品であることは明瞭である。しかし、歴史の闇に隠れる理由が不明瞭なのだ。もしかしたら、編集の責任者が落命するような不測の事態が発生したのではなかろうか。編集事業を後継できないような決定的な事件が起きたのではなかろうか。

今残る祖本《そほん》「鈴鹿本」は、幕末に鈴鹿連胤翁《すずかつらたねおう》が奈良の古寺より購入したことから命名された。この鈴鹿本は鎌倉中期に書写されたもので、『今昔物語集』の原本ではない。だから、原本が奈良で編集された理由にはならない。

しかし、今仮に、奈良の大寺で、それが東大寺《とうだいじ》か興福寺《こうふくじ》かはわからないが、『今昔物語集』が編集されたと想定してみよう。編集を挫折《ざせつ》させるほどの事件といえば、一一八〇（治承《じしょう》四）年の南都焼亡《なんとしょうぼう》がまず思い浮かぶ。この時、重衡《しげひら》の平家軍に東大寺も興福寺もほとんど根こそぎ焼き払われた。後にも先にも、奈良の大寺がこれほどの大損害をこうむった例はほかにない。もっとも、これは妄想の域を出るものでは決してないが。

『今昔物語集』の説話の鍵語《キーワード》として「希有《けう》（＝まれ）」・「奇異《きい》（＝ふしぎ）」があげられるが、採り上げた話題よりも、作品じたいのほうがよほど希有かつ奇異な運命をたどったといえる。むしろ説話集というよりも、奇書といったほうが当たるかもしれない。しかし、それがまた、愛読者・研究者の意欲をいよいよ刺激して止まないのだろう。

○全世界を見渡す編者の視線――深い人間愛と論理的な頭脳

『今昔物語集』の舞台は、遠くアジア大陸のインド（天竺《てんじく》）・中国（震旦《しんたん》）から朝鮮半島を通って、近く日本の北は北海道（推定による）、南は沖縄《おきなわ》（琉球《りゅうきゅう》）に至る広大な空間を占めている。それまでの説話集でも、国内の広い階層に取材したものはあった。けれども、舞台を国外に持ち出し、これだけ大がかりに設定したものはなかった。また、登場人物も、上は神仏・天皇・貴族・僧侶・武士から下は浮浪者・盗賊まで、ありとあらゆる階層の男女が泣き、笑い、怒り、悲しみ、そこへ動植物や霊鬼《れいき》・妖怪《ようかい》どもも参加するといったぐあいである。まるで、十二世紀の日本から見た世界の大スペクタクル、平安時代版の大人間ドラマを観劇しているようだ。背景は編者の深い人間愛に彩られている。

全三十一巻の作品構造は、きわめて合理的で、整然と体系化されている。全体が三部構成になっていて、それぞれ天竺（インド）部、震旦（中国）部、本朝（日本）部と名づけられている。本朝部はさらに仏法部・世俗部に二分される。そのうち震旦部の第八巻、本朝仏法部の第十八巻、本朝世俗部の第二十一巻がそれぞれ欠巻であるのは、編者がまだ説話を収集・整理中のまま、編集が中断したのだろうか。

作品全体のみならず、個々の説話においても、きわめて整然とした形式が用意されている。有名な「今（ハ）昔～トナム語リ伝ヘタルトヤ」である。これは、『今昔物語集』の独創といわれ、書名は冒頭語「今昔」を借りている。この形式を説話の容器とし、説話の末尾には評語を付けた。

こうした『今昔物語集』の構造や説話の形式からも、論理的で明晰《めいせき》な頭脳を持つ編者の風貌《ふうぼう》が思い描かれる。彼の国際的な視野の広さ、柔軟な思考は、現代においても十分敬服に値《あたい》しよう。十二世紀に、これだけの祖先いや国際人がいたことを、私たちは誇りに思わなければならない。

彼は、おそらく旅に生き、旅に死ぬ文人ではなかったかもしれない。万巻の書の中に埋もれた生活をする学者だったかもしれない。しかし、『今昔物語集』を読むとき、彼の人生観・世界観が、けっして狭い空間に押しこめられた性格のものではないことに気づく。彼の思考は、あくまでも柔軟かつ現実的であり、志は高遠である。彼こそは二十一世紀に求められる日本人像の一つではなかろうか。

『今昔物語集』の希有にして奇異なる説話群は、強烈《きょうれつ》なインパクトをもって読者（あるいは聴衆）の俗心を打つ。ついで、人間世界の背後にある聖なる力に目覚めた読者は、心の中に新しい秩序の芽生えを感じはじめる。この秩序こそは、歪《ゆが》んで汚れきった現在の秩序を打破して、明るい未来へと人々を導くものにほかならない。それを編者は、『今昔物語集』の登場人物とともに、泣き、笑い、怒り、悲しむうちに、自然に導かれるように配慮した。

政争と戦乱に明け暮れた平安末期にあって、編者の眼は、来たるべき中世の夜明けを見すえている。斜陽化した王朝貴族の背後から、疾駆《しっく》してくる武士団の凜々《りんりん》たる勇姿が、彼の眼にはっきりと映っていた。

付録

『今昔物語集』探求情報

◆もっとくわしく勉強したい方に

○注釈書など

『今昔物語集』（岩波文庫）一〜四（抄出）、池上洵一、岩波書店、二〇〇一…「新日本古典文学大系」より四割を抄出

『今昔物語集』（新日本古典文学大系）一〜五（全）、今野達・池上洵一・小峯和明・森正人、岩波書店、一九九三〜九九…別巻索引
『今昔物語集』（対訳古典シリーズ）一〜四（本朝世俗部）、武石彰夫、旺文社、一九八八…現代語訳付
『今昔物語集』（講談社学術文庫）一〜九（天竺部・震旦部）、国東文麿、講談社、一九七九〜八四…現代語訳付
『今昔物語集』（新潮日本古典集成）一〜四（本朝世俗部）、阪倉篤義・本田義憲・川端善明、新潮社、一九七八〜八四
『今昔物語集』（日本古典文学全集）一〜四（全）、馬淵和夫・国東文麿・今野達、小学館、一九七一〜七六…原文総ルビ、現代語訳付
『今昔物語集』（東洋文庫・現代語訳）一〜一〇（全）、永積安明・池上洵一、平凡社、一九六六〜八〇
『今昔物語集』（日本古典文学大系）一〜五（全）、山田孝雄・山田忠雄・山田英雄・山田俊雄、岩波書店、一九五九〜六三
『今昔物語集』（角川文庫）四冊（本朝仏法部・本朝世俗部）、佐藤謙三、角川書店、一九五四〜六四

○研究案内・入門書など

『今昔物語集の世界』（中世のあけぼの）、池上洵一、以文社、一九九九
『説話の森』（天狗・盗賊・異形の道化）、小峯和明、大修館書店、一九九一
『今昔物語集・宇治拾遺物語必携』（別冊「國文學」No.33）、三木紀人編、學燈社、一九八八
『今昔物語集』（古典を読む）、中野孝次、岩波書店、一九八三
『今昔物語の世界』（教育社歴史新書）、坂口勉、教育社、一九八〇
『今昔物語集・宇治拾遺物語』（鑑賞日本古典文学）、佐藤謙三編、角川書店、一九七六
『今昔物語集』（日本文学研究資料叢書）、有精堂、一九七〇
※「説話」「説話文学」をタイトルに含む本で『今昔物語集』に言及している場合も多い。

○絵画（絵巻物）・写真資料

『今昔物語絵詞』国立国会図書館蔵……巻二十六第七話に取材。
『今昔物語集・宇治拾遺物語』（新潮古典文学アルバム）、小峯和明・藤沢周平編、

新潮社、一九九一

『今昔物語』（図説日本の古典8）、国東文麿・梅津次郎・村井康彦編、集英社、一九八九

『今昔物語』（現代語訳日本の古典8）、尾崎秀樹、学習研究社、一九八〇

※『宇治拾遺物語』と共通する説話が多いので、『宇治拾遺物語』の絵巻に重複して出てくることがある。

◆インターネットで調べたい方に（アドレスは二〇〇二年一月現在のもの）

・『今昔物語集』への招待（京都大学附属図書館）……「鈴鹿本」（国宝）展示。
http://ddb.libnet.kulib.kyoto-u.ac.jp/exhibit/konjaku/

・『今昔物語集』の世界（説話文学の小径）
http://www.d1.dion.ne.jp/_y~kiuchi/setuwa/setuwa.index.htm

『今昔物語集』組織内容

部	巻序	巻付	話数		内容
天竺	一	天竺	38	187	釈迦の誕生・出家・成道・弘法・教化
	二	天竺	41		釈迦の父母の死、仏の本生、因果応報
	三	天竺	35		仏弟子・僧俗・動物等の説話、仏の入滅
	四	天竺付仏後	41		仏滅後の仏弟子の伝法・教化、霊験
	五	天竺付仏前	32		仏の本生、動物の報恩
震旦	六	震旦付仏法	48	174	仏教伝来・弘通・仏像・経典の霊験
	七	震旦付仏法	40		法華経および諸経典の霊験
	八	（欠巻）			（菩薩か）
	九	震旦付孝養	46		孝子、因果応報
	一〇	震旦付国史	40		国王、世俗説話
仏法	一一	本朝付仏法	38	401	仏教伝来・弘通、造寺の縁起
	一二	本朝付仏法	40		造塔・法会の縁起、仏像・経典の霊験
	一三	本朝付仏法	44		法華経の霊験
	一四	本朝付仏法	45		法華経および諸経典の霊験
	一五	本朝付仏法	54		往生（念仏）
	一六	本朝付仏法	40		観音菩薩の霊験
	一七	本朝付仏法	50		地蔵など諸菩薩・天の霊験
	一八	（欠巻）			（高僧・聖人か）
	一九	本朝付仏法	44		出家、因果応報

本朝					
	二〇	本朝付仏法	46		天狗、因果応報
世俗	二一	（欠巻）		297	（天皇・皇室伝か）
	二二	本朝	8		藤原氏の系譜・列伝
	二三	本朝	14		武技・大力・勝負
	二四	本朝付世俗	57		技芸（詩歌・音楽・絵画・工芸・医・陰陽等）
	二五	本朝付世俗	14		兵の道（合戦・武略）
	二六	本朝付宿報	24		不可思議な吉凶禍福
	二七	本朝付霊鬼	45		鬼・精霊・死霊・生霊・動動霊
	二八	本朝付世俗	44		笑話（をこ・もの云ひ）
	二九	本朝付悪行	40		強盗・殺人・動物奇話
	三〇	本朝付雑事	14		男女の愛の諸相
	三一	本朝付雑事	37		奇談・異聞

『今昔物語集』は、未完成のまま放置されていた、というのが通説である。全三十一巻のうち、第八・一八・二一の三巻は欠巻であり、他の巻々にもさまざまに未完成を物語る欠陥部分が見られる。

題目だけで本文のない話十九、本文はあるが首尾一貫していない話二十、それらの欠陥説話を差し引くと、題目のある話数千五十九から三十九を引いた千二十が完全な説話数と言うことができる。

しかし、どの数字を説話総数とするかは、議論のわかれるところ。そこで、千数十などと、あいまいな言い方をしてきたわけである。

官位相当表（略）

位階は従七位上まで掲出した。正は〈しょう〉、従は〈じゅ〉と読み、略すことのある読みの部分は（）で括った。表中の▽と▲は、官職との対応を示す。

位階＼官職		親王《しんのう》 一品《いっぽん》 二品《にほん》 三品《さんぼん》 四品《しほん》	正《しょう》一位《いち》	従《じゅ》一位	正二位	従二位	正三位《さんみ》	従三位	正四位《しい》 上	正四位 下	従四位 上	従四位 下	正五位 上
			公卿《くぎょう》（上達部《かんだちめ》）						人《てんじょうびと》				
官《かん》	神祇《じんぎ》官											伯《はく》	
官《かん》	太政《だいじょう》官		太政大臣《だいじょうだいじん》		左《さ》大臣 右《う》大臣 内《ない》大臣		大納言《だいなごん》	中納言		参議	左大弁《だいべん》 右大弁		左中弁 右中弁
省《しょう》	中務《なかつかさ》省								卿《きょう》				大輔《たいふ》
省《しょう》	式部《しきぶ》省 治部《じぶ》省 民部《みんぶ》省 兵部《ひょうぶ》省 ▽刑部《ぎょうぶ》省 大蔵《おおくら》省 宮内《くない》省									卿			
職《しき》・坊《ぼう》	中宮《ちゅうぐう》職 大膳《だいぜん》職 左右京《きょう》職 修理《しゅり》職 春宮《とうぐう》坊								東宮傅《とうぐうふ》			大夫《だいぶ》	大膳大夫《だいぜんだいぶ》
寮《りょう》	図書《ずしょ》寮 内蔵《くら》寮 内匠《たくみ》寮 大学《だいがく》寮 雅楽《ががく》寮 木工《もく》寮 左右馬《め》寮												
寮《りょう》	陰陽《おんよう》寮 大炊《おおい》寮 典薬《てんやく》寮 斎宮《さいぐう》寮												

殿上			地下人《じげにん》						
	従五位		正六位		従六位		正七位		従七位
下	上	下	上	下	上	下	上	下	上
		大副《たいふ》	少副《しょう(ふく)》		大祐《だいじょう》	少祐			
左少弁 右少弁		少納言	大外記《だいげき》 大史《たいし》				少外記 少史		
	少輔《しょう(ゆう)》	侍従《じじゅう》 大監物《だいけんもつ》	大内記《だいないき》 大丞《だいじょう》		少丞		少内記 大録《だいさかん》	少監物 大主鈴《だいしゅれい》	
大輔 ▽大判事《だいはんじ》		少輔		大丞 ▽中判事	少丞	▽少判事 大主鑰《だいしゅやく》	大録	▽判事大属《はんじだいさかん》	
		亮《すけ》 東宮学士			大進《だいじん》	少進 京大進 大膳大進	京少進 大膳少進		
	頭《かみ》	文章博士《もんじょうはかせ》		助《すけ》 明経《みょうぎょう》博士				大允《だいじょう》 助教《すけはかせ》 明法《みょうぼう》博士	少允 音《おん》博士 書《しょ》博士 算《さん》博士
		頭		侍医《じい》 斎宮助	助			斎宮大允 医博士 陰陽《おんよう》博士 天文《てんもん》博士	大允 典薬少允 斎宮少允 陰陽師《おんようじ》 暦《れき》博士 医師《いし》

官職 ＼ 位階	正一位	従一位	正二位	従二位	正三位	従三位	正四位 上	正四位 下	従四位 上	従四位 下	正五位 上	正五位 下	従五位 上	従五位 下
	公卿（上達部）						殿上人							
六衛府《ろくえふ》 左右衛門府《えもんふ》▽ 左右兵衛府《ひょうえふ》▽ 左右近衛府《このえふ》						近衛大将《だいしょう》				衛門督《えもんのかみ》 近衛督 近衛中将《ちゅうじょう》		近衛少将《しょうしょう》	衛門佐《すけ》 兵衛佐	
諸所《しょところ》 蔵人所《くろうどどころ》			別当《べっとう》						頭《とう》				五位	
諸使《しし》 ▽検非違使《けびいし》 勘解由使《かげゆし》 按察使《あぜち》 ▲弾正台《だんじょうだい》						▲尹《いん》			▽別当	勘解由長官《かげゆのかみ》 按察使 ▲大弼《だいひつ》		▲少弼	▽佐	勘解由次官《すけ》
大宰府《だざいふ》 ▽鎮守府《ちんじゅふ》						帥《そち》				大弐《だいに》	少弐		▽将軍《しょうぐん》	
国司《こくし》 大国《たいこく》 上国《じょうこく》 中国《ちゅうごく》 下国《げこく》													大国守《かみ》	上国守
後宮《こうきゅう》					尚蔵《しょうぞう》	尚侍《しょうし》	尚膳《しょうぜん》	尚縫《しょうほう》		典侍《てんじ》 典蔵《てんぞう》			掌侍《しょうじ》 典膳	典縫

地下人						
正六位		従六位		正七位		従七位
上	下	上	下	上	下	上
近衛将監《しょうげん》		▽大尉《だいじょう》		▽少尉		
六位						
▲大忠《だいちゅう》	▲少忠	▽大尉	勘解由判官《じょう》	▽少尉 ▲大疏《だいさかん》		
	大監《だいげん》	少監	大判事	大工《だいく》 少判事 大典《だいてん》	▽軍監《ぐんげん》	
	大国介《すけ》 中国守	上国介	下国守		大国大掾《だいじょう》	大国少掾 上国掾
	尚書《しょうしょ》 尚殿	尚酒		掌蔵 尚兵《しょうひょう》 尚闈《しょうい》	尚掃	典書 尚薬 尚水

●官職のうち、司《つかさ》・監《つかさ》・署《つかさ》・斎院司《さいいんし》と、寮の一部は省略した。また、位階は、以下、従七位下、正八位上・下、従八位上・下、大初位《そい》上・下、少初位上・下がある。
●六位蔵人は、身分は地下人であるが、五位蔵人と同じように昇殿を許された。
●国司は、六十六国と二島（壱岐《いき》・対馬《つしま》）を四等級に分けて置かれた。
大国……大和《やまと》・常陸《ひたち》・陸奥《むつ》・肥後《ひご》など十三ケ国
上国……山城《やましろ》・三河《みかわ》・安芸《あき》・筑前《ちくぜん》など三十五ケ国
中国……安房《あわ》・丹後《たんご》・土佐《とさ》・薩摩《さつま》など十一ケ国
下国……和泉《いずみ》・伊賀《いが》・伊豆《いず》・対馬《つしま》など九ケ国

大内裏図

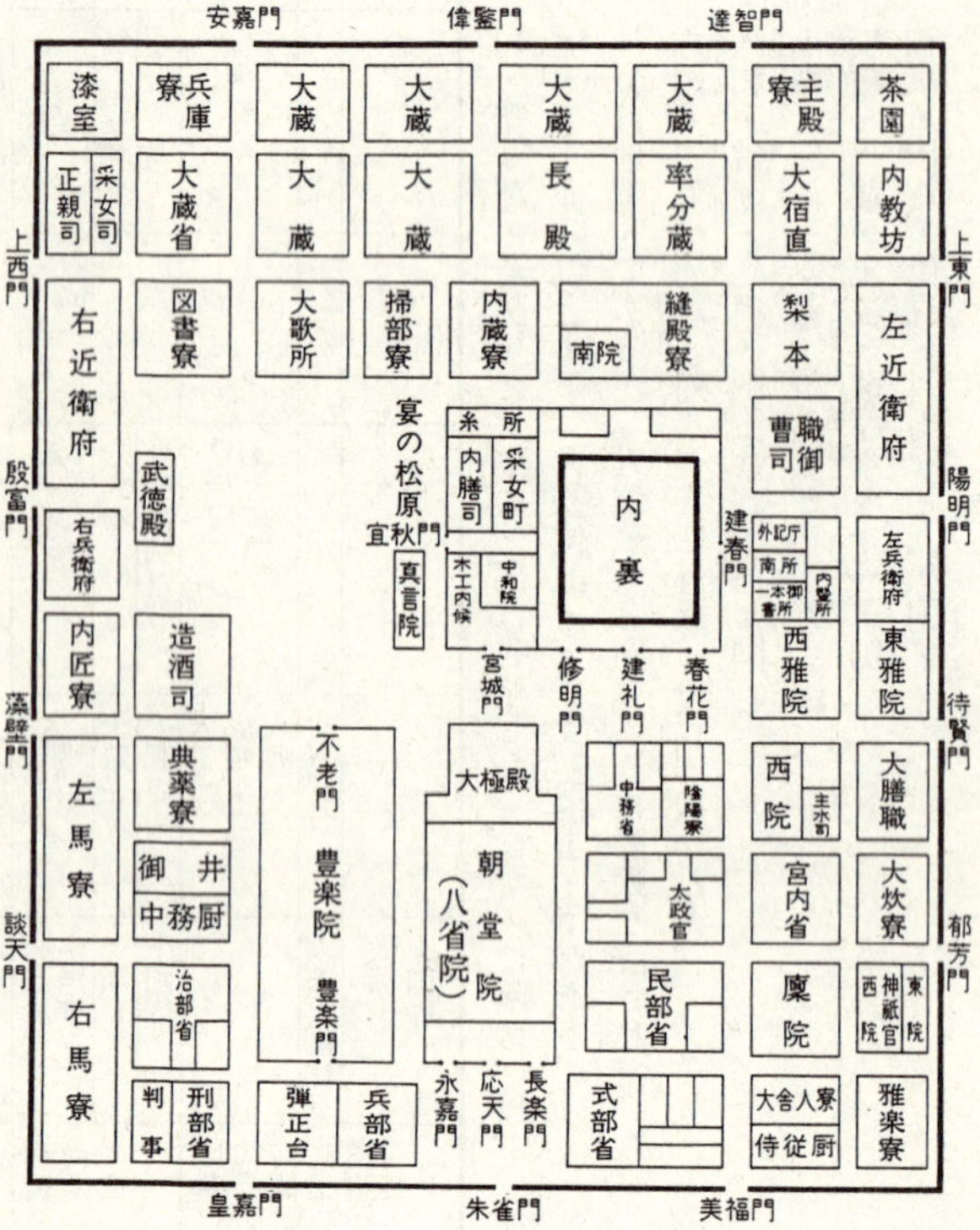

安嘉門
偉鑒門
達智門
漆室
兵庫寮
大蔵
大蔵
大蔵
大蔵
主殿寮
茶園
采女司
正親司
大蔵省
大蔵
大蔵
長殿
率分蔵
大宿直
内教坊
上西門
上東門
右近衛府
図書寮
大歌所
掃部寮
内蔵寮
南院
縫殿寮
梨本
左近衛府
宴の松原
糸所
職御曹司
殷富門
武徳殿
内膳司
采女町
内裏
陽明門
宜秋門
建春門
右兵衛府
真言院
木工内候
中和院
外記庁
南所
一本御書所
内豎所
左兵衛府
内匠寮
造酒司
西雅院
東雅院
宮城門
修明門
建礼門
春花門
藻壁門
待賢門
不老門
大極殿
中務省
陰陽寮
西院
主水司
大膳職
左馬寮
典薬寮
御井
中務厨
豊楽院
朝堂院
(八省院)
太政官
宮内省
大炊寮
談天門
郁芳門
治部省
豊楽門
民部省
廩院
西院
神祇官
東院
右馬寮
判事
刑部省
弾正台
兵部省
永嘉門
応天門
長楽門
式部省
大舎人寮
侍従厨
雅楽寮
皇嘉門
朱雀門
美福門

平安京条坊図
雲林院
船岡山
賀茂川(鴨川)
上御霊神社
賀茂御祖神社(下鴨神社)
平野神社
千本釈迦堂
北野天満宮
仁和寺
一条大路
土御門大路
近衛大路
中御門大路
大炊御門大路
二条大路
三条大路
四条大路
五条大路
六条大路
七条大路
八条大路
九条大路
大内裏
朱雀門
一条院
花山院
法成寺(無量寿院)
冷泉院
大学寮
堀河院
閑院
東三条殿
神泉苑
勧学院
奨学院
淳和院
朱雀院
六角堂
紙屋川
右　京
左　京
西鴻臚館
東鴻臚館
河原院
西市
東市
綜芸種智院
施薬院
法性寺
西寺
羅城門
東寺
西京極大路
木辻大路
道祖大路
西堀川小路
西大宮大路
皇嘉門大路
朱雀大路
壬生大路
(東)大宮大路
(東)堀川小路
西洞院大路
東洞院大路
(東)京極大路
桂川
天神川
鴨川

京都周辺図
鞍馬へ
若狭へ
若狭・越前へ
一条街道
賀茂川
上賀茂社
高野川
延暦寺
琵琶湖
愛宕山
比叡山
遍照寺
広沢池
仁和寺
下鴨社
北野社
丹波
嵯峨
法輪寺
太秦
平安京
近江
園城寺
羅城門
清水寺
山科
逢坂関
丹波道
老ノ坂
桂川
東寺
鳥辺野
鴨川
醍醐寺
石山寺
美濃・尾張へ
瀬田
伏見稲荷社
山城
巨椋池
摂津
播磨へ
石清水八幡宮
平等院
宇治川
淀川
百済寺
木津川
河内
大和
和泉・紀伊へ
大和・吉野・紀伊へ
畿内図
丹波
京
近江
山城
摂津
播磨
河内
和泉
大和
紀伊

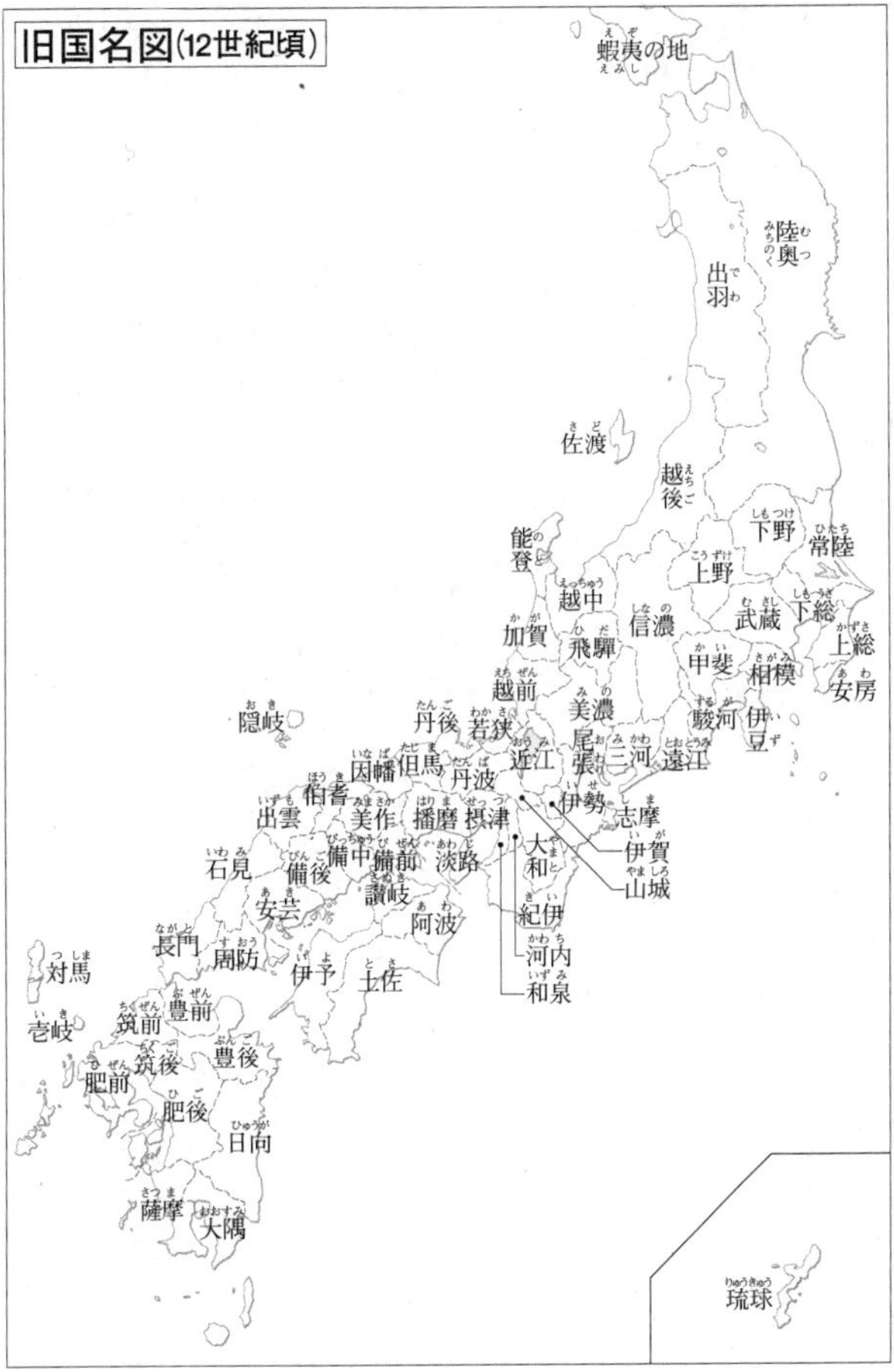
旧国名図(12世紀頃)
蝦夷《えぞ》《えみし》の地
陸奥《むつ》《みちのく》
出羽《でわ》
佐渡《さど》
越後《えちご》
下野《しもつけ》
常陸《ひたち》
能登《のと》
上野《こうずけ》
越中《えっちゅう》
信濃《しなの》
武蔵《むさし》
下総《しもうさ》
加賀《かが》
飛騨《ひだ》
上総《かずさ》
甲斐《かい》
相模《さがみ》
越前《えちぜん》
安房《あわ》
美濃《みの》
隠岐《おき》
丹後《たんご》
若狭《わかさ》
駿河《するが》
伊豆《いず》
尾張《おわり》
三河《みかわ》
遠江《とおとうみ》
因幡《いなば》
但馬《たじま》
近江《おうみ》
丹波《たんば》
伯耆《ほうき》
伊勢《いせ》
出雲《いずも》
美作《みまさか》
播磨《はりま》
摂津《せっつ》
志摩《しま》
伊賀《いが》
山城《やましろ》
石見《いわみ》
備後《びんご》
備中《びっちゅう》
備前《びぜん》
淡路《あわじ》
大和《やまと》
讃岐《さぬき》
安芸《あき》
紀伊《きい》
阿波《あわ》
長門《ながと》
周防《すおう》
河内《かわち》
対馬《つしま》
伊予《いよ》
土佐《とさ》
和泉《いずみ》
筑前《ちくぜん》
豊前《ぶぜん》
壱岐《いき》
筑後《ちくご》
豊後《ぶんご》
肥前《ひぜん》
肥後《ひご》
日向《ひゅうが》
薩摩《さつま》
大隅《おおすみ》
琉球《りゅうきゅう》

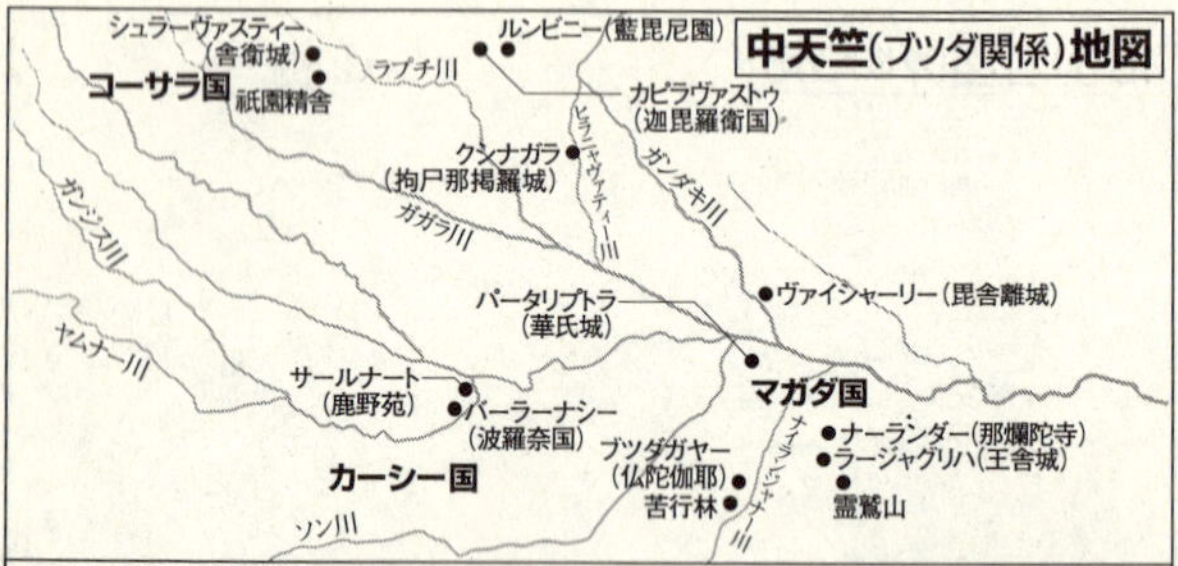
中天竺(ブツダ関係)地図
シュラーヴァスティー
(舎衛城)
コーサラ国
祇園精舎
ラプチ川
ルンビニー(藍毘尼園)
カピラヴァストゥ
(迦毘羅衛国)
クシナガラ
(拘尸那掲羅城)
ヒランニャヴァティー川
ガンダキ川
ガガラ川
ガンジス川
ヴァイシャーリー(毘舎離城)
パータリプトラ
(華氏城)
ヤムナー川
サールナート
(鹿野苑)
バーラーナシー
(波羅奈国)
マガダ国
ナイランジャナー川
ナーランダー(那爛陀寺)
ラージャグリハ(王舎城)
ブツダガヤー
(仏陀伽耶)
苦行林
霊鷲山
カーシー国
ソン川

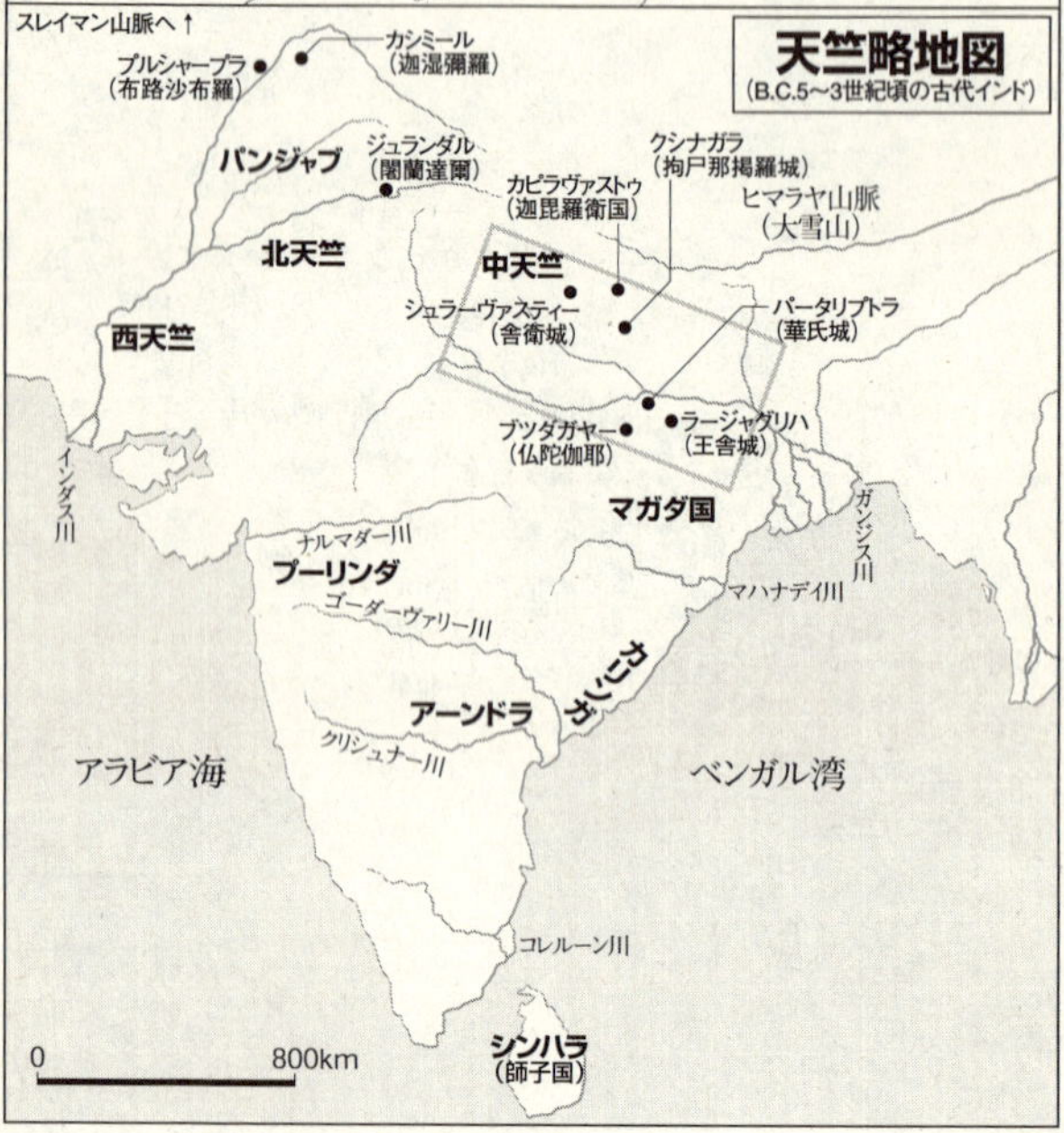
スレイマン山脈へ↑
天竺略地図
(B.C.5〜3世紀頃の古代インド)
カシミール
(迦湿彌羅)
プルシャープラ
(布路沙布羅)
ジュランダル
(闍蘭達羅)
パンジャブ
クシナガラ
(拘尸那掲羅城)
カピラヴァストゥ
(迦毘羅衛国)
ヒマラヤ山脈
(大雪山)
北天竺
中天竺
シュラーヴァスティー
(舎衛城)
パータリプトラ
(華氏城)
西天竺
ラージャグリハ
(王舎城)
ブツダガヤー
(仏陀伽耶)
インダス川
マガダ国
ガンジス川
ナルマダー川
プーリンダ
マハナデイ川
ゴーダーヴァリー川
カリンガ
アーンドラ
クリシュナー川
アラビア海
ベンガル湾
コレルーン川
シンハラ
(師子国)
0
800km

ビギナーズ・クラシックス

今昔物語集《こんじゃくものがたりしゅう》

角川書店《かどかわしょてん》＝編

角川文庫 12398

平成十四年三月二十五日 初版発行
平成二十五年二月 五 日 二十五版発行

発行者—山下直久
発行所—株式会社角川学芸出版
東京都千代田区富士見二—十三—三
電話・編集 (〇三)五二一五—七八一五
〒一〇二—〇〇七一
発売元—株式会社角川グループパブリッシング
東京都千代田区富士見二—十三—三
電話・営業 (〇三)三二三八—八五二一
〒一〇二—八一七七
http://www.kadokawa.co.jp

印刷所—旭印刷 製本所—BBC
装幀者—杉浦康平

定価はカバーに明記してあります。

SP A-1-7 ISBN978-4-04-357409-4 C0193

角川文庫発刊に際して

角川源義

第二次世界大戦の敗北は、軍事力の敗北であった以上に、私たちの若い文化力の敗退であった。私たちの文化が戦争に対して如何に無力であり、単なるあだ花に過ぎなかったかを、私たちは身を以て体験し痛感した。西洋近代文化の摂取にとって、明治以後八十年の歳月は決して短かすぎたとは言えない。にもかかわらず、近代文化の伝統を確立し、自由な批判と柔軟な良識に富む文化層として自らを形成することに私たちは失敗して来た。そしてこれは、各層への文化の普及滲透を任務とする出版人の責任でもあった。

一九四五年以来、私たちは再び振出しに戻り、第一歩から踏み出すことを余儀なくされた。これは大きな不幸ではあるが、反面、これまでの混沌・未熟・歪曲の中にあった我が国の文化に秩序と確たる基礎を齎らすためには絶好の機会でもある。角川書店は、このような祖国の文化的危機にあたり、微力をも顧みず再建の礎石たるべき抱負と決意とをもって出発したが、ここに創立以来の念願を果すべく角川文庫を発刊する。これまで刊行されたあらゆる全集叢書文庫類の長所と短所とを検討し、古今東西の不朽の典籍を、良心的編集のもとに、廉価に、そして書架にふさわしい美本として、多くのひとびとに提供しようとする。しかし私たちは徒らに百科全書的な知識のジレッタントを作ることを目的とせず、あくまで祖国の文化に秩序と再建への道を示し、この文庫を角川書店の栄ある事業として、今後永久に継続発展せしめ、学芸と教養との殿堂として大成せんことを期したい。多くの読書子の愛情ある忠言と支持とによって、この希望と抱負とを完遂せしめられんことを願う。

一九四九年五月三日

角川ソフィア文庫ベストセラー

新版 枕草子(上)(下) 現代語訳付き 石田穣二訳注
紫式部と並び称される清少納言の随筆。中宮定子に仕えた日々は実は主家没落の日々でもあったが、鋭い筆致で定子後宮の素晴らしさを謳いあげる。

源氏物語(1)～(10) 現代語訳付き 玉上琢弥訳注
日本文化全般に絶大な影響を与えた長編物語。自然描写にも心理描写にも卓越しており、十一世紀初頭の文学として世界でも異例の水準にある。

更級日記 現代語訳付き 原岡文子訳注
十三歳から四〇年に及ぶ日記。東国からの上京、物語に読みふけった少女時代、夫との死別、などついに憧れを手にできなかった一生の回想録。

和泉式部日記 現代語訳付き 近藤みゆき訳注
為尊親王追慕に明け暮れる和泉式部へ、弟の敦道親王から便りが届き、新たな恋が始まった。一四〇首あまりの歌とともに綴られる恋の日々。

堤中納言物語 現代語訳付き 山岸徳平訳注
世界最古の短編集。同時代の宮廷文学とは一線を画し、皮肉と先鋭な笑いを交えて生活の断面を切り取る近代文学的な作風は特異。

大鏡 佐藤謙三校注
文徳天皇から後一条天皇まで（八五〇～一〇二五年）の歴史を紀伝体にして藤原道長の権勢を描く。二人の翁の話という体裁で史論が展開される。

今昔物語集 本朝仏法部(上)(下) 佐藤謙三校注
日本最大の説話文学集の、日本の仏教説話の部分。怪異譚・名僧奇蹟譚・仏法功徳譚・往生譚など多彩な二二一話を集める。

角川ソフィア文庫ベストセラー

今昔物語集 本朝世俗部(上)(下)
佐藤謙三校注

芥川龍之介の『羅生門』をはじめ、近代の小説家にも素材を与えた本朝世俗部は、庶民や武人の知恵とたくましい生活力を表していて興味深い。

平家物語(上)(下)
佐藤謙三校注

仏教の無常観を基調に、平家一門の栄華と没落を描いた軍記物語。和漢混交文による一大叙事詩として後世の文学や工芸にも取り入れられている。

方丈記
現代語訳付き

簗瀬一雄訳注

鎌倉初期の鴨長明の随筆。大火・飢饉・地震などの騒然たる世の転変を描写し、仏教的無常を感じ日野山奥の方丈の草庵に世を逃れるさまを述べる。

新古今和歌集(上)(下)
久保田淳訳注

勅撰集の中でも、最も優美で繊細な歌集。秀抜な着想とことばの流麗な響きでつむぎ出された名歌の宝庫。最新の研究成果を取り入れた決定版。

新版 百人一首
島津忠夫訳注

素庵筆の古刊本を底本とし、撰者藤原定家の目に沿って解説。古今の数多くの研究書を渉猟し、丹念な研究成果をまとめた『百人一首』の決定版。

改訂 徒然草
付現代語訳

今泉忠義訳注

鎌倉時代の随筆。兼好法師作。平安時代の『枕草子』とともに随筆文学の双璧。透徹した目で自然や社会のさまざまを見つめ、自在な名文で綴る。

新版 日本永代蔵
現代語訳付き

井原西鶴
堀切実訳注

市井の人々の、金と物欲にまつわる悲喜劇を描く、江戸時代の経済小説。読みやすい現代語訳、詳細な脚注、各編ごとの解説などで構成する決定版!

角川ソフィア文庫ベストセラー

新版　歎異抄
現代語訳付き
千葉乗隆訳注
悪人ですら極楽往生ができる——苦悩するすべての人々を救おうと立ち向かった親鸞の教えを正しく後世に伝えようと愛弟子が編んだ魂救済の書。

真釈　般若心経
宮坂宥洪
サンスクリット語の原意にさかのぼり、心経に書かれていたシャカが会得した「さとりの境地」に到達すべき具体的な方法を初めて読み解いた書。

宇治拾遺物語
中島悦次校注
鎌倉時代の説話集。今昔物語と共通する説話も多く、仏教説話が多いが民話風な話も多く入っている。和文で書かれ、国語資料としても重要。

土佐日記
現代語訳付き
三谷栄一訳注
平安中期の現存最古のかな日記。土左守紀貫之が女性に仮托して書いたもの。平安時代のかな日記の先駆的作品で文学史上の意義は大きい。

読みもの　日本語辞典
中村幸弘
今では一つの単語として定着した身近な言葉（100項）を分解してみると…。古語から現代語へと変身する、その由来と過程が見えてくる。

難読語の由来
中村幸弘
通常の音訓では読めない特殊な熟語二百二十余語を集めて、その読み方と、なぜそう読むのか（由来）を解き明かす。「漢検」志願者、必読の書。

日本語質問箱
森田良行
何だか気になる身の回りの不思議な言葉遣い。辞書には載っていない日本語の使い方の疑問を徹底的に解き明かし、誤解されない表現をめざす本。

角川ソフィア文庫ベストセラー

古典文法質問箱
大野　晋

古典を読み解くためだけでなく、短歌・俳句を作る時にも役立つ古典文法Q&A84項目。高校現場からの質問に、国語学の第一人者が易しく答える。

源氏物語のもののあはれ
大野　晋　編著

『源氏物語』は、「もののあはれ」の真の言葉の意味を知ることで一変する。紫式部が「モノ」という言葉に秘めたこの物語世界は、もっと奥深い。

ビギナーズ・クラシックス　近代文学編
一葉の「たけくらべ」
角川書店　編

江戸情緒を残す明治の吉原を舞台に、少年少女の儚い恋を描いた秀作。現代語訳・総ルビ付き原文、資料図版も豊富な一葉文学への最適な入門書。

ビギナーズ・クラシックス　近代文学編
漱石の「こころ」
角川書店　編

明治の終焉に触発されて書かれた先生の遺書。その先生の「こころ」の闇を、大胆かつ懇切に解き明かす、ビギナーズのためのダイジェスト版。

ビギナーズ・クラシックス　近代文学編
藤村の「夜明け前」
角川書店　編

近代の「夜明け」を生き、苦悩した青山半蔵。幕末維新の激動の世相を背景に、御一新を熱望する彼の生涯を描いた長編小説の完全ダイジェスト版。

ビギナーズ・クラシックス　近代文学編
鷗外の「舞姫」
角川書店　編

明治政府により大都会ベルリンに派遣された青年官僚が出逢った貧しく美しい踊り子との恋。格調高い原文も現代文も両方楽しめるビギナーズ版。

ビギナーズ・クラシックス　近代文学編
芥川龍之介の「羅生門」「河童」ほか6編
角川書店　編

芥川の文学は成熟と破綻の間で苦悩した大正という時代の象徴であった。各時期を代表する8編をとりあげ、作品の背景その他を懇切に解説する。

角川ソフィア文庫ベストセラー

ビギナーズ・クラシックス 中国の古典
論語
加地伸行
儒教の祖といわれる孔子が残した短い言葉の中には、どんな時代にも共通する「人としての生きかた」の基本的な理念が凝縮されている。

ビギナーズ・クラシックス 中国の古典
李白
筧　久美子
酒を飲みながら月を愛で、放浪の旅をつづけた中国を代表する大詩人。「詩仙」と称され、豪快奔放に生きた風流人の巧みな連想の世界を楽しむ。

ビギナーズ・クラシックス 中国の古典
老子・荘子
野村茂夫
道家思想は儒教と並ぶもう一つの中国の思想。わざとらしいことをせず、自然に生きることを理想とし、ユーモアに満ちた寓話で読者をひきつける。

ビギナーズ・クラシックス 中国の古典
陶淵明
釜谷武志
自然と酒を愛し、日常生活の喜びや苦しみをこまやかに描く、六朝期の田園詩人。「帰去来辞」や「桃花源記」を含め一つ一つの詩には詩人の魂が宿る。

ビギナーズ・クラシックス 中国の古典
韓非子
西川靖二
法家思想は、現代にも通じる冷静ですぐれた政治思想。「矛盾」「守株」など、鋭い人間分析とエピソードを用いて、法による厳格な支配を主張する。

ビギナーズ・クラシックス 中国の古典
杜甫
黒川洋一
若いときから各地を放浪し、現実の社会と人間を見つめ続けた中国屈指の社会派詩人。「詩聖」と称される杜甫の詩の内面に美しさ、繊細さが光る。

ビギナーズ 日本の思想
福沢諭吉「学問のすすめ」
福沢諭吉
佐藤きむ訳
坂井達朗解説
明治維新直後の日本が国際化への道を辿るなかで、混迷する人々に近代人のあるべき姿を懇切に示し勇気付け、明治初年のベストセラーとなった名著。